毛井公子

「源氏物語」another story

藤式部の恋人

あるむ

藤式部の恋人　目次

挿画　毛井公子（筆名　万樹《まんじゅ》）

源氏物語　五十四帖の名称

1 桐壺 きりつぼ
2 帚木 ははきぎ
3 空蟬 うつせみ
4 夕顔 ゆうがお
5 若紫 わかむらさき
6 末摘花 すえつむはな
7 紅葉賀 もみじのが
8 花宴 はなのえん
9 葵 あおい
10 賢木 さかき
11 花散里 はなちるさと
12 須磨 すま
13 明石 あかし
14 澪標 みおつくし
15 蓬生 よもぎう
16 関屋 せきや
17 絵合 えあわせ
18 松風 まつかぜ
19 薄雲 うすぐも
20 朝顔(槿) あさがお
21 少女 おとめ
22 玉鬘 たまかずら
23 初音 はつね
24 胡蝶 こちょう
25 蛍 ほたる
26 常夏 とこなつ
27 篝火 かがりび
28 野分 のわき
29 行幸 みゆき
30 藤袴 ふじばかま
31 真木柱 まきのはしら
32 梅枝 うめがえ
33 藤裏葉 ふじのうらば
34 若菜上 わかなじょう
34 若菜下 わかなげ
35 柏木 かしわぎ
36 横笛 よこぶえ
37 鈴虫 すずむし
38 夕霧 ゆうぎり
39 御法 みのり
40 幻 まぼろし
41 雲隠 くもがくれ
42 匂宮(匂兵部卿) におうのみや
43 紅梅 こうばい
44 竹河 たけかわ
45 橋姫 はしひめ
46 椎本 しいがもと
47 総角 あげまき
48 早蕨 さわらび
49 宿木 やどりぎ
50 東屋 あずまや
51 浮舟 うきふね
52 蜻蛉 かげろう
53 手習 てならい
54 夢浮橋 ゆめのうきはし

藤式部関連系譜

（兄弟は生年順ではない）

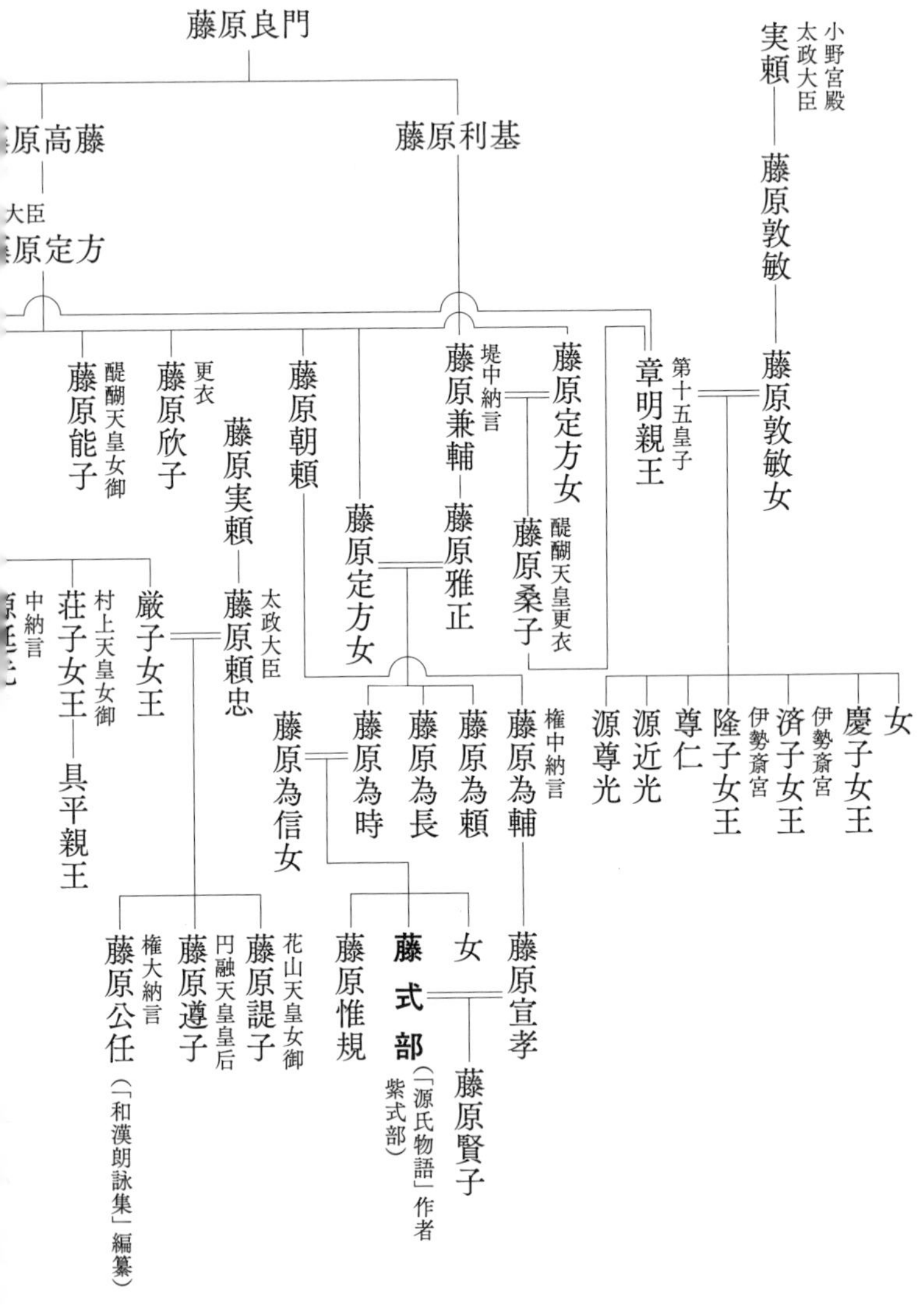

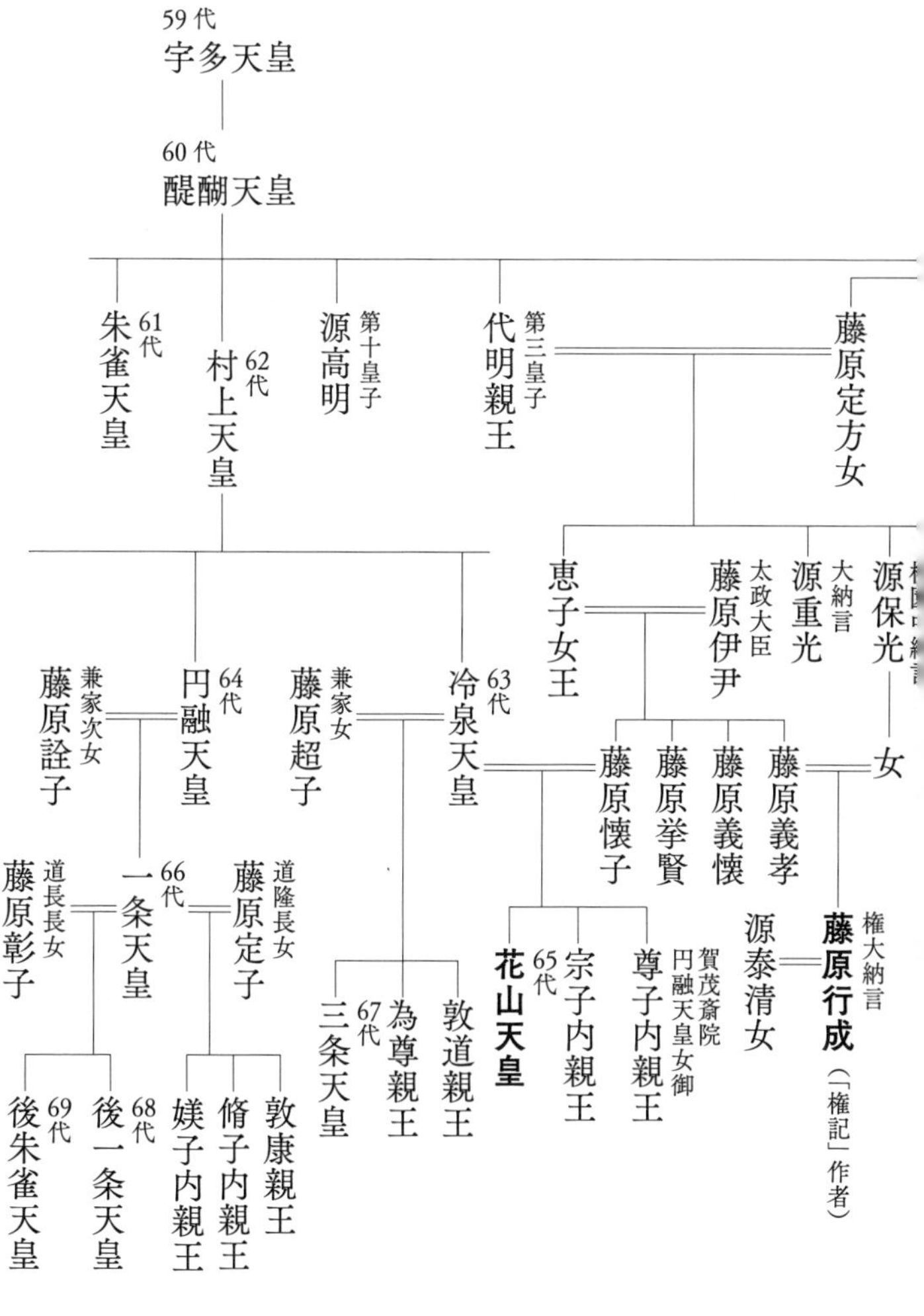
59代
宇多天皇
60代
醍醐天皇
61代
朱雀天皇
62代
村上天皇
第十皇子
源高明
第三皇子
代明親王
藤原定方女
恵子女王
太政大臣
藤原伊尹
大納言
源重光
源保光
63代
冷泉天皇
兼家女
藤原超子
64代
円融天皇
兼家次女
藤原詮子
女
藤原懐子
藤原挙賢
藤原義懐
藤原義孝
66代
一条天皇
道隆長女
藤原定子
道長長女
藤原彰子
65代
花山天皇
宗子内親王
賀茂斎院
円融天皇女御
尊子内親王
源泰清女
権大納言
藤原行成
(「権記」作者)
67代
三条天皇
為尊親王
敦道親王
69代
後朱雀天皇
68代
後一条天皇
媄子内親王
脩子内親王
敦康親王

藤原氏関連系譜

（○印＝氏長者）

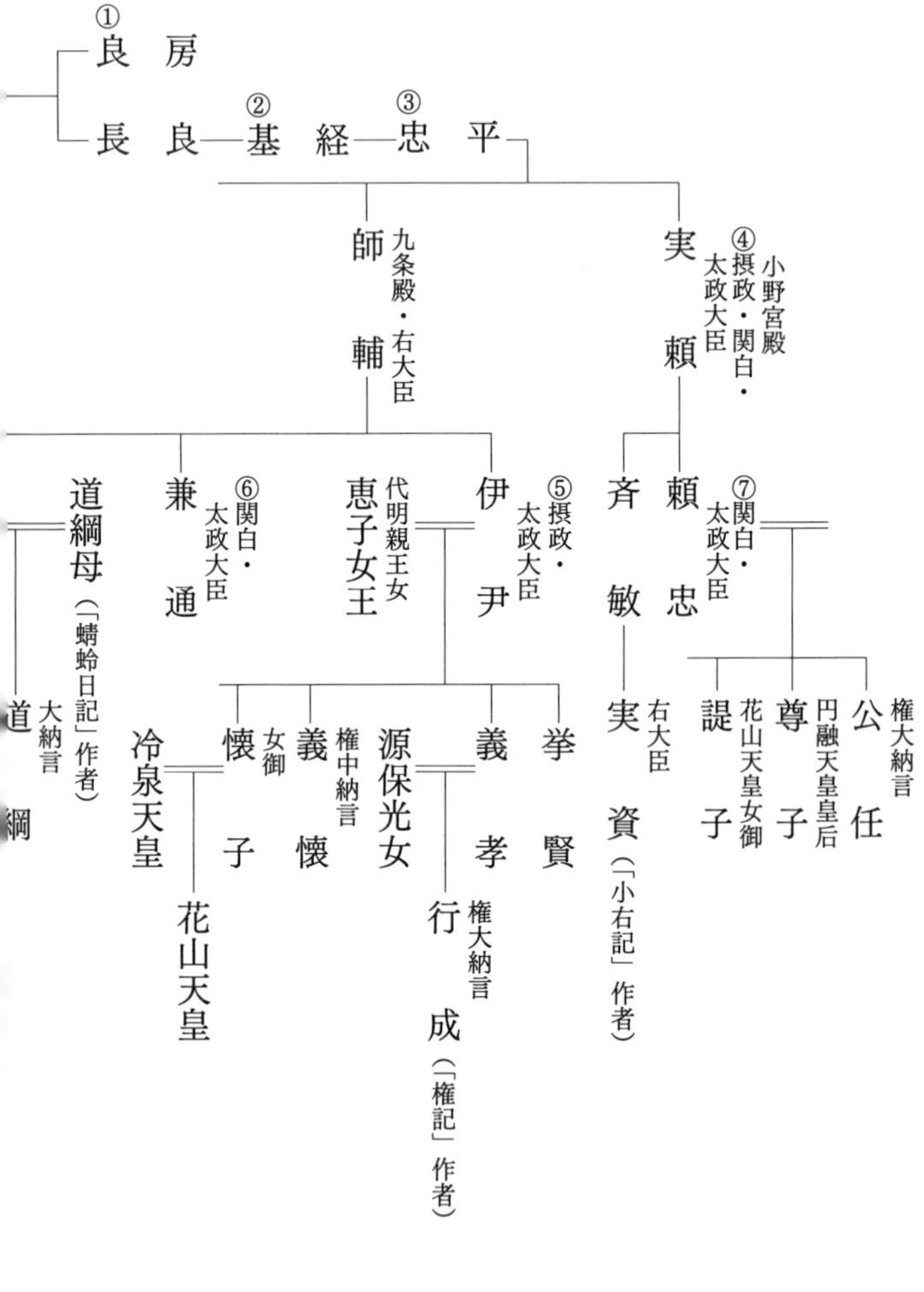

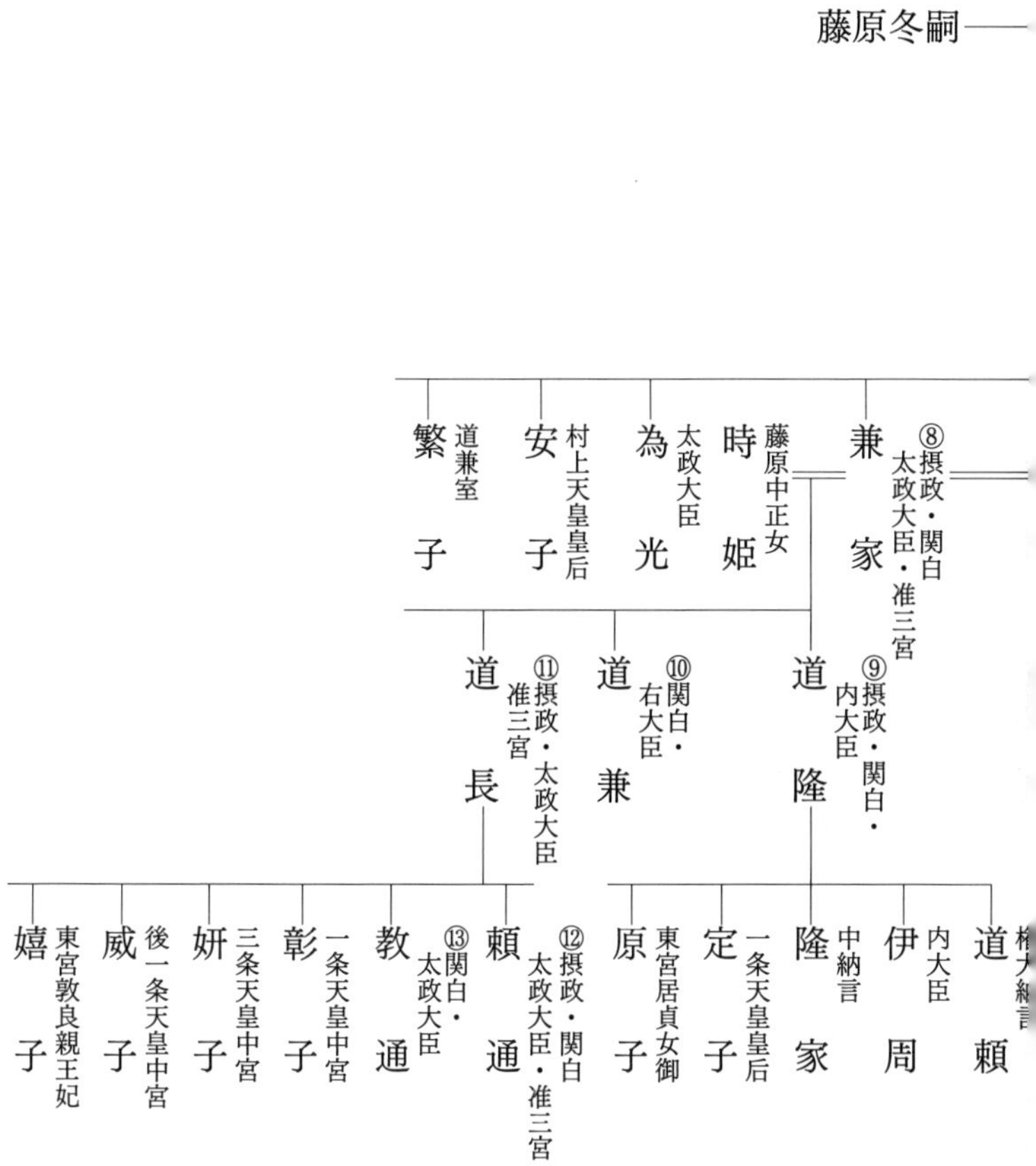

藤原冬嗣
兼家 ⑧摂政・関白 太政大臣・准三宮
時姫 藤原中正女
為光 太政大臣
安子 村上天皇皇后
繁子 道兼室
道隆 ⑨摂政・関白・内大臣
道兼 ⑩関白・右大臣
道長 ⑪摂政・太政大臣 准三宮
道頼 権大納言
伊周 内大臣
隆家 中納言
定子 一条天皇皇后
原子 東宮居貞女御
頼通 ⑫摂政・関白 太政大臣・准三宮
教通 ⑬関白・太政大臣
彰子 一条天皇中宮
妍子 三条天皇中宮
威子 後一条天皇中宮
嬉子 東宮敦良親王妃

「源氏物語」another story　藤式部の恋人

序

今からおよそ千年の昔、平安京の東京極《ひがしきょうごく》（現在の京都市左京区、廬山寺辺り）にあった古びた寝殿造りの屋敷内で、密かに壮大な物語を書いている女性がいた。

世に知られた「源氏物語」の作者、紫式部と云われる人だ。

紫式部という名は、この物語を読んだ人たちが付けた愛称のようなもので、作者の実名はどこにも記されていない。

それは、当時の一般女性が他人に名や年齢を明かさないという慣習があったからだ。女性たちの化粧は白塗り、扇でいつも顔を隠し素顔を見せなかった。

このようなわけで今では、紫式部が世界にも知られた通り名になっている。本人が紫式部という名に満足を覚えていたか……、さて、それはどうであろう。

紫式部は中流貴族、受領《ずりょう》階級の娘で、父親の名は藤原為時《ためとき》と云う。

つまり、世間では為時女《ためときのむすめ》と呼ばれていたはずである。

為時は従五位下式部丞《じゅごいのげしきぶのじょう》という官吏で、当時の式部省の三等官でもあった。為時女が一条天皇の后、左大臣・藤原道長《ふじわらみちなが》の娘彰子《しょうし》に女房として仕える時、父親の官職名をとって藤式部《とうしきぶ》と名乗ったと云われている。

女房とは天皇あるいは高家の貴族に仕える女性のことで、二種類あった。天皇直属の女房は女官といい、官位を持って実名も明らかにしている。男性と同様のれっきとした官人であり、お手当も国から出ていた。

藤式部は左大臣・藤原道長家の女房なので、宮廷に出入りしていたが女官ではない。「枕草子」で知られている清少納言も、一条天皇のもう一人の后定子《ていし》に仕えた同様の女房であった。

ちなみに、藤式部の娘賢子《けんし》は後冷泉《ごれいぜい》天皇（一〇二五～六八）の乳母を務めた女官で従三位だった。大弐三位《だいにのさんみ》と呼ばれ、実名も明らかである。当時の宮廷社会で出世したのは、母親の藤式部ではなく娘の賢子の方だったようだ。

このようなことから、平安時代は宮廷社会で活躍する女性も結構いて、その後に訪れる封建社会での女性の立場とは異なっていたことがわかる。

男女同等とは云えないまでも、著しく女性が男性より虐げられていたというわけではない。身分制度による階級の激しい格差はあったが、それは男性にも同じように云えることだった。

むしろ、当時の女性たちは、現在の女性に近いところもあったように思う。

「源氏物語」を読む時、こうした時代背景を、まず頭に入れて読んだ方がいいようだ。意外に今の社会に近いところがあるので、この物語がすべてフィクションだとは云い切れないことがわかってくる。

藤式部（あえて、より実名に近い方を使う）は今の社会に生きていたとしても、違和感のない人だったのではないか。きっと世の中の矛盾を突いた文章を書いて、鋭く批判していたにちがいない。

藤式部は、「源氏物語」五十四帖、「紫式部日記」、「紫式部集」と膨大な量の著作を書き遺した。

十年ほど前から、「源氏物語」を原文で読む機会に恵まれて、もちろん、註釈付ではあるけれども、筆者は感じることがあった。

読み進むにつれて、それまで自分が知っていた「源氏物語」の内容と原文から受け取れる内容が、何か違うと感じるようになった。

だから、「現代語訳の「源氏物語」で認識してきた内容をそのまま信じてよいのだろうか？」と、しだいに思うようになり、その疑問は「末摘花」の帖あたりからますます膨らんでいった。

それは、原文にあるいくつかの重要な言葉や文章が、現代語訳の「源氏物語」には訳されていないことが多いと気がついたからだ。

「源氏物語」を「平安貴族の華麗にして優雅な恋愛物語」、あるいは、もう少し重厚に云って、「人間の心の機微を深く追求した心理的内面的な文学」と理解するのならば、それらの文言を省いて訳したとしても、大筋に影響はないだろう。

しかし、藤式部は「源氏物語」で別のことを語ろうとしていたのだとしたら、どうか。

複雑な構造で書かれた「源氏物語」だ。あり得ないことではない。

だとしたら、現代語訳だけを読んで「源氏物語」を読んだつもりになって、作者が本当に伝えようとしたことを、見落としてしまっている可能性があるのではないか。

いったい藤式部は「源氏物語」で何を語ろうとしたのか？

それが筆者にとって最も大きな謎になった。


その謎に迫ってみようと、「源氏物語」が書かれた同時代の日記文を読んでいた時、あっと思ったことがあった。

『権記《ごんき》』（藤原行成著・倉本一宏全現代語訳）の長保三（一〇〇一）年十月十七日の条には次のように書いてある。

「薬助《やくじょ》と犬《いぬ》（藤原実経《さねつね》）を世尊寺に送った。（薬助と犬は藤原行成の子息。犬は当時四歳）」

という一文が目に飛び込んできたのだ。

背中のあたりがゾクゾクッとした。

頭の中で結び付いていったものがある。

超高速で、「源氏物語」の「若紫」と「紅葉賀《もみじのが》」の帖が頭の中を巡っていった。


「雀の子を犬君《いぬき》が逃がしつる　伏籠《ふせご》の中に籠めたりつるものを」とて　いと悔しと思へり……

——源氏物語・若紫

〔「雀の子を犬君が逃がしてしまったの。伏籠の中にちゃんと入れておいたのに」と、とても悔しいと思った……〕

「儺《な》やらふとて　犬君がこれをこぼちはべりにければ　つくろひはべるぞ」とて　いと大事と思いたり……

——源氏物語・紅葉賀

〔「追儺をするといって、犬君がこれを壊してしまったので繕っています」と大層重要な事がらのように思っていた……〕

どちらも、幼いころの紫君《むらさきのきみ》の感情を表現した場面で、そこに犬君《いぬき》は登場している。以前から、このように登場してくる「犬君」とは何者なのだろうと、頭の隅にずっと引っ掛かっていたのだ。

ひょっとして、犬君は実在の人ではないか……。

藤式部は物語の流れの中で、何か特別の思いを込めて犬君という人物を描いたのではないかと思われた。

ほかにも気になることがある。

四辻善成《よつつじよしなり》（南北朝から室町前期の公家・学者・歌人、従一位左大臣）という人が著した「河海抄《かかいしょう》」（源氏物語の註釈書　一三六七年頃成る）に「藤原行成《ふじわらゆきなり》が書いた「源氏物語」の写本に藤原道長《ふじわらみちなが》が書き加えた」とする伝承が記してあることだ。

この一文の意味することは曖昧で、行成自身が書いた「源氏物語」を誰かが写本にしたとも、他の作者が書いた「源氏物語」を行成が写したとも、どちらにもとれる。

しかし、何らかのかたちで、藤原行成が「源氏物語」に関係しているのではないかと想像できる。

また、興味深い「石山寺伝説」という伝承もある。

石山寺の宝物拝観券の裏面に次のように書いてある。

「紫式部は石山寺に一週間の参籠をされ、本尊如意輪観音菩薩に物語創作の祈願をされた。時に寛弘元年(一〇〇四)八月十五日、対岸の金勝山よりさし上る明月が眼下の瀬田川に映る風情を眺めて筆をおこされたのが、須磨、明石の二帖であります。……」

妙にはっきりと、寛弘元年八月十五日と記されているのだ。

また、『権記』には次のような記載がある。

寛弘元(一〇〇四)年八月二十五日「石山寺に参った。女房たちを率いた……」万燈供養をして二十八日に帰京

寛弘二(一〇〇五)年八月二十七日「石山寺に詣でた……」万燈供養をして二十八日早朝帰京

寛弘三(一〇〇六)年八月二十七日「石山寺に詣でた。御明《みあかし》三万燈を供し奉った……」二十九日まで滞在

行成は何度か、上位公家の供人《ともびと》として石山詣をしている。

しかし、これら三年以外の八月には、石山寺へ詣でた気配がない。しかも、この三回は私人として詣でたようだ。八月の二十五日ころは、上位の貴族にとって無視できない秋の除目《じもく》(司召・内官の任官式)があるにもかかわらずだ。

行成は大変忙しい官人（当時、行成は三十三歳で正三位、参議・右大弁・侍従・兵部卿・美作権守）であったが、三年続けて石山寺に行っているのは、何かどうしても行かなければならない特別な理由でもあったのではないか。

「源氏物語」が書かれてから約三百五十年後、四辻善成は「権記」のこれらの記述から、何かを感じ取っていたのかもしれない。「源氏物語」の作者の一人として、「河海抄」に藤原行成の名を書き留めている。

「源氏物語」の執筆者は紫式部以外の誰でもない、紫式部その人でなければならないと筆者は思うが、しかし、「源氏物語」と「権記」の間には、同時代を生きた人間同士（紫式部の生年ははっきりしないが、藤原行成と同時期と考えられている）の間に通じる志のようなものが漂っていて、「権記」の作者が、何らかのかたちで「源氏物語」に関与していたのではないかと思われてならない。

こうしたことから、「源氏物語」の深層を探るためには、「紫式部日記」「紫式部集」に「権記」を付け加えて読む必要があると考えた。そうすれば、作者が何を伝えようとしたか、もっと明確に知ることができるはずだ。

もうひとつ、「源氏物語」を理解する上で、壁になっていたことがある。

それは、「源氏物語」にとって恵まれない時代があったことだ。

現代に近いところで云えば、明治の「源氏物語」発禁時代である。

明治憲法（大日本帝国憲法）が明治二十二（一八八九）年に公布された時、御告文《おつげぶみ》という明治天皇の詔《みことのり》が出された。

「輝かしき祖先たちの徳の力により　はるかな昔から代を絶えることなく　一筋に受け継がれてきた皇位を継承し……」というもので、明治憲法第一条「大日本帝国ハ万世一系ノ天皇之ヲ統治ス」と規定された法の根幹の表明であった。

この「万世一系」という思想に「源氏物語」の「光源氏と父帝の妃・藤壺との間に生まれた子が帝位に就く」という内容が、「皇統に不敬である」とされ、以来発禁となった。

その上に、儒教思想とキリスト教思想の双方から、「光源氏が数多《あまた》の女性遍歴をする」内容が「公序良俗」に反するけしからぬ物語と烙印を押されて、第二次世界大戦直後まで「源氏物語」にとって不遇な時代が続く。

日本が敗戦して、昭和二十一（一九四六）年十一月三日に公布された、新しい日本国憲法には「天皇は、日本国の象徴であり日本国民統合の象徴であって、この地位は、主権の存する日本国民の総意に基く」とある。

翌年の五月三日、憲法が施行されたその時点で、「源氏物語」への政治的な束縛は完全に解かれ自由になったのである。

その時が、現代における「源氏物語」再生元年だったと云えるかもしれない。

「源氏物語」は千年前に生まれたとはいえ、いろんな枷が外され自由に研究ができるようになって、まだ七十年余りしか経っていないのである。

今、やっと「源氏物語」を自由に読んでいい時代になったといってもいい。

過去の数多《あまた》の呪縛から解き放たれ、戦前までの先入観を払拭して、「源氏物語」を新しく読み解けないものだろうか。

現代においても小説として十分通用すると評価されている「源氏物語」。

しかし、その実体は小説と云うより、もっと大きな意味を持つ大説と云った方がいいのではないかと筆者は思っている。

藤式部が、真に後の世に訴えたかった事実に迫ってみたい。

そんな思いで、一編の物語を私流に書いてみた。

夜な夜な京大路《みやこおおじ》をさまよう魂が
烈しく狂おしく慟哭する
何故？　何故こんなことに……
決して　決して許しはせぬ

「平安」とは名ばかりの一千年の昔
華やかにも　妖しく繰り広げられた
物語に隠される真実

時代の流れに翻弄されながら
健気《けなげ》に生きた男と女を　もの語る

一章

安紗子《あさこ》は、この春（二〇一三年）のころから、「あること」に取り憑かれていた。

それ以来、ずっと落ち着かない。同じことを繰り返し考え続けて半年近くたつのに、迷路に入り込んだまま、出口はおろか入り口に戻ることさえできなくなっていた。

「あること」の核心に近づきたいために、連休中の気楽さと接近している台風の進路が気になって、昨夜からパソコンと向かい合っていた。

便利な時代になったものだ。

今や、ウェブサイトで、大抵のことを知ることができる。しかしうっかりすると、情報の渦に巻き込まれて出られなくなることもあるから油断はできない。安紗子はその渦に巻き込まれ、ぐるぐると同じ所を回り続け、疲れ果て、ついに諦めた。


風向きが急に変わったようだ。

南側の窓ガラスを打ち続けていた強い風と雨音がピタリと止んだ。

深夜の静けさが安紗子を包み始める。

時を刻む音だけが、妙に大きく聞こえる。

コチ、コチ、コチ、……

いつのまにか、安紗子は深い眠りに落ちていった。

⌘

長徳元（九九五）年十月十日（新暦十一月五日頃）。

しだいに、夜《よ》も更けてまいりました。

そろそろ亥《い》の刻（午後十時過ぎ）でしょうか。

風もなく、虫の音がほんのわずかに聞こえるばかり……。

袿《うちき》（公家装束の着物。主に女性の衣をさすが、男性の中着としても着用）を五、六枚重ねておりますけれど、さすがに、少しばかり冷えてまいりました。


「お月さま、少し太ったみたい」

わたくしは、ふと口から出た言葉に、「まあ、女童《めのわらわ》のような……うふっ」と思わず小さな声を漏らしてしまいました。久しく忘れていた幼いころの笑い声でした。

心になんの憂いもなく笑っていたのは、いつの頃のことだったでしょう。

はっきりと思い出せないほど、遠い昔のように思われます。

わたくしが、今、何歳かですって？

女に年齢を聞くなんて。名前さえ人さまにははっきりと申しあげませんのに……。

でもまあ、小さな声で申しあげます。

もう二十三歳。花なら盛りも過ぎ散り始めるころでしょうか。

宵の口は曇りがちだった夜空が晴れて、ふっくらとした十日の月が築山《つきやま》の大きな松の木の上にかかっています。

わたくしは池に面した釣殿《つりどの》（寝殿造りで南池に面して設けた建物。東西対屋の南端にある）の端に座り、先ほどから、もの思いに耽っておりました。

月が美しいころには、このように釣殿の高欄に寄り掛かって、懐かしい人々に思いを馳せながら、心の憂いを慰めることが多くなりました。

童女《めのわらわ》のころより「貴人《あてびと》の女子《おなご》は面《おもて》を曝《さら》すものではない」と、煩《うるさ》く云われて育ちました。ですから、どうしても、昼間は対屋《たいのや》の奥深くに居ることが多くなりますが、夜ともなれば、人目を気にしながら扇や袖で顔を隠す必要がありませんもの。適当な暗闇は、わたくしを煩わしい習慣から解き放ってくれます。

あまり、大きな声で云いたくはありませんが、わたくし、当節の女子としては大柄なのです。周りの者が「中君《なかのきみ》さまがもう少し小柄であればねえ。お姿に可愛げがおありなのに」とため息をつく始末です。

わたくしはできるだけ小さく見せようと、縮こまるようにしているのですけれど、そんな不自然なことは本当に疲れますからねえ。

だから、辺りに誰もいない一人のおりには背筋をしゃんと伸ばし、そう、このように手も足も思いっきり伸ばしていると、それはそれは、のびやかな心持ちなのです。一刻《いっとき》、心に溜まった憂いさえ忘れてしまいますね。うふふ。

「女子は女子らしく」などと、誰に云われてもまったく気にしなかった幼いころの男子《おのこ》のようなわたくしを取り戻して、そして、誰憚ることなく想像の世界に浸る愉しみは何にも変えられない。誰に語りかけるでもなく小さな声で物語るのも、ああ、なんといい心持ちではありませんか。

いにしえから、物語や古歌、云い伝えなどに、「ひとり月を見るな」と忌み嫌われてきました。また、「月を見て往時を振り返るな」とも。

けれどね。この憂き世、死など恐れぬなら美しい月を見るに何の憚りがありましょう。思い起こせば、わたくしにとって決して忘れることができない月の夜が、幾たびありましたことか。

十日余の月、二十日余の月……。

ああ、確かに、その月の夜、忌むべき出来事が起きました。けれど、どうしてそれらを忘れ去ることができましょう、決して、忘れは致しません。


輪郭もおぼろな松の梢にかかっていた月影が、南の空に少し傾き始めています。

鏡のような池の表面《おもて》には枯れた蓮葉《はちすば》とその茎の影が黒く映って、奇妙な形をした生きものが、今にも動き出しそうです。その間を縫うように、白い月影がわずかに移ろっていく様を見ていますと、もうひとつの世がその池の底に広がっているような気がしてきます。

水面《みずも》に映る月を水月《みずづき》とか水の月と云いますけれど、ひょっとして、わたくしと同じように暗い池の底から水月をじっと見つめている、何ものかがいるかも知れませんね。

怖い気もするけれど、でも怖いものはなおさら見てみたいではありませんか。

そう思って池の面を覗き込むと、わたくしの影が黒く映っているばかり……。

この世にはない幻の異界が、水面の下にも繰り広げられているとしたら、それは、この世より美しいものなのだろうか、それとも、さほど変わらぬものなのであろうか……。

ふと、唐土《もろこし》の月の詩の一節が浮かびます。

月は新霜の色を帯び　　月帯新霜色
砧は遠雁の声に和す　　砧和遠雁声
――「夢に得し霜夜月に対して懐はるるに酬《むく》ゆ」白氏文集巻六六

霜厳しく月苦《さ》えて　明けんとする天　　霜厳月苦欲明天
――「早朝して退居を思ふ」白氏文集巻一九

月苦《さ》え烟《けむり》愁えて　夜半を過ぐ　　月苦烟愁過夜半
――「師皐を哭す」白氏文集巻六三

三五夜中　新月の色　　三五夜中新月色
二*千里外　故人の心　　二千里外故人心
――「八月十五日の夜、禁中に独り直し、月に対して元九を憶ふ」白氏文集巻一四

ひとり月と対峙して、遠く離れた地に流された心を許し合う友、元九《げんきゅう》（元稹《げんしん》）のことを想う白氏。曇りもない澄み切った月光の下、白氏のひりひりするような孤独が伝わってきます。おそらく、中秋の月は元九その人だったのでしょう。

白氏（白居易・七七二～八四六・中唐の詩人・字楽天）の月は、どうしてこれほど冷え冷えとしているのか。荒涼とした唐土の風土まで迫って来るようで、この悄然とした白氏の心象が、たまらなくわたくしの身にも染みるのです。

月見る宵の　いつとてもものあはれならぬをりなき中に　今宵の新たなる月の色には　げにな
ほわが世の外までこそよろず思ひ流さるれ……
——源氏物語・鈴虫
〔月のある夜は、いつと云って感慨をもよおさぬ折はありませんが、とりわけ今宵の新たな月の色には、
この世の外《ほか》のことまであれこれ思いめぐらさずにはいられず……〕

とても云いましょうか。

同じ月であってもわたくしが見る都の月は、潤いがあるようにも思いますけれども。


ああ、少し重苦しくなってしまいましたね。

気分を変えましょう。

わたくしは、月のすべてを好ましく思います。

中秋の名月のような望月だけでなく、欠けた月も、また、澄んでいる時、朧な時、雲に陰《かげ》る時でさえ素敵だと思います。

幼いころには望月が好きでした。

八月十五日の夜に、かぐや姫が天に昇って行ったように、望月の宵には何かが起こりそうな気がして、それこそ、胸がドキドキと騒ぎましたもの。

「月さし出でてくれば」、母屋《もや》の階段《きざはし》の辺りに、狩衣《かりぎぬ》姿に身を窶《やつ》した麗しい貴公子が現れ……、なんてね。

うふふ。しばしば憧れもしましたけれど、今はもう夢《ゆめ》物語になりました。

朔の月から次第に満ちていく月の様子は、毎夜少しずつ光の量が増して、明るい夜に変化していく

のも愉しいものでしたが、長じてからは、欠けていく月、そして闇夜に到る、そういう月が心に染み入るようになりました。

こうして、ひとり月と向かい合えば、その昔などあれこれ懐かしく思い出されて「見るほどぞしばし慰む　めぐりあはむ月の都は遥かなれども」です。

美しい月はとてもわたくしの手には届きそうにありませんけれど、わたくしの心をよく知る友のような気もしてまいります。

今宵は、まことに「月　いよいよ澄みて　静かに面白し」の風情。

月のように美しいあのお方が現れるのではないかしら……。

夢想するだけでも、わたくしの心はときめいてまいりました。

あら、西門の辺りに牛車《ぎっしゃ》の音がして、何やら人の訪《おと》なう声がいたします。

「今時分に、珍しいこと。どなたがいらっしゃったのかしら」

しばらくすると、西の対で、父上の声に混じり若い殿方の笑い声などがして、久しくこの邸になかった華やいだ雰囲気がこちらの方まで漂ってきました。

そこへ、太り気味の体を持て余すように揺らして、乳母の真砂《まさご》があたふたとこちらへ来るではありませんか。

真砂はわたくしの弟惟規の乳母どのですが、母上が弟を産んでまもなく身罷《みまか》りましたので、まだ、幼かったわたくしたち姉妹の面倒もみてくれた人です。少々口うるさいところが難点ですけれども、どんなことも手を抜かずに親身になって面倒をみてくれました。わたくしも幼いころから心を許せる母のような人として真砂を頼りにしております。

「中君《なかのきみ》さま、中君さま。あのお方がいらっしゃいましたよ」

「あのお方って？」

「あの、ほら、えーっと、犬君《いぬき》……」

「えっ、犬……、あら、失礼ですよ。幼名《ようみょう》でお呼びするのは」

思わず、頬のあたりが熱くなるのがわかりましたが、この月明りならばおそらく真砂に気取《けど》られはしなかっただろうと、ほっとしました。

「さようでございましたね。今やご立派な＊蔵人頭《くろうどのとう》」

八月の末、このたびの秋の除目《じもく》で、頭弁《とうのべん》に補任《ぶにん》され侍従というお役目も兼任して、帝のお傍近く仕えておられるのです。

「どなたか、ご一緒に？」

「はい。いつもお傍でお世話をしていた乳母子の橘惟弘《たちばなのこれひろ》殿がお供で。まあ、惟弘殿も見違えるような一人前の殿御でございますよ」

「お父さま、お喜びのご様子でしょう？」

「はい、それは、それは、もう……。あの方が当お邸へいらっしゃるのは何年ぶり……えーと……七年ぶりでしょうか。そうでございますね。

思えば、あのお方もご不運続きでしたからねえ。

世が世であれば、もっと早くにおのぼりになっていい位でございますものを。太政大臣で一条摂政殿とも云われたお祖父さまがあっけなくお亡くなりになるわ、後ろ盾になるはずのお父上さまも、若くしてお亡くなりになるわ、で、ございましょう。

お父上は義孝《よしたか》さまとおっしゃいまして、それは、それは美しい公達《きんだち》と若い女子《おなご》の間で評判のお方でしたよ。お歌もね。

君がため　惜しからざりし　命さへ　ながくもがなと　思ひけるかな
――後拾遺集・小倉百人一首

君のためなら惜しくはない命だけれど、今となっては、できるだけ長く生きて君と一緒にいたいものだ、なんてねえ。そんなこと、美しい殿御に云われたら……、ほっ、ほっ、ほっ。あら、いやだ。わたくしとしたことが……。

野遊びの日など、皆が義孝さまのお出でを今か今かと待っていると、ひとり遅れてやって来たそのお姿が、なんとまあ、白い衣を何枚か重ねその上に香染《こうぞめ》(薄い茶色)の狩衣、薄紫の指貫という地味な出で立ち。それがまた、かえって贅沢な装束よりどれほど素晴らしいものであったかと当時の評判になりましてね。浮ついたところは少しもなく、真面目なお方のようでございました。素晴らしい方は早くお亡くなりになるものですねえ。惜しいことでした」

わたくしが合槌を入れる隙間もないほど、真砂は云い募ります。

「母方のお祖父さま、桃園中納言《ももぞののちゅうなごん》さまがお引き取りになられて、ご一族でせいだい力をお尽くしになられ、ここまでお育てになりましたのに……。昨年より都に吹き荒れております流行病《はやりやまい》で、あのお方のお母上さまはこの正月、お祖父さまの方は五月にお亡くなりになってしまいました。どんなにか思いを残されたことでしょう。桃園中納言さまはご自分の娘に先立たれたわけですから、さぞかし、お力を落とされたのでしょう、まるで、後を追うようでございましたね」

感極まったのか、真砂の声も潤みがちになります。

「本当にねえ。このたびの除目は、桃園中納言さまが、若いころに就かれた同じ官位ですもの。どんなにか、晴れのお姿をご覧になりたかったでしょうに……。中納言さまは、紀伝道《きでんどう》（平安期の大学寮で教えた中国史を中心とした漢文学科）の優れた学者でいらっしゃいましたし、漢詩文などにも造詣が深いお方。宮廷や太政官府の先例にとても詳しいので、あの方にも相当教え込まれたと聞いていますよ。七十を過ぎるまで、孫のために頑張っていらっしゃいましたのにね」

「そうですとも、そうですとも。でも、これであのお方のご昇進の道は、開けたようなものでございます。若い公達の憧れの御位、蔵人頭にご昇進なすったんですもの。これから、どこまで偉くなられることでしょうねえ。楽しみなことです、はい」

わたくしの声も少し湿りがちになりましたが、気を取り直して尋ねました。

「で、あのお方はどんなご様子でした？」

「えっ、あっ、はい、はい。それは、もう、ご立派な御様態でございますよ。いえ、なに、覗き見したわけではございませんけれども。ほんの、ちらりと御障子《みしょうじ》（紙襖）の隙間から拝見などいたしまして……」と、真砂は、少々恐縮した面もちながら、仕入れてきた一部始終を云わずにいられないという様子で、どっしり座り込んでいます。

「あのお方はお祖父さま、お母上さまの重い忌《いみ》が明けたばかりゆえ、青鈍色《あおにびいろ》の装束《しょうぞく》(喪中の衣装。血縁関係と時期で色の濃さが異なる)でお出でになられたことを「お許しください」とお断りになり、「もっと早くに参るべきところ、何分にもこの九月より、新しい任務で馴れぬことが多くて云々」などとご挨拶がありましてね」と、どこまで続くかわからぬ勢い。

「こちらのお父上さまは、おふたりが相次いで亡くなられたことをお慰めになりました。「もう少し長らえておられれば、どんなにお喜びであったろうか」と涙ぐまれましてねえ、つい、わたくしももらい泣きを……。

こちらのお父上さまも、どれだけ嬉しくお思いかと存じますとね。はい……。ほんとに、身を尽くすように漢籍やら何やら、わたくしには、とんと難しいことはわかりませんけれど、お教えになっていらっしゃいましたお姿を、ずっと拝見しておりましたので……それに致しましても、こちらのお父上さまも、世が世であれば……ねえ」

「もういいのですよ。世が世であれば、のお話は。ずいぶん昔のことですもの。まったく、忙しい人ね、真砂どのは……。鼻をグスグスいわせたり、おしゃべりしたり……」と、冷やかし半分に小さな笑い声を立てたのですが、わたくしの脳裏には昔のことが蘇り、真砂の声がしだいに遠のいていきました。

⌘

今から十七年ほど前、天元元(九七八)年七月の末のこと。

その年は夏の盛りがたいへん短い年でした。早くも秋が来たのかと思わせるほど天候が怪しげで、やたらに長雨《ながあめ》が降り続きました。

雨が久しぶりに上がり、夏の残りの強い日差しに、木々の葉がくっきりと地面に黒い影を落とし、草花の葉末に残った露がキラキラと輝く朝でした。水気をいっぱいに含んだ木々からは、命が活き活きと匂い立っていました。

父上のところへ、お客人《きゃくじん》が尋ねてお出でになりました。

家人《けにん》（貴族に仕える家臣・従者）が云うには、かなりお年を召したご身分の高い方で、父上は何やらえらく恐縮した態《てい》であったとか……。わたくしと同じような年ごろの男子《おのこ》を一人お連れになられていたと聞きました。

久しぶりに気持ちよく晴れた朝、六歳のわたくしが、じっと部屋の中に閉じ籠っていられるわけがありません。早く外に出て行きたくて、行きたくて……。

と、いうのも、わたくしには珍しいお客人のことより、もっと気になることがありました。

十日ほど前のことでした。

長雨の晴れ間に、弟の惟規と真砂の子の捨丸が、弱った雀の子を拾ってきたのです。木立の巣から落ちたらしく、築山の木の根元にうずくまるようにいたとのこと。その雀の子を年老いた家人が雑舎《ぞうしゃ》（寝殿造りの主殿後方に設けられた勝手方）の片隅で世話をしてくれていました。その様子を見に行きたくて、心が落ち着かなかったのです。

わたくしは西の対の階《きざはし》を駆け下り、履物《はきもの》をつま先に引っ掛け、輝く朝の光の中へと飛び出して行きました。後ろから「まあ、そのように、女子《おなご》が駆け出すものではありませんよ」と真砂の声が追いかけてきます。

雑舎の片隅においた竹の伏籠《ふせご》の中で、雀の子が歩き回っていました。わたくしがねず鳴きをすると、チッチッと鳴きながら躍るようにこちらへ来るのです。なんて可愛いこと。胸の音がドキドキ聞こえるほど嬉しくてなりません。

雀の子の足元には、つついた跡の残る菜の切れ端がころがっています。家人の爺やが、丁寧に世話をしてくれたお陰でしょう。雀の子はすっかり元気になり少し大きくなったような気もしました。どのくらい、そこで雀の子を見つめていたことでしょう。ふと、背後に人の気配を感じました。

振り返ると、見知らぬ男子《おのこ》がひとり、じっとこちらを見ています。

丸く、ふっくらした白い顔容貌《かおかたち》、涼やかに輝く張りのある眼《まなこ》。紫苑色《しおんいろ》の狩衣は裾濃《すそご》で、裾より少し濃い色の指貫。狩衣は生絹《すずし》の単衣《ひとえぎぬ》でしっかりと糊が効いたおろし立てのようです。

今、思い起こせば、そんな感じでした。まるで、小さな公達のようです。幼心《おさなごころ》にも「綺麗な童《わらわ》」と思わず見惚《みと》れてしまいました。

わたくしと大して変わらぬ年ごろのようでした。

「誰？」わたくしが詰問するように硬い声で云うと、困ったような顔をして小さな声で云いました。

「犬……」

「犬？　犬って何。変なの。何で、ここにいるのよ」

その童子はちょっと嫌な顔をしましたが、それでも、はっきりした声で云います。

「お祖父さまに、「叔母上とこれからお前の先生になる方、おふたりにお話があるからしばらく、外で遊んでおいで」と云われたから……」

それで、先ほどお客人が連れてきた童子だとわたくしは合点がいきました。

「それは、何」と伏籠を指して尋ねます。

「雀の子よ。知らないの？　見ればわかるでしょ」

今、思えば、本当に恥ずかしい。相手が誰かも頓着せず、なんと可愛げのない口調で云いたいほうだいであったことか……。

それから、何かやり取りがありましたのでしょう。詳しくは忘れてしまいましたが、多分、わたくしの云い方が癇にさわったのでしょうね。

いきなり、その男子は伏籠に近寄りぱっと跳ね除けたのです。

伏籠の中の雀の子は驚いた様子で、すぐさま勢いよく飛び去って行きました。

一瞬の出来事にふたりは茫然となりましたけれど、しばらくすると、わたくしに猛烈な怒りがこみ上げてきました。

そして、ついに爆発。

顔が真っ赤になり、今にも泣きだしそうな様子であったそうです。後で聞いたことですが……。

「何をするのっ。わらわの大切な雀の子を」と怒鳴りました。わたくしの権幕に驚いたのか、その童子が駆け出します。わたくしも「雀の子を返して。雀の子を返して」と叫びながら後を追いかけました。

西の対の階《きざはし》の近くまで行くと、わたくしの喚《わめ》き声を聞きつけて、簀子《すのこ》の辺りに人がバタバタと出て来るではありませんか。

「中君《なかのきみ》さま、どうなさいました」と乳母の真砂。

「おや、まあ、何ごとですか。女子がそのような大声で、幼子《おさなご》のように。お客さまに恥ずかしいですよ。いつも申し上げているではありませんか、もう少し大人にと」と、お祖母さま。

父上は「何があったのだ」。

無言のままわたくしと男子をじっと見ている二つ違いの姉。

「いかがしたのじゃ、犬《いぬ》」と、後で知りましたが、源保光《みなもとやすみつ》さま。

「この男子が雀の子を逃がしてしまった」

皆に注目されて、半泣きのわたくしは大声で訴えます。

「まあ、まあ、まあ……」と呆れ顔の真砂に、「雀の子ぐらいで、そのように騒ぐではない」と父上。

源保光さまが厳しいお顔で「女子に悪さをしてはなりませんぞ、犬」とおっしゃると、その男子は、ばつが悪そうな様子で俯いてしまいました。


そんなことがありましてから、八月に入った、やはり朝のことです。同じような年ごろのお供を連れてその男子が邸にやって来ました。

朝露に濡れた、今、手折ったばかりと思われる朝顔の花を一輪、ユラユラと手にして……。目に染みるほど鮮やかな瑠璃色の朝顔でした。

「今年、初めて邸の庭に咲いた朝顔」とその男子は恥ずかしそうに云って、わたくしに差し出したのです。

それは、わたくしにとって忘れることのできない鮮烈な出来事でございました。幼い子どもとはいえ、初めて男の方から贈り物をいただいたのですもの……。

のちに、父上が、わたくしにお話しになられたことです。

桃園中納言・源保光さまは、その時はまだ近江守《おうみのかみ》（従三位）でいらっしゃったようですが、この年の十月、権中納言になられた、醍醐帝《だいごのみかど》の第三皇子代明親王《よしあきらしんのう》さまのご子息でいらっしゃいます。

ちなみに、当家にゆかりの章明《のりあきら》親王さまは醍醐帝の第十五皇子、また一世源氏で左大臣になられた源高明さまは第十皇子、皆さまお腹違いの御兄弟でいらっしゃいます。

わたくしのお祖母さまは、保光さまの母君の妹ですから、保光さまの叔母に当たります。

お祖母さまは未だお元気で北の対にお住まいです。一門のだれかれとなくお世話したしっかり者で、今でも当家の柱のようなお方なのです。

保光さまの妹の恵子女王《けいしにょうおう》さまが、後の太政大臣・藤原伊尹《これただ》さまのご内室になられた当初、お祖母さまがお傍にお仕えしていたということもあって、保光さまはお祖母さまに久しぶりのご挨拶をなさったのでした。

中納言さまがおっしゃったことです。

「私の孫（犬君、後の行成）も不憫な子でしてな。後ろ盾になるはずの藤原伊尹殿はあの子の行く末を楽しみにして、孫ながら自らの養子にしました。それなのにまもなく流行病《はやりやまい》で身罷り、父親の義孝殿も二十一歳で世を去りました。

伊尹殿の内室、恵子はご存じのようにわが妹、その娘の懐子《かいし》様は冷泉帝の女御でいらっしゃいました。

また、恵子の息子義孝殿はわが娘の婿でもあります。

ですから、妹にとってもあの子は孫になります。

わが娘は、残されたわずか三歳のあの子を抱えて途方に暮れておりました。


今、私どもが娘や孫と住いしている桃園の屋敷（一条大路の北、大宮大路西の辺り）は、清和帝の皇子、貞純《さだずみ》親王様の元屋敷で、次々と伝領されたあと、私の母親（右大臣・藤原定方の娘）が引き継ぎました。それが、藤原師氏殿に渡り、藤原近信殿、藤原伊尹殿と伝領され、わが娘婿の義孝殿の住いとなっていたものです。

桃園の屋敷の南に一条大路、そして、そのまた南に一条第《いちじょうてい》、今は一条院と云われておりますが、当時一位の人であった伊尹殿の持ち物でしたので、師貞《もろさだ》親王様（後の花山帝）は、安和《あんな》元（九六八）年、冷泉帝の第一皇子として十月二十六日に一条第でご誕生になりました。

その年の十二月二十二日には親王宣下を受け、翌年八月十三日には早くも二歳で立太子されたのです。

それは、冷泉帝が御譲位あそばされた同じ日でもあります。

冷泉帝は御即位から二年で御譲位なされて（安和の変）、冷泉院に遷御（天皇、上皇、皇太后などが居所を移すこと）なさいました。

そして、円融帝の御世に移った年の十一月、立坊された師貞親王様は、わずか二歳で内裏の凝華舎《ぎょうかしゃ》（梅壺）にお入りになりました。

恵子の娘・懐子様は、師貞親王様が御誕生あそばされて以来、里邸であった一条第にお住まいでしたが、東宮様と共に宮中に入られたのです。東宮様も幼いうちからまったく窮屈なことでございましたでしょうな。

円融帝は十一歳で御即位、東宮はわずか二歳と、真に若々しいというか幼い内裏であったと云うべきでしょう。

一位の人、太政大臣摂政・藤原実頼《さねより》様にとっては、さぞや、わが世の春でありましたことでしょう。為時殿のご記憶にもあろうと思うが、あれは、安和《あんな》の変（安和二〈九六九〉年、藤原氏による他氏排斥事件。左大臣源高明失脚）が起きた時で、朝廷は混乱しておりました。

おそらく、あの変を画策した者たちが、師貞親王様の立太子を急いだとも考えられます。東宮様の縁繋がり（母方の大伯父）ということだけとはとても考えられませぬが、どういうわけか、十一歳におなりの円融帝が御即位あそばされるや私は頭弁を命じられました。一年ほどで参議に叙せられましたが、それゆえに、当時の内裏で起きた子細は少なからず、私も存じておるのです。

東宮様が五歳の時に、私の娘は義孝殿の子を産みました。

それが、連れてきたあの子です。

東宮様にとって、たいへん不幸なできごとが次から次へと起きたのは、ちょうどこのころからのことでしたかなあ。

天禄二（九七一）年に、東宮様のもっとも大きな後ろ盾であった藤原伊尹殿が太政大臣に昇られはしたのですが、翌年の十一月には四十九歳で身罷り、その翌年には、将来、東宮様が頼みとする二人の伯父たち、つまり、あの子の父親である義孝殿らが、流行病の疱瘡であっけなく亡くなりました。

そのまた次の年、母親の懐子様までも世を去られたのです。

東宮様が五歳から八歳までの三年間に、将来、御即位あそばされる折にはお支えするべき、近親の人たちが次から次へと亡くなってしまったということです。

われら一族の光ともいうべき東宮様でしたから、何やら行く末が不安に思えてなりませんでしたなあ。東宮様のお嘆きもさることながら、われら一族もみな重苦しい気持ちになったものでした。

世間では、あまりの不幸の連続に、やれ、誰それの祟りだとか何だとか、噂も喧しいくらいでした。

夫とふたりの息子、娘まで失った、わが妹恵子の嘆きは筆舌に尽くし難いものでした。

恵子にとって、東宮師貞親王様は手中の玉のような存在であり、大切にしていた息子義孝の子であるあの子もまた、ことのほかかわいい孫のひとりですからなあ。

親王様は、幼いながら東宮というご身分から、公家の男子のように自由は許されませんでしたが、しばしば、内裏から二条の閑院*にお移りになっていました。

そのような折には、恵子が閑院に馳せ参じ、東宮様のお世話をしておったようです。東宮様より四つ年下のあの子も、しばしば閑院へ連れて行っておりました。

あの子にとっても、東宮様との出逢いは印象深いものがありましたでしょうし、恵子も、行く末、東宮様にしっかりとお仕えするようにと常々諭していたようです。

閑院にいらっしゃるおりは、近親者が少なくなった東宮様にとって、どんなにか心安らぐ時であったことでしょう。東宮様が長じられてからも、恵子の恩愛を決してお忘れになりませんでしたことからも推察できます。

前にも申しましたが、あの子が三歳(天延二年)の時に、父親の義孝殿が亡くなりましたこともあって、男手のない屋敷は物騒なもの。それで、私が微力ながら、知った屋敷でもありましたから、何かと後ろ盾になり今日に至ったというわけです。

為時殿。当家の事情はお話しするまでもなく、十分ご存じのことと思うが、あなたとわれらは藤原定方《さだかた》(歌人・醍醐朝で従二位右大臣。和歌管絃をよくし紀貫之らを後援)の娘姉妹を母に持つ従兄の間柄です。

こちらの叔母上には、われら兄弟の母が早くに亡くなりましたので、母親のようにお世話になりました。それで、恵子が伊尹《これただ》殿へ輿入れの際には、叔母上が伊尹殿の屋敷へ同道して下さったような次第です。

先ほどお目にかかりましたが、叔母上も息災のご様子で何よりですな。

恵子にとってあの子は大事な孫のひとり、今も私に行く末を託しております。孫は七つになりました。そろそろ、学問を始めるのに決して早くはありますまい。

為時殿。貴方が去年《こぞ》の三月、東宮の師貞《もろさだ》親王様読書始めの儀に、副侍読《じどく》*を任ぜられたこと、また、かねてより、大学寮の文章生《もんじょうのしょう》*として大変優れていたことを、あちこちから聞き及んでいます。まあ、私も貴方より一昔前の文章生でしたがな。はっはっは。

いかがでしょうかな。同じ学び舎で学んだ誼《よしみ》、わが孫に漢詩文など授けてもらえまいか。なに、貴方がお考えのことはわかりますぞ。わが身が教えればよいのではないかと……。いやいや、とても貴方の才能にはわが才など及びません。それに、ものを教える場合、甘くてもいけない、厳しくてもいけない。孫は可愛いものですからな。やはり貴方にお願いしたいのです。

本来ならば、あの子も伊尹殿の蔭位《おんい》（律令制下で高位者の父祖の位階に応じ子孫を一定以上の位階に叙位すること）で、権門の出として楽に世の中に出て行けるはずの身であったが、あの子にはそのような道は、もう開けるとも思えませぬ。今は藤原氏が権勢の世、私のような源氏では後ろ盾になるのも限界があろうというものです。

それに、権力を手にした者が、思いのままにできる世の中だからといって、わが子や縁者の若輩者にいきなり高い位を与えるというのはどうかと思いますな。

名門の子弟に生まれ、苦労も知らずに栄華に慣れ切ると、学問など面倒なことは御免だとばかり遊び呆ける……、それを、また親も許しているようだ。

そうした者がそのまま大した実力もないのに官位だけが上がり、国の中枢で政務を執るようになるのですからな。嘆かわしいことです。

文字をろくに書けない公卿がいるとやら……、国のためになるはずがありませんな。ほら、そこいらにそうした例が、いくつも転がっているではありませんか。まったく、ろくでもないことが……。はっはっは。

わが孫には、そうした道を歩ませたくはない。

学問を基本とした実力で世間から認められることが、ゆくゆくは国家の柱石《ちゅうせき》になろうというもの。たとえ、私がこの世を去ったとしても、自分一人の力で立ち行けるはずです。それに、東宮様が次の御代をお継ぎになったおりに、あの子が学問を修めておけば、東宮様のお力になれるはずではありませんか。後ろ盾になるべき者が少ない東宮様の御為になるとも考えております。

桃園第からこちらのお屋敷には一条大路をまっすぐ東に来ればよい。若年の男子《おのこ》が体の鍛錬をするのにはちょうどいい道のりです。はっはっはっ。為時殿。どうか、わが意を汲み取って頂きたい」

と、頭を下げられたということでした。

そのほかにも、桃園中納言さまと父上は政《まつりごと》のお話などされたようです。

安和の変(九六九年)のおり、冷泉帝がご譲位になられたその日に、どういう理由《わけ》か桃園中納言さまが昇殿を許されたこと、そして、まもなく円融帝の蔵人頭になり、一年ほどで参議になられたその事情などを推察も交えてお話しになったようでした。

そちらの方面のことは、まだ、わたくしが幼かったので聞き洩らしてしまいました。今にして思えば、もっと詳しく聞いておけばよかったと残念でなりません。

「つい、長居をしてしまいました。どうも、年を取ると話がくどくなっていけませんな。お聞き苦しかった点は、なにとぞお許しを……。それでは、宮様(章明親王)に久しぶりにお目にかかって、ご機嫌伺いをして参りましょうかな」と章明親王さまのお邸の方へ向かわれたそうです。

父上は、わりと世の中の常識にとらわれない、自由な考えの持ち主でした。

「女子とは云え、お前はまだ六歳だ。男子も女子もあるまい。保光様の孫はお前よりひとつ年上だが、惟規も一緒に学ぶにちょうどおりがよい。お前も漢籍を読んでみる気はあるか？」とおっしゃったのです。

もちろん、わたくしに異存があろうはずがありません。

その時から、あの方とわたくしは学問の友になりました。

犬君《いぬき》、瑠璃君《るりき》とお互いを呼び合ってね。

誰も知らない、ふたりだけの秘密の呼び名でございましたけれども。


そうしたことがあって、あの方は父上から漢学を学ぶために、家人をお供に桃園にあるお邸から熱心に通って来られるようになりました。

それは、永観二(九八四)年、円融帝から花山帝の御世に移り、父上が式部丞(式部省の顕官で、才器ある者が就く)に任じられ蔵人として帝にお仕えするようになるまで続きました。

そのころ、あの方は十三歳になり、すでに十一歳の時、元服を済ませておいでででしたので、もう世間的にも従五位下、花山帝の侍従として立派な公達《きんだち》(摂関家に次ぐ家柄の子弟)でいらっしゃいました。

幼いころの涼しい目元はそのままでしたが、少し日焼けして、お顔つきは少し大人っぽくなっていらっしゃいました。

ここは、わたくしの曾祖父《ひいおじい》さまの屋敷で、建てられて百年は経っておりましょうか。

屋敷は、都の東京極大路《ひがしきょうごくおおじ》の東側、正親町《おおぎまち》小路の南にあって、敷地の東端は賀茂川の堤あたりまでありもます。それで、曾祖父さまは堤中納言《つつみちゅうなごん》と世間から云われていたようです。

近ごろ、めざましくお栄えになっていらっしゃる藤原道長《みちなが》さまのお屋敷、京極殿は東京極大路の西側、土御門大路《つちみかどおおじ》の南にあり、当家とは西南の方向、目と鼻の先のような近い所にございますよ。

それは、もともと左大臣 源 雅信《みなもとまさざね》さまのお屋敷でしたけれども、娘倫子《りんし》さまの婿に道長さまをお迎えになり、そして、のちに道長さまの所領となりました。

まあ、こう云ってはなんですが、ご自分より高位の、しかも財のある家の婿に納まることは、殿方にとって出世の早道ですからね。

道長さまが左大臣家に婿入りされたのは永延元(九八七)年、左近衛少将でいらっしゃったころのこと、今上帝(一条天皇)に御世が移ってまもなくでした。

道長さまも上手に世渡りされたものですね。藤原兼家《かねいえ》(右大臣から摂政)さまの五男でいらっしゃいましたから、まだ海のものとも山のものともつかぬ二十あまりの若者。ご自分おひとりで考えられたこととはとてもわたくしには思えません。

やはり、父君の深いお考えといいますか、後ろ盾があってのことでしょうか。

当屋敷は、東の対屋《たいのや》にお住まいの為頼《ためより》（藤原北家良門流・雅正の長男・歌人）伯父さまに伝領《でんりょう》されたものです。西の対には、父為時《ためとき》と弟惟規《のぶのり》とわたくし、そして、仕えてくれるわずかな者たちが住まいしております。

曾祖父さまがご存命のころはこの屋敷も随分と栄えていました。

邸内は、京の三条から四条あたりの、当世風な貴人《あてびと》の住まいに比べればおおぶりで古めかしい寝殿造りですが、古《いにしえ》が偲ばれる趣向があちこちに見られます。

曾祖父さまは、和歌・管弦をたいそう好まれた方、藤原兼輔《かねすけ》でございます。

醍醐の帝が東宮のころからお仕えし、帝の側近として従三位・中納言までのぼりました。三十六歌仙の一人と云われ、古今和歌集など勅撰集に多くの歌が残る歌人です。公卿《くぎょう》（律令制の規定に基づく太政官の最高幹部。国政を担う職位・参議以上）の一人でもございました。当時の文人の後援者として多くの歌人を援《たす》けたと為頼伯父さまや父上から聞いております。

歌会もいく度となくこの屋敷で催されたそうですよ。

あの、「男もすなる日記といふものを女もしてみむとてするなり」という書き出しで評判になりました「土佐日記」の作者紀貫之《きのつらゆき》さまや、「心あてに折らばや折らむ……」の歌を詠まれた凡河内躬恒《おおしこうちのみつね》さまなど、世に知られた歌人が数多《あまた》お集りになったそうです。

おのずと殿上人（天皇が日常生活をおくる清涼殿南廂に昇殿を許された五位以上の貴族）の出入りも盛んであったということでしょう。

そういえば、「心あてに」の歌の下の句、「初霜のおき惑はせる白菊の花」も、当時評判になったようでした。

それ以来、初霜と枯れかかった白菊の花の取り合わせに風趣があるというので、今でも好んで使う歌人がいますもの。

紀貫之さまが書いた「土佐日記」も、あちらこちらで書き写されて広く読まれました。それからでしょうか、女たちが仮名文字で日記を書くことが流行《はや》りましたのは……。

あの「蜻蛉日記《かげろうにっき》」もそうですね。

「蜻蛉日記」の作者は、時おり、当家のお隣の屋敷でお過ごしだったのですよ。

お隣は伊勢守・藤原倫寧《ともやす》さまの別業《なりどころ》(別邸別荘)でした。あまり大きくはないお屋敷でしたけれど……。

その娘の一人、世間では「道綱母《みちつなのはは》」と呼んでいます。

そのお方は、もともとは一条西洞院のお屋敷にいらっしゃったのですが、方違《かたたが》えのためお隣へ移ってお出でになりました。そして、そのまましばらくお住まいになったようでした。

そこへ、前《さき》の摂政関白太政大臣・藤原兼家《かねいえ》さま(当時は兵部大輔)がしばしば通って来られたとか……、わたくしが、まだ、この世に生まれていないころのことですけれどね。

おふたりの間には男子《おのこ》がひとり、道綱さまとおっしゃいます。

今、飛ぶ鳥落とす勢いの左大臣・道長さまの兄君です。

通い所の多い方と噂された兼家さまのこと、お隣の屋敷でじっと耐えて待っていらしたのでしょうか、道綱母のお方は。

かくありし時過ぎて　世の中にいとものはかなく　とにもかくにもつかで　世に経る人ありけり
——蜻蛉日記・冒頭

〔このように空しく半生が過ぎて、まことに頼りなく、どっちつかずの有様で過ごしている女がいました」

　このような書き出しで、待つ身の辛さを綴ったのが「蜻蛉日記」です。

　わたくしも読ませていただきました。

　いつの世も女好きの殿方に、女は悩まされるもののようですね。

　それにしても、道綱母のお方もずいぶんと気が強そうですこと、うふふ。

　門を閉ざして兼家さまを屋敷内に入れなかったり、頼まれた衣の繕《つくろ》いもせず突き返したり、結構、いろんな抵抗をなさっていたのが面白いではありませんか。

　当然ですとも、それくらいのこと。手前勝手な殿方にはねえ。

　それに、少し自慢気でもありますね。ずいぶんとご出世あそばしたお方の妻ですから、ご自分の身の上は「憂い、憂い。こんな不幸なことはない」と云いながらも、結局、夫が出世してゆく様をあれこれ書いていらっしゃるのですからね。

「蜻蛉日記」は、もっと別の意味で心に留めることが多くあって、わたくしにはたいへん印象的な書きものでした。

　わたくしが生まれる前に起きた出来事、たとえば「安和の変」のことなどが、さり気なく書いてありますから。

　そのことについては、また、あとで申し上げていきましょう。

　ああ、そうそう。

こんな話も、父上から聞いたことがございます。

この屋敷で曾祖父さまが催された歌会のことです。

たぶん、この釣殿に集《つど》って、お酒を酌み交わしながら短い夏の夜を愉しまれたのでしょう。ひょっとしたら、わたくしが座っているこの辺りに曾祖父さまがいらっしゃったかも知れません。

「夏の夜、（清原）深養父《ふかやぶ》が琴弾くを聞きて」と曾祖父・兼輔が詠じました。

短夜の　ふけゆくままに　高砂の　峰の松風　ふくかとぞ聞く

「おなじ心を」とて紀貫之さまが

あしひきの　山下水は　ゆきかよひ　琴の音にさへ　ながるべらなり

「題しらず」と引き続き藤原高経《たかつね》さま

夏の夜は　あふ名のみして　しきたへの　塵はらふ間に　明けぞしにける

そして、壬生忠岑《みぶのただみね》さまが次のお歌で締めくくられました。

夢よりも　はかなきものは　夏の夜の　暁がたの　別れなりけり

後撰集（九五五～九五七）の巻四・夏に載る歌会の一場面です。

辺りの情景そのままの、分かり易いお歌が多いですね。

のちに、漢詩文に通じる父上が云いました。

「これは、李嶠《りきょう》の「松風夜ノ琴ニ入ル」という漢詩と、拍牙《はくが》という人が奏でた琴の音を聴いて、鍾子期《しょうしき》が「山水」の趣がまことに通じ合っていると云ったという、「知音」の故事ふたつを引いているのだよ。ここに登場した五人の歌人の心に、このような故事が同時に浮かんだということだね。じつに見事なものだ」と感嘆していました。

才能、知識ともに豊かな文人たちが、よくぞ、ここに集われたものだと思います。

今や、望んでもこのような出逢いは、この場所に二度と起こりますまい。

ただ広いだけの、荒れ果てた屋敷が残るばかりとなってしまいました。

深養父《ふかやぶ》さまは、今上帝（一条天皇）の中宮定子さまに仕えている女房の一人、清少納言という方のお祖父さまです。清少納言は、今、何やら短い文章など書き始めて評判になっているようですよ。

また、高経さまはお隣の倫寧さまのお祖父さまでいらっしゃいます。

もう今は、この屋敷にしっかりと仕えてくれる家人も少なくなりましたので、南庭《なんてい》、南池《なんち》や中島《なかのしま》に架かる小さな橋など（寝殿造りの屋敷の庭）、手入れをする者もいないままに、草が生茂《おいしげ》り、軒の忍ぶ草もわがもの顔に蔓延《はびこ》ってね。まあ、荒れた庭の風情もそれなりにいいと云えばいいのですけれどもね。わたくしの曹司《ぞうし》（邸内に与えられる部屋）なども煤けたように古びてまいりました。

今では住む人もいない母屋《もや》（家屋の中心部分）の辺りには、夜ともなると灯りひとつなく、暗闇の中に大きな生きものが息を潜めて蹲《うずくま》っているようだと人は云います。

弟の惟規《のぶのり》も「闇が大きな口を開けて待ち構えているようだ」などと云い、家人たちは「薄気味が悪い」とあまり近寄りません。

でもね。わたくしには、この葎《むぐら》に覆われた広い庭や、いつかは崩れ去るでしょうけれど、母屋や対屋《たいのや》などが、年月《としつき》の過ぎ行くままに見てきたことをすべて飲み込んでね。微《かす》かな息づかいをしながら、静かに横たわっているように見えるのですもの。切なくなるほど愛おしく思われます。

古い屋敷には、家霊《かれい》が棲み付いていると人は云うではありませんか。

家霊かどうかはともかくとして、ここで生まれ、ここで育ち、そして亡くなっていった人たちの魂が、まだ、あちこちに留《とど》まっているように、わたくしには感じられてなりません。

とくに若くしてこの世を去った方々は、たとえ、この世が憂き世であったとしても、「あれもしたかった、こう在りたかった」といろんな思いを残されたことでしょうから……。

そういう方々の儚い命を思うと痛々しくて、胸が締め付けられるように切なくもなるのです。


わたくしの姉もそのひとりでした。

姉は、ふとした病がもとで若くして亡くなりました。

まさに満開になろうとする花が、一夜の嵐に脆くも散ってしまった、そんな儚い一生でした。まだ、つい、昨日のことのように思われます。

優しく、楚々とした静かな人でしたね。

年老いた侍女などが「大君《おおきみ》さまはお母上さまに、本当によく似ていらっしゃいますこと」としばしば云っておりました。

乳母の真砂《まさご》までも「大君さまは、お声や佇《たたず》まいまで、ほんにお母さま似でいらっしゃいましたけれど……」と同じように云い、そして、わたくしをしげしげと見つめるのです。わたくしが父親似だと云いたいのでしょうか。

幼いころに母親を亡くしたわたくしたち姉弟《きょうだい》にとって、母親代わりのような人でした。姉に母上の面影を見ていたのかもしれません。

姉はもともと体が丈夫ではなく内に籠りがちな性質《たち》でしたので、流行病《はやりやまい》にかかったあと、しだいに体が衰弱して正暦四(九九三)年秋の初めに空しくなりました。

桑子《そうし》さまという方がいらっしゃいました。

桑子さまは、曾祖父さま藤原兼輔の娘で醍醐帝の更衣《こうい》(平安時代天皇の衣替えに奉仕する女官の称。後に女御に次ぐ后妃の身分)として、延長元(九二三)年に入内なさった方です。

母君は右大臣・藤原定方《さだかた》さまの娘のひとり。その方の姉君がわたくしのお祖父さま・雅正《まさただ》の妻、わたくしのお祖母さまになります。

ちょっと、ややこしいのですが、わたくしの祖母の妹を曾祖父さまが妻にしていた、つまり、わたくしの父にとって、桑子さまは従兄弟にあたります。

桑子さまが入内された明くる年、章明《のりあきら》親王さまがお生まれになりました。

もちろん、この屋敷が桑子さまのお里でしたから、章明親王さまはここで誕生されたのです。

父上の兄弟は皆、章明親王さまの従兄弟という間柄になり、当家は親王さまをお守りするべき一門でもあるのです。

醍醐の御世は四十余年続きました。

桑子さまが入内なさったころには、醍醐の帝に女御《にょうご》、更衣が多数《あまた》おいでになって、たいそうなご苦労があったことと思われます。

いづれの御時にか　女御更衣あまたさぶらひ給ひける中に　いとやむごとなき際《きは》にはあらぬが……

——源氏物語・桐壺冒頭

〔帝はどなたの御世でございましたでしょうか。女御や更衣が大勢お仕えなさっておられた中に、最高のご身分とはいえませんが……〕

と、まあ、こんな有様であったのではないかと想像いたしております。

章明親王さまが三歳になるころ、桑子さまは病《やまい》がちになって、とうとうお亡くなりになりました。

周りの者たちの嘆きはいかばかりであったことでしょう。

そのころのことでしょうか。

曾祖父さまは、親が子を思う気持ちを、歌に詠んでいます。

人の親の　心は闇にあらねども　子を思ふ道に　まどひぬるかな

——後撰集・雑一

〔子を持つ親の心は、闇というわけではないけれども、子のことになると、道に迷ったように狼狽《うろた》えるものです〕

この歌は、醍醐帝《だいごのみかど》に差し上げたということでした。

曾祖父さまは、帝の外戚（母方の親戚。醍醐帝の母は藤原高藤の娘胤子）の一人として東宮さまのころよりお仕えしていました。

醍醐帝は曾祖父さまより、八歳年下、こんな歌を帝に差し上げることができるほど、曾祖父さまは、帝のお傍近くにお仕えしていたのですね。


曾祖父さまのお悩みは、他人には計り知れないものだったのだと思います。

この歌の「子」とは娘の桑子さまのことだったのでしょうか。それとも、孫の章明親王さまのことだったのか、今では、はっきりと分かりかねることではありますけれども……。

それからおよそ三年の後、延長八（九三〇）年、醍醐帝は崩御されました。

その直前に、やっと章明親王さまは親王宣下され、二品《にほん》の宮になられたのです。その時、章明親王さまは六歳になっていらっしゃいました。

醍醐帝には数多《あまた》の皇子がいらっしゃって、二、三人まとめて同時に親王宣下ということも珍しくはなかったようでした。

曾祖父さまは、章明親王さまの行く末を思い、どんなにかほっとされたことでしょう。そのまた三年後、曾祖父さまもお亡くなりになりました。五十六歳でした。

*章明親王さまのお邸は、この広い曾祖父さまの屋敷内（堤中納言第の北側。角田文衛『紫式部伝』などに記載）に建てられ、親王さまは正暦元（九九〇）年まで御存命でいらっしゃいました。

わたくしも存じ上げております。

その宮邸は、当家のお隣の倫寧さまの屋敷と接していましたので、親王さまは道綱母のお方やその夫、藤原兼家さまとも親交があったご様子です。

「蜻蛉日記」にそのことが記されています。

章明親王さまが兵部卿でいらっしゃったとき、部下の兵部大輔《ひょうぶたいふ》(兵部省の次官)でありました兼家さまとの贈答の歌に面白いやりとりがいくつかございます。

兼家さまのお歌となっていますが、道綱母のお方の代作が多いでしょうね。歌合せの折など、ご子息の道綱さまの代作もなさったと聞いておりますから。

あまたの贈答歌の中で、なかなか意味深長な章明親王さまのお歌がありましたよ。

とこなつに　恋しきことや　なぐさむと　君が垣ほに　をると知らずや　――蜻蛉日記・章明親王

〔お宅の垣根のなでしこを折り取って見ていたら、恋しさが慰められるかと思って、いつまでもここにいるのですが、この私の気持ちをお分かりいただけませんか〕

章明親王さま、ひょっとして道綱母の方に、気がおありだったのかしら……。美しい方と評判のようでしたから無理もありませんね。

ともかく、このころが、親王さまの一番お幸せな時期であったかもしれません。

その後、辛いことがあまりにもたびたび起きましたので……。

それにつけても、その後の兼家さまのお仕打ちは、章明親王さま宮家の内情をお隣から、じっと窺ってのことだったのでしょうか。

宮さまの娘、済子女王さまに起きた悲しい出来事を思えば、そうとしかわたくしには考えられません。

いろんな憂きことが続いた後、章明親王さまのご一家は、世を避けるようにひっそりと屋敷内《やしきうち》に籠ってお過ごしでした。いたたまれないお気持ちが募ったのでしょうね、しばらくして、宇治の別業《なりどころ》へお移りになりました。

章明親王さまのお邸は、浅茅《あさじ》(背の低いチガヤ)が庭の面が見えぬほどに生い茂り、蓬《よもぎ》は繁茂して軒と争うまで高く生え上がってしまいました。葎《むぐら》(つる草の総称)が、東西のご門に這い纏わりついて開けられぬほど。

崩れがちな外周りの垣を、馬や牛が踏み均して通り道にしています。他家の牧童までが、お邸内に入って、馬や牛を放し飼いにする始末です。

今はもう、人の出入りが華やかだったころの、宮家の面影はすっかり消え失せてしまいました。

こうして、わたくしの近しい人たちは、次々とこの世を去って往きました。

まことに人の世は儚いものです。

⌘

中門廊《ちゅうもんろう》の辺りで人の声がして、車宿《くるまやどり》の方へと移っていくようです。

「お帰りになるのだわ」

釣殿から西門を見ると、牛車《ぎっしゃ》と従者《じゅうしゃ》が二、三人、出立するばかりに整えて、待ち構えています。

ずいぶん西に傾いた月の光の中に、あの方のお姿がゆったりと現れ、辺りの景色はまるで影絵のような無音の世界になっていきました。

従者の差し出す松明《たいまつ》の灯りの輪に、青鈍《あおにび》の直衣《のうし》の袖口からおそらく下襲《したがさね》は深緋《ふかひ》色でしょうね、それがわずかにこぼれて……。

あの方が、舞うようにゆっくりと牛車に乗り込まれる。

その一瞬、あの懐かしい、月のような白い面《おもて》が、わたくしの方に向けられたような気がいたしました。

七年ぶりに見た懐かしいお顔でした。

「おうしっ、おうしっ」という従者の掛け声とともに、牛車は西門へと消えて行きます。

ほんのわずかな、夢の中の出来事のような光景でした。

はやうより童友だちなりし人に　年ごろ経て行きあひたるが　ほのかにて　十月十日のほど
月にきほひて帰りにければ
めぐりあひて　見しやそれとも　わかぬ間《ま》に　雲隠れにし　夜半《よは》の月影
——紫式部集・一（定家本系による）

⌘

あっ、あぁっ……誰。それ、その人、誰なの？

叫んだ自分の声に、安紗子《あさこ》は目が覚めた。

いつの間にか、一時間は眠ったようだ。

寝不足と問題未解決の不満が残って、頭の芯が痛い。

いつもの朝のように、安紗子はベランダに出た。

蒼い空に九月末の、昇り始めた太陽が眩しい。まだ、下弦の白い半月が南の空に残っている。

台風二十号が去り、昨日までの曇り空が嘘のようだ。吹き返しの北西の風が、蒸し暑く重い空気をすっかり払い除けてくれていた。うまい具合に、台風は南の海上へ去ったけれど、もしかしたら上陸するかもしれないという心配のほかに「あること」が心をざわざわさせて、昨夜はなかなか寝付けなかった。

コンクリートの軒先まで緑色のネットを這い伝い、瑠璃色の朝顔が溢れるように咲いている。一目では数えられないほどだ。

いくつ、咲いたかしらん……水をやりながら安紗子はふと考えた。

「廬山寺《ろざんじ》へ、もう一度行ってみようかな」

そうすれば、この心に引っかかった「あること」が、すっきりと解けるかもしれない。

秋にもなりぬ……
前栽の色々乱れたるを　過ぎがてにやすらひたまへるさま　げにたぐひなし　廊の方へおはするに　中将の君　御供に参る……
咲く花に　うつるてふ名はつつめども　折らで過ぎうき　今朝の朝顔
いかがすべきとて……
――源氏物語・夕顔

〔いつしか秋になっていた……。秋草の花が色とりどりに咲き乱れる前栽《せんざい》を、そのまま見過ごしがたく、立ち止まっていらっしゃる源氏の君のご様子は、またとない美しさ。廊《ろう》の方へお出でになるので、中将の君はお供申しあげる……。

　咲いている朝顔の花のような、あなたに心を移したと評判がたつのは気になるけれど、しかし、
　このまま手折《たお》らずに素通りすることはできないほど、今朝のあなたは美しいね
と源氏の君はおっしゃる……」

一瞬、安紗子の目の前を「夕顔」の一場面がよぎるような気がした。

「なんと、艶っぽい……」

それは、こんな朝のことだろうか。

南の空の、少し傾いた白い月を仰ぎ見た。偶然とはいえ、間のいい時刻にベランダへ出たものだ。

安紗子は頭の芯にある重さが抜けていくような気がした。

　暁に帰らむ人は　装束などいみじううるはしう　烏帽子《えぼし》の緒元結かためずともありなむとこそ
　おぼゆれ　いみじくしどけなく　かたくなしく　直衣　狩衣などゆがめたりとも　誰か見知り
　て笑ひそしりもせむ
　人は　なほ暁のありさまこそ　をかしうもあるべけれ……
　　　　　　　　　　　　　　　　　　——枕草子・暁に帰らむ人は

「暁《あかつき》に女のもとから帰ろうとする男が、装束《しょうぞく》などをきちんと整えて、烏帽子《えぼし》の緒《お》や元結《もとゆい》もしっかり結んで帰るような無粋なことはして欲しくないわね。ひどく締りがなくて見苦しいほどに、直衣《のうし》や狩《かり》衣《ぎぬ》などをゆがめて着ていたとしても、誰がそれを見て笑ったり悪口を云ったりするものですか……。男は、何といっても暁のふるまい方に風情があって欲しいものなのよ」

「枕草子」の一節も浮かぶ。これは、清少納言の体験か。そうかもしれない……と思うが、やはり、

情景の美しさは紫式部の感性が勝る。

君達《きんだち》の朝帰りの場面が書き手によってこんなに違うのも面白いと、安紗子はクスッと笑った。

やはり、京都へ行こう。

もう一度、廬山寺の辺りへ……。

二章

五年前から、安紗子は、地方都市の私立Ｉ大学人文学部で講師をしている。

Ｉ大学は、二〇〇〇年ミレニアム記念で設立された文化系大学だ。

当時、女子短期大学への志望学生が激減するという社会的情勢のため、男女共学の短期大学に移行するか、あるいは、四年制大学に昇格させるという手法が流行していた。また、学部の多様化や大学間競争による質の向上を目的に、国が大学の設置基準を緩めた経緯も大いに影響している。

その結果、雨後の筍《たけのこ》のように、あちこちに小ぶりな大学が出現した。Ｉ大学も女子短期大学に文学部と人文学部を併設して、Ｉ大学としてスタートしたのだった。

「そんな大学どこにあるの？」と、意地悪な質問をされる時もある。しかし、安紗子のように流行の先端からはほど遠い日本古代経済史という学問を修めた者にとっては、まことに有難い職場であった。

もし、この大学の常勤講師というポジションに就いていなければ、私立大学を二、三掛け持ちする非常勤講師を今も続けていたに違いない。収入は不安定、社会的な信用も、今ひとつであっただろう。

小さな大学といえども、一応、Ｉ大学人文学部日本史学専攻科講師という肩書を持つことができた。

Ｉ大学の人文学部は、歴史的に貴重な一次資料をまず精査した上で、日本の歴史や文化を論理的に探究するという教育内容だが、派手な話題性はないので特別若者に人気のある学部でもなく、学内でも地味な存在だ。

それだけに、重箱の隅をつつくように懇切丁寧な教育方法を採っている。懇切丁寧と云えば聞こえはいいが、手取り足取り学生の面倒をみているようなところもあった。

安紗子がＩ大学に赴任したころは、女子短期大学から大学に移行したという性格上、女子学生が多く、講義中の居眠りはまだしも、目の前で化粧をする、私語は日常茶飯事という学生にイライラした時期もある。

私学という立場からいえば、学生は「お客様」だ。意欲も興味もない若者たちを「学生」に育てることが自分の役割なのだと覚り、一人でも多く関心を持ってもらえばと開き直ったころから、安紗子の講義は面白いと学生の間でも評判になった。現代からかけ離れた社会を掘り起こす学問であってみれば、そうした努力も当然かもしれない。

そんなＩ大学の日本考古史学研究室は、「花山院と一条帝の時代」が研究テーマの梶田教授（国立大学の講師からこの大学へ転じて准教授から教授になった人である）と、「古代日本経済史」、主に平安中期以降の流通経済を研究している講師の安紗子、それに、Ｉ大学の卒業生で研究室の雑務なども一手に引き受ける助手の由布子という、少人数の研究室だ。

文系の研究室としては珍しく、個室ではない。

三人の机が配置されたさほど広くない部屋は、ゼミの学生が入って来ようものなら雑然となってしまう。家庭的で親しみやすい研究室といえないこともないが、整理整頓係も担っている由布子の口癖が「もう、狭いんだから……」というのももっともであった。

⌘

創立して十年足らずの、しかも、学内の主流ではない研究室であってみれば、「致し方なし」と梶田教授は諦めているらしい。

二〇〇八年春、桜の木々に囲まれたI大学は、入学まもない初々しい学生たちのざわめきに、キャンパスは若返り、活気づいていた。

桜の季節もいつのまにか過ぎて、窓を閉め切っていると汗ばむほどの陽気だ。

その日の講義もすべて終わり、緊張感が解けた研究室には、のどかな空気が漂っている。

「昨日の教授会で出た話なのですがね」と梶田教授が、二人の女性に囲まれているせいかいつもの律儀な、一線を画した口調で切り出した。

「当大学も開校して、来年で十年になりますからねえ。これまでの大学としての基礎固めの段階を終えて、いよいよ発展的方向に向かおうではないかということになったのです。来年、十周年記念セレモニーも考えているらしいですよ」

「早いですねえ。もう、十年ですか」安紗子は、ここへ来た当時の自分を思い浮かべるような、遠くを見る目になった。

「そこで、とりあえず、今公開している大学のウェブサイトを、ですね、作り直すことになりました。これまでの大学案内という体裁ではなく、世間一般の人が見ても楽しめるような、柔らかく、何というか、個性的なものにしようと……。

学長のお考えは、《研究室の窓から》というタイトルで二、三の研究室から各々違った企画が出てくれば面白いね、ということでした」

そして梶田教授は、こんな話を切り出した。

ただ今、世間は「源氏物語千年紀」で湧いている。

左衛門《さえもん》の督《かみ》　あなかしこ　このわたりに　わかむらさきやさぶらふ　とうかがひたまふ　源氏に似るべき人も見えたまはぬに　かの上は　まいていかでものしたまはむと　聞きゐたり……

——紫式部日記

〔左衛門の督（藤原公任《きんとう》）が、「失礼いたします。このあたりに若紫はおいでてでしょうか」と、几帳の間から御覗きになります。源氏の君に似ていそうな素敵な御方もいらっしゃらないのに、あの紫上などが、どうしてここにいらっしゃるものですか、と思って私は聞き流しました……〕

と紫式部が日記に書いている。

寛弘五年九月十一日(一〇〇八年十月十二日)、敦成《あつなり》親王(後一条天皇)が藤原道長の屋敷、土御門第《つちみかどてい》で誕生した。その御五十日《いか》の祝いが十一月一日に盛大に催されている。

その席で、おそらく酔いもまわっていたのだろう。公任が冷やかし半分に、誰彼となく女房たちに声をかけて廻った。

「紫式部日記」十一月一日の記述である。

この記述から、「源氏物語」の「若紫」の帖は、少なくとも寛弘五(一〇〇八)年十一月一日以前に確かに存在していたと、今では世間の定説になっている。

こうした理由で、日本古典文学に携わる者や「源氏物語」愛好家、マスコミなどが、二〇〇八年を「源氏物語千年紀」にしようと目論んで湧いているのだ。

そこでI大学でも、世の中の流れに乗って、「源氏物語」ガイドのような軽い読み物風の連載を企画のひとつにしたらどうか、ということになった。

梶田教授が云う。

「そのようなわけで、「研究室の窓から」のうちのひとつ「源氏物語ガイド」をこの研究室で担当してくれないかと云われたのです。安紗子君、どうですかね。お願いできませんか」

「えっ、私が、ですか⁉」

思わぬ風向きに、安紗子は悲鳴に似た声を上げた。


「梶田先生がおやりになるお話だと思って、伺っていましたが……」

「いやあ、まあ、それは、どうも……ね。私は「源氏物語」が苦手でしてねえ」

「私だって得意じゃあないです。原文を全部通して読んだこともありませんし……」

「内容は知っているのでしょう？」

「まあ、一応は……。平安中期が私の研究の対象ですから」

「ああ、それで、いいのですよ」

「えーっ、それなら、梶田先生の方がもっとふさわしいと思いますけど。花山院と一条帝の時代がご専門なんですもの。源氏物語の時代にぴったりじゃありませんか」

「それはそうなのだが、ぴったり合うというのも、あまり面白くないものでね。それに、男と女がどうしたとかこうしたとかね、色模様の方はさっぱり……どうもねえ」

「あら、そうおっしゃるなら、私だってそういう話、得意ではございません。だいたい、他人の恋愛話なんか、昔から興味ありませんでしたもの」

「ははは……。どちらも、似たり寄ったりですかね」

傍らで、由布子がにこにこしながら、面白そうにふたりの話を聞いている。もう、すっかり帰り仕度も終わったようで、流行色のルージュが鮮やかだ。

ここで引くことはできないと、安紗子は真顔で云う。

「それに、「源氏物語」ならば、国文科の尾上准教授が最も適任だと思います。「源氏物語千年紀」のコメントなどで、マスコミにも時々登場されていますし、知名度も、この大学では突出していらっしゃると思いますけど」

「いやあ、それがどうも、ね。教授連中の間であまり評判がよくありません。まあ、やっかみも多分にあるでしょうが」

「そんなあ……」

「それとですね。もうひとつ、ここの研究室が指名されたわけがあるのです」

「なんですか、それは……」

「学者という者は、皆そうなのだが、自分の専門となると、どうも、こむずかしい理論を展開したがるものです。持論となれば意固地になることさえあるでしょう」

「ええ、まあ。学会ではよくあることで」

「「源氏物語」のガイドというからには当然、対象が広くなりますねえ。一般の人にも解り易くするのが最も大切。だから、「源氏物語」の専門家ではないほうがいいということですよ」

「それで、この歴史専門の研究室に……」

「そうです。われわれの研究は、物語から遠からず、ということでしょうかな。はっはっはっ」

笑ってはいられないと、安紗子は思う。何とかして、引き受けさせようとする梶田教授と、断りたい一心の安紗子とのやり取りが続いた。


「「源氏物語」の作者は女性です。やはり、これは安紗子君の方が適任だと私は思いますよ。私よりですね。同じ女性だからこそ、理解できることもあるような気がします。私もできる限り協力しますから。どうでしょう、引き受けてもらえませんか」

結局、梶田教授の次の言い分で決まったようなものだった。

「まあ、これは云わないでおこうと思っていたのですが、この話、理事長と学長の間で素案が出来上がっていたものなのです。できるだけ、これからの人にこの仕事を任せてみようと、つまりですね、I大学の将来のために、若い人の活躍の場をつくろうというわけです」

業務命令に近い、上からの依頼なのだと安紗子は察した。

面倒な仕事であまり気が進まないが、I大学教員の一員である以上仕方がないことかと、とうとう安紗子は引き受けることになった。


いつのまにか、研究室は暮れ初めていた。

日中の温かい気配だけが窓辺に残っている。安紗子をどうにか説得できたことに、梶田教授はほっとした様子で、「それでは、私はお先に失礼します。これから、ちょっとした会合があるもので」と、帰り仕度をして、そそくさと研究室を出ていった。

思わぬ事の成り行きと、梶田教授になんだか云い負かされたような気分もして、安紗子は浮かぬ顔だ。

「梶田教授、きっと、飲み会ですよねえ」

由布子は、安紗子の気持ちを察したかのように、明るい声で云う。

そして、研究室の灯りを点けて廻った。

安紗子は、由布子の気さくな性格を好ましいと思っている。

由布子は安紗子より十歳以上も年下なのに、人と人の間をごく自然に結びつけてくれる。どちらかといえば、初めて会う人とは打ち解けにくい安紗子だったから、誰とでも気安くお喋りができ、機転が利く由布子にたびたび救われていた。

「安紗子先生《センセ》。楽しみにしています、「源氏物語ガイド」。私も「源氏物語」を詳しくは知りません。だから、楽しみなんです。

私にとっての「源氏物語」は、大和和紀《やまとわき》さんの「あさきゆめみし」（漫画・一九七九〜九三 講談社miniで連載）ですから。受験勉強のための源氏も「あさきゆめみし」で済ませたんです。あはは。「あさきゆめみし」イコール「源氏物語」だと思っている人、少なくないと思いますよ。「あさきゆめみし」に大和和紀さん自身の創作が入っていると知ったのは、高等部二年の時でしたね。

あっ、「源氏物語」といえば、もう一つあります。高等部一年の時でしたけど、学園祭で「末摘花《すえつむはな》」を上演する機会がありました。ささやかな内輪の上演でしたけれど」

「あら、由布子さん、演劇部だったの」

「はい。そんな不思議そうな顔で見ないでくださいよ、安紗子先生。照れるじゃあないですか。当時のI学園高等部は女子だけでしたからね。共学になる前の最後の卒業生なんです、私。

女子だけで上演できる芝居って少ないでしょ。

でね、榊原政常《さかきばらまさつね》作の「しんしゃく源氏物語（末摘花の巻）」を選んだんです。何しろ、登場人物が女性ばかり七人ですから」

「へえ、そうなんだ。それで、由布子さんは末摘花を演じたの？」

「いえいえ、私は末摘花の乳母子《うばこ》の侍従《じじゅう》役でした。衣装係と掛け持ちでしたけれど」

「どんな内容なの、そのお芝居」

「『しんしゃく』は、斟酌か新釈か、両方かけているのかもしれません。『源氏物語』の『末摘花』の巻というよりは『蓬生《よもぎう》』の巻を下敷きにして、今風に書き下ろした作品ですね。私の侍従役も、割り切って世を渡る現代っ子のような台詞《せりふ》で構成されていましたよ」

「へえ、面白そうねえ」

「末摘花の容貌からくる滑稽な面白さというより、むしろ末摘花の素直な心情を全面に出した、全体に哀切が漂う芝居でした」

「ああ、それで『蓬生』の帖が主体になっているのね」

「はい。登場人物の台詞は榊原政常の今風の言葉づかいで書かれていたんですが、ト書きは源氏風で、確かこんなふうでした。

……と、いうと、どんなに立派な御殿かと思うが、御殿とは名ばかりで、つまり、半分崩れかかった古寺を想像すればよい。簀子は穴だらけだし、上げてある格子は大部分欠けた所があるし、高欄も折れたり腐ったりしている。几帳もすすけて、白い地が鼠色に変わっている。そこら中に雨漏りのしみ。前栽は雪で蔽われてはいるものの、手を入れたこともなさそうな植込み。ところどころに蔦のような蔓がからんでいるのもスッキリしない……」（榊原政常作品集第一巻「しんしゃく源氏物語」）

「まあ、由布子さん、よく覚えているわねえ」

「ト書きも含めて台本をすべて暗記することが芝居の基本ですから。それと、もの覚えの一番いい時でしたからね。あははは。それで、「源氏物語」を調べる必要があって、読んだんです。与謝野晶子の口語訳ですけど」

「五十四帖、全部読んだの」

「はい。一応ですけど」

「じゃあ、由布子さんの方が私より、よほど源氏を知っているわけねえ」

「とんでもない。ほんのざっと読んだだけですから。でも、だから、「源氏物語」に興味はあるんです。そういう人たち、結構、世の中に多いと、私、思いますよ」

「そうかもしれないわねえ。私も高校生の時、「なんて素敵にジャパネスク」（氷室冴子作。平安時代の宮廷貴族社会を舞台にした少女小説）を読んで、源氏ふうって、本当はこうかもしれないと思ったものねえ」

「そうですよ。安紗子先生。潜在的な源氏ファンはたくさんいるはずです。ウェブサイトの読者は増えますよ、きっと」


安紗子を励ますように云い、由布子は微かな香りを残して帰って行った。

由布子とのお喋りで、ほんの少し慰められた気はするが、「でも……」と安紗子は、胸の内で呟いた。

いったい、どのようにあの五十四帖もある物語をガイドしろというのかしら。

一般の人にもわかり易くなんて、難しい。

間違ったことを書いたら大変だわ。何ていったって天下の「源氏物語」だもの。むしろ、「源氏」愛好家に説明する方が、まだやり易いかも……。

「突き詰めれば、好みの問題です」と逃げられるけど、一般人には、そうはいかないもん……。

論文のように書くわけにはいかないしねえ。

もっともらしく専門用語や、やたら漢字混じりのむずかしい言葉を並べた論文ほど、中身はもうひとつのことが多い。簡単にいえば一行で終わるようなことを、くどくどと繰り返すものもいっぱいある……。

スタートは創立記念日の十月の中頃とか、梶田教授、云っていたわね。

五か月間で準備ってことか。そんなの無理よ、無理。私には学生への講義の準備だってあるんだから……。

十月といえば、来年度の入学案内が世間に出るころ。当然、高校生もしばしばウェブサイトを見るわけね。ということは、志望者数にも影響を及ぼすということか……。

梶田教授、若い人を登用する機会だなんて、調子のいいこと云って。結局、自分が関わるのが面倒くさいから、私に押し付けたんじゃないの？

引き受けた私も私だけど……このような重い荷物を背負うのは無理です、とはっきり断ればよかった。どうかしていたなあ。

それに、国文科の尾上准教授、このことを知ったら、一言きっとあるわね。すれ違いざまに「期待しておりますわよ」とか何とか云ったりしてさ。

考えただけでも嫌な感じ。ああ、気分が滅入ってくる。


ひとり残った研究室で、安紗子はあれこれと逡巡した。今さら愚痴を云っても始まらないが、何かを云わずにはいられない気持ちだった。

窓の外はすっかり暗くなっている。

「これから、晩飯、一緒に食べない？」

長柄《ながら》からの携帯メールだった。

「OK。いつもの所ね」と返信すると、安紗子は突然降りかかった憂鬱を跳ね返すかのように立ち上がり、帰り仕度を始めた。

口紅をわずかに塗り直し、髪の毛を両手で盛り上げるように整え、窓ガラスに映った自分に向かって、ちょっと笑ってみせた。

「これで、よし」

先が見えない鬱陶しい気持ちが、少し和らいでいく。

十六夜《いざよい》の月が山の端《は》にかかっていた。

三章

Ｉ大学ウェブサイトの企画《研究室の窓から「源氏物語」の時代にタイムスリップしてみると……》は、二〇〇八年十月十五日、予定通りスタートした。

初回は、安紗子の「源氏物語」に対する考えと簡単な物語のあらすじを紹介して、軽い雰囲気の「始めの章」とした。

十一月は「桐壺」、十二月は「帚木」と、毎月一帖ずつ進めていったが、問題もなく二年あまりが過ぎた。とくに問題が起きなかったのは、一般的な「源氏物語」解釈からなるべく外れないように、安紗子自身が気を配ったせいかもしれない。

読者に語りかけるような今風の云い回しで、古典文学に馴染みのない若い人たちにもわかり易いように、平易な文章表現を心掛けた。

もっとも工夫したのは、読者が源氏物語中の登場人物のひとりとして、平安京に立っているような臨場感を持たせたことである。

この表現方法が好感度を高めたようで、かなり多くの読者を獲得していった。

「源氏物語」が書かれてから千年余り経った今、物語の読まれ方もずいぶん変化してきた。

作者の手を離れ、読者の手中にある「源氏物語」は、読者の想像の世界に委ねられているようなものだ。作者が存在したことすら忘れかけているのか、幾世代にも渡って伝えられた伝承話のように、空想上の作り話なのだと思っている人もいる。

「源氏物語」の読者の多くは、女性ならば、ヒロインの一人を自分にあてはめ、男性ならば、物語に登場する女人たちの中に、自分の好みに合う女性像を求めて、恋愛譚の展開を自身に起きたことのごとく楽しんでいる。

今や、「源氏物語」は「みやびな平安朝の恋愛絵巻」と誰もが信じて疑わない。

ありがたいことに、I大学のウェブサイトには筆者と読者を繋ぐ方法として、コメント機能が設けられているので、読者の反応がわりと早く伝わってくる。安紗子の「源氏物語ガイド」にも、かなり多くのコメントが寄せられていた。反論するもの、持論を展開するもの、軽い冗談をいうものなどいろいろだ。

「『源氏物語』は、世に云われているような美しい夢物語ではありません。もっとどろどろした人間の醜さを著わしているのです」

というメールが送られてきたので、安紗子が、「それならば」と、史実に近い調子で次の帖を展開すると、

「『源氏物語』はそんな薄汚い話ではない。もっと幻想的な美しい物語です」

と反論が返ってくる。

読者自身が物語にどっぷりと浸かるのも愉しいことだろうが、陶酔気味の人は現実的な解釈にはなかなか馴染めないらしい。

「お願いだから夢を壊さないで」といった嘆願調のコメントも届いたりした。

自分の好みを主張する者も多い。

「『源氏物語』は、古きよき時代の典雅な趣を著し、他に類がないほど美しい世界」と心服する人た

ちがいるかと思えば、「光源氏のような男が世の中にいるわけがない。次々と女を自分のものにしていくこんな話はけしからんし、面白くもない」と憤慨する声もある。

「それに比べれば、「平家物語」の方がどれだけ素晴らしいことか」と「平家物語」の講釈をさんざん述べた後、「源氏物語」は二度と読むつもりはないと云い切る人もいた。

物語に対する好き嫌いは、はっきり二分されるようだ。

各帖の登場人物にも、読者の贔屓がすぐさま顕れる。

男性に好まれるヒロインのナンバーワンは、世代を問わず「夕顔」らしい。男の思い通りになると思い込ませる女「夕顔」は、現実には望めないこともあってか、憧れの対象になるのであろう。だが時には「僕は、何といっても地味な花散里が好きです」という少数派の変わり種もいるから、安紗子は愉しくなる。

女性が好むヒロインは、時代とともに変化しているようだ。

昭和の前半には、良妻賢母型の「紫上」や「明石君」を好む人が大勢を占めていたらしいが、今では、自分の意志を通す「朧月夜」に人気が集まってきている。

男性たちは、いつも自分が光源氏になったつもりで、登場するヒロインに思いを馳せるのであろうし、女性は、思いが叶わなかった現実の憧れの君を、それぞれの光源氏と重ね合わせるのであろう。そうした楽しみを読者に与えるのも「源氏物語」ならではかもしれない。

いろいろと注文があっても、それだけ「源氏物語ガイド」が読まれている証拠だと、安紗子はさらりと受け流して書き進めていたが、安紗子自身も、自分にとっての光源氏は誰かしらとふと思いを巡らせることもあった。

「だとすれば、紫式部にだって光源氏がいたはずだわ。いったい誰だったのだろう」

その問いは、じわじわと滲み込むように、安紗子の心に広がり始めた。

「紫式部集」を読み始めたころで、ちょうど、「越前海岸に群生する水仙が見ごろ」というニュースを耳にした一月下旬のことだった。

⌘

二〇一一年三月十一日、金曜日。

《研究室の窓から「源氏物語」の時代にタイムスリップしてみると……》も回を重ね、安紗子は、三十章「行幸《みゆき》」の帖を書き終えていた。

四月掲載予定の「藤袴《ふじばかま》」の原稿を仕上げるまでには、まだ少し余裕があったので、安紗子はほっと一息入れていた。午後の講義予定がなかったこともあって、ランチを兼ね都心の美術館へ出かけた。

安紗子が好きな酒井抱一など琳派の絵画を集めた催しだった。

見慣れた作品も多かったが、「やはり、抱一の「風雨草花図（通称・夏秋草図屏風）」はいいねえ」とそれなりに充足感を味わった。美術館を出て、地下鉄の駅へ向かう通路を歩いていた。その時だ。

安紗子は、一歩踏み出した足元がグラリと斜めになる感覚に襲われ、思わず立ち止まった。

眩暈《めまい》ではない。

「えっ、何？　地震？」

何がどうなっているのか知りたい気持ちで、安紗子は一番近くのデパートに駆け込んだ。

店内が騒然としている。

エスカレーター、エレベーターは全て止まっていた。

店内放送が盛んに客に注意を呼び掛けていたが、誰にも詳しいことがわからないらしく、ただ不安げな面持ちで棒立ちの状態だ。「震源はどこ？　大きかったよね」と云い合うばかりだった。

すでに、電話も携帯も通じない。誰もがなす術《すべ》がなかった。

「とにかく、家に帰ろう」

安紗子は最寄の地下鉄の駅に向かう。地下鉄のホームは、溢れんばかりの人で混乱していた。

やっとの思いで家に辿りついたが、自宅のテレビ画面には目を疑う現実が映し出されていた。

小雪の舞う北国に、不気味なサイレンの音が鳴り続く。

鉛色をした海が恐ろしいほど盛り上がって、建物も車も田畑も、何もかも、大地の全てを覆い尽くしていく。

何度も、ＴＶ画面に繰り返される映像に言葉を失った。

　午後二時四十六分十八秒、マグニチュード九・〇、最大震度七
　震源は日本三陸沖（仙台市の東方七十㎞）、震源の深さ二十四㎞

これまで聞いたこともない大きな地震だ。

本州のほとんどの大地が揺れた。さらに追い打ちをかけるように、岩手、宮城、福島の三県には、十メートルを超す大津波が襲い、海岸地域は壊滅的な被害を受けた。

その恐ろしい光景は、TVの画面を通して全国に伝えられていった。

有史以来、日本は大きな地震を何度も経験したはずなのに、TV画面から、まるでその現場にいるような映像を繰り返し見せられると、人はみな茫然自失となり、心も体も固まったようになった。日本中が震撼した日だ。

翌十二日には、さらに、深刻な事態を全国民は知ることになる。

その日の午後三時三十六分、東京電力福島第一原子力発電所（福島原発）の一号機が水素爆発して、建屋の上部が吹き飛んだ。無残にも鉄骨が剥き出しになった建屋の映像から、福島原発の存在を初めて観た人も多かったはずだ。

テレビには、訳のわからぬ東京電力側の釈明と、要領を得ない原子力安全・保安院の説明。それに、やたら激高してみずからが号令をかけようとする総理大臣の姿が映し出された。

適切な手立てが打たれぬまま、十四日の午前十一時一分、今度は三号機が核爆発した。

黒煙が高く上がる様は、次に何が起きるか知れない恐怖を感じさせた。

天災に続く人災か。原子力発電所は、どんな天災にも耐えうる安全性を備えていると、以前から知らされていたのにと、人々はただ驚き呆れるばかりだった。

後に公表された事実は次のようなものである。

福島原発の運転中一～三号機の制御棒が、地震時に自動的に上がり緊急停止（原子炉スクラム）。

発電所への送電線が、地震の揺れで接触、ショートし、切断したため、変電所や各設備が軒並み故障。

送電線の鉄塔一基が倒壊。

そして、発電所へ外部から送られるべき外部電源が失われた。

不運はさらに重なる。

非常用ディーゼル発電機が起動したものの、地震の五十分後、遡上高十三〜十五メートルの津波が発電所を覆った。

地下に設置されていた非常用ディーゼル発電機は海水に浸かって停止。

電気設備、ポンプ、燃料タンク、非常用バッテリーなどなど、多数の設備が故障して、流出。

全交流電源喪失状態（後に専門家の指摘でステーション・ブラック・アウトと判明。略称SBO）に陥り、原子炉内部や核燃料プールへの、冷却用送水が不可能となる。

核燃料の溶解が始まった。

そのため、原子炉内の圧力容器、各配管など多数の設備が損壊し、史上例を見ないほど甚大な原発事故へと繋がっていった。

続いて、福島原発点検中の四〜六号機を除く一〜三号機の核燃料収納被覆管の溶解によって、核燃料ペレットが原子炉圧力容器の底に落ちてしまう炉心溶融《メルトダウン》が起きた。

溶融した集合体の高熱で、圧力容器の底に穴が開いてしまう。

その結果、核燃料の一部が原子炉格納容器にメルトスルー（漏出）し、また、メルトダウンによって、水素が多量に発生したためガス爆発を起こした。

その爆発のせいで、原子炉、タービン建屋など周辺施設が大破してしまったのだ。

三月十二日の時点で、福島原発から放出された放射性物質の総量は、七十七万TBq《テラベクレル》（原子力安全・保安院が六月発表・放射能の強さを表す単位でテラベクレルはベクレルの一兆倍）という恐ろしい数値だ。

これによって、高線量の放射性物質が拡散され、福島原発周辺地域の大気、土壌、海洋の汚染が発生した。

地震のショックから立ち直る間もなく、放射能汚染から逃れるため、福島県民の一部は、住み慣れた土地、家、仕事を捨て、他県へ次々と避難せざるをえなくなる。

おかしな云い方だが、それはまさに官民一体の混乱ぶりであった。

それほどに、想定外の出来事だった。

人間が考え出した「想定」とは、どの程度のことであったのか。想定外という言葉すら理解し難い状態に陥っていった。

原子力発電は、敗戦から高度経済成長を遂げた日本経済を支えた一要因ではある。正力松太郎が「原発の父」と呼ばれてきたのも、自社でキャンペーンを張った「原子力発電の安全神話」が五十年間近く問題なく続いたからに違いない。

だが、二〇一一年三月十一日、その「安全神話」は、完全に崩れ去った。

いつの時代にも、おおかたの為政者は、己のために政《まつりごと》をするものだと国民は知っていながら、「安全神話」など根拠のない思い込みに過ぎなかったと、あらためて福島原発の爆発事故で気づかされた。

だが、多くの人はその事実を直視することなく、権力を手中にしたいと狙っていた一握りの者たちの都合のいいペテンにかけられたのだ。

現在（二〇一五年三月）炉内燃料は、ほぼ全量が溶解し、放出線量は減りはしたものの放出による汚染は続いている。福島原発から半径二十キロ圏内は、現在に至るまで一般市民の立ち入りが原則禁止されている。

国際原子力事象評価尺度（INES）では、福島の原発事故を最悪のレベル七（深刻な事故）とした。*

この地震は東日本大震災と命名され、死者・行方不明者一万八四〇〇余名、建物全壊・半壊四〇万三六二〇余戸、避難者四十万人以上と後に判明した。

かつて経験したことがない想像を超えた惨状に、日本中の人々が茫然とし、意気消沈した。安紗子も同じことで、それから何をする気力もなくなってしまった。

それまで順調に進めてきた原稿がまったく書けなくなり、とうとう四月掲載予定の「藤袴」を休載にしてしまったのだ。

やっとの思いで、五月初めに「藤袴」を出稿して、「真木柱《まきのはしら》」「梅枝《うめがえ》」と書き進めたが、一度襲われた脱力感からは、なかなか抜け出すことができなかった。

「「源氏物語ガイド」も、まだ、やっと半分を越したところだ。ここで息切れするようでは、最終章の「夢浮橋《ゆめのうきはし》」までとても辿りつけない。途中放棄は何ともみっともない。そんなことは絶対にできない」

安紗子は奮起しようと、何度も自身を励ましてみるのだが力が沸いてこない。

どうしようもない苛立ちと焦りを感じていた。

「あらためて、一から出直さなければ……」という思いばかりが募る。

心が湧き立つような、強烈な手がかりが何か欲しい。

何かないだろうか?

結局、いい案も思い浮かばず、安紗子は、それまでたいして深く読み込んでいなかった「紫式部集」を精読することで、その手がかりを掴もうとした。


「紫式部集」には、解釈が未だに定まっていない歌が多い。

「源氏物語」に比べると、研究者が極端に少ないとも云われている。

そのことが、人があまり手を付けないことに興味を持つという、「何ごとによらず少数派好み」の安紗子の気質を刺激したのかもしれない。

「紫式部集」は、「源氏物語」の作者紫式部の自選による私家集だ。自身の身近に起きたことから生まれた歌を、時系列で編集したと考えられている。

「源氏物語」を理解するために、「紫式部日記」とともに「紫式部集」は、重要な資料であるはずなのだが、古《いにしえ》から文学的研究の対象としては、ほとんど顧みられなかった。

「「源氏物語」は、「もののあはれ」を著わした歌物語の頂点である」といった本居宣長《もとおりのりなが》(江戸時代の国学者 文献学者・医師)

も「紫式部集」を参考にしていないらしい。

歌集は、「源氏物語」解読に直接関係がないと考えたのであろうか。

宣長の著作「源氏物語玉の小櫛」は「源氏物語」の注解書として、現在でも「源氏物語」愛好者たちにしばしば読まれていて多大な影響を与えている。

「源氏物語」「紫式部日記」「紫式部集」は、ほぼ同時期に完成したようだ。

作者は、この三つをセットにしたと考えるのが、ごく自然だと思うのだが、どういう理由《わけ》からなのか、「紫式部集」は別物のように考えられている。まったく不思議なことだと、安紗子は思う。

最初に、「紫式部集」に光を当てたのは与謝野晶子《よさのあきこ》だった。「源氏物語」が皇室に対して不敬な物語だと排斥されていた時代、大正初期のことだ。

女性歌人ならではの感性と視点があったからこそであろう。


「紫式部集」が「源氏物語」の重要資料として、国文学の世界で認められたのは、それほど古いことではない。本格的に研究が始まったのは、せいぜい、一九六〇年代の後半くらいからだ。

それだけに、「紫式部集」に収められた百三十余りの歌の解釈は読む人によって様々で、未だに定着していない。

論文などで、歌集の歌を引用する場合、名の通った数少ない学者の説をそのまま引用して、「それで良し」としている向きが多いのである。

安紗子とて、註釈付きの「紫式部集」を初めて開いたころは同じ有様だった。

あらためて、「紫式部集」に気を入れて読み直してみると、まず引っかかりを感じたのは巻頭歌と二番歌であった。

はやうより童友だちなりし人に　年ごろ経て行あひたるが　ほのかにて　十月十日の程　月にきおひて帰りにければ

めぐりあひて　見しやそれとも　わかぬ間に　雲隠れにし　夜半《よは》の月影　――紫式部集・一

（一行空白）

その人　とをきところへいくなりけり　秋の果つる日来たるあかつき　虫の声あはれなり

鳴きよはる　まがきの虫も　とめがたき　秋のわかれや　悲しかるらむ　――紫式部集・二

〔早くから幼友だちであった人を、何年か経って偶然、お見かけしたのだけれど、ほんの束の間のことで、十月十日の月と競うようにして、その友は帰ってしまいました。

めぐり遭って、あの懐かしい幼友だちと見定めることもおぼつかないほどの短い時、その間に隠れてしまった夜半の月、その月明りに照らされた友の姿も、逢ったことさえ何とおぼろだったことでしょうか。

一行空白

そのひとは、遠い所へ行くのだそうです。秋が果てる九月の終わりの明け方まで、その人と語り尽くしましたが、虫の声が感慨深く聞こえました。

秋の終わりに、籬《まがき》で弱々しく鳴く虫の声も、私があなたを引き留めることができないように、過ぎて行く秋の別れを悲しむのでしょう〕

この二つの歌の解釈は、だいたい右のようなものが一般的である。

藤原定家が、歌留多《かるた》小倉百人一首に、紫式部の代表歌として選んだ歌は、この巻頭歌の「めぐりあひて……」だ。

歌留多取りに興じる時、まさか、「めぐりあひて……」が幼友だちとの別れを惜しんだ歌だったなどと、誰が想像するであろうか。あの艶やかな「源氏物語」を書いた作者の代表歌が恋の歌ではなかったなんて……。

しかし、「紫式部集」の著名な現代語訳のほとんどは、「女の幼友だちとの別れ」の歌だと解釈していて、「ええっ、嘘でしょ」と、安紗子は驚かされた。

巻頭歌と二番歌は、関連させて読むのが常識であるかのように云われてきた。二つの歌は互いに連携し合い、紫式部が若いころに体験した事柄を物語風に表現したものだというのである。

どうして、そのような解釈になるかと云えば、二番歌の詞書「その人　とをきところへいくなりけり」の「その人」に原因があるようだ。

「その人」とは、紫式部と同じような*受領《ずりょう》階級の娘で、「その人」は、都に戻って来たばかりであったが、再び親の任地へ旅立って行く。その束の間の再会を惜しむ、女同士の友情が二つの歌になったというのだ。

それで、巻頭歌の久しぶりに巡り逢った人は、幼いころから親しくしてきた女友だちということになるのだが、そうすると、二番歌の「秋はつる日」（九月末日）が、巻頭歌の「十月十日」より後に位置するのはどうも理屈に合わない、とする考えが出てきた。

ふたつの歌の主人公が「幼いころからの女友だち」だと主張する人たちも、論理的ではないと考えたのであろう、「十月」の「十」は書写された時の間違いで、じつは「七月」であるという説を打ち出した。

確かに、「七」が「十」に見えるような写しがあったかもしれないし、何度も書写を繰り返してきた古い書籍に、写し間違いが絶対になかったとも云えないが、説得力がある説とは云えない。

なぜならば、「七月十日」と「十月十日」の月影は、風情がまるで違うからだ。

別れを悲しむ状況に相応しい月影、そして紫式部の創作意欲をかき立てる月影は、十月のほうがぴたりとはまるのではないか。

旧暦七月十日といえば夏の盛り。暑い季節の月影に侘しさなどみじんも感じられない。むしろ、やっと涼しさの戻ってきた夏の夜の月影に安らぎを感じるほどだ。

感性の鋭い紫式部のこと、たとえそれが七月の出来事であったとしても、表現には十月の月影を選ぶはずである。

安紗子はそう感じた。


巻頭歌と二番歌、このふたつの歌が、いつごろのことを詠ったかについては、紫式部が父為時と共に越前に下った前年、長徳元(九九五)年のことと云われている。

この年は、疫病が大流行して公卿の多くが亡くなった。そのため、即位して十年になる一条帝の朝廷は混乱し、上位公卿の入れ替えが激しかった。

藤原道長が、急速に権力を手中にしたのも、この年からである。

それにともなって、受領階級の任命も、人選が変化していったと思われる。

十年散位《さんに》(律令制で位階だけあり官職に就いていない者)にあった藤原為時が、翌年の正月に越前守に補されたのも、そういう事情があったからであろう。

こうした世の中の情勢から推察し、二番歌の「その人」は、長徳元年八月末の秋の除目で、地方へ下ることになった人の娘とされているのだ。

そうした歴史的事実は確かにあるので、二番歌の解釈に根拠がないとは云い切れないのだが……。

だが、しかし、安紗子には、どうもその考え方がしっくりこない。

だいたい、二番歌の一般的解釈に、「秋の果てる日の明け方まで語り尽くしましたが……」と訳してあるのは、訳者の思い入れが過ぎるのではないのか。

本文中に「語り尽くした」などという表現はどこにもない。

本当に、長徳元年のことを詠った歌だったのかという疑問が湧いてくる。

二番歌の解釈は、「その人は、遠い所へ行かれることになった。秋も果てる九月末の、何の光もない薄暗い早朝に、その人の運命《さだめ》を思うと、鳴く虫の声までもあわれである。冬が近づき、この世と別れる時も近い籬《まがき》の虫が弱々しく鳴いている。留めることができない秋の別れが悲しいのであろう」と、文字通りのシンプルな訳の方が、むしろ歌意に近付くのではないかと安紗子は考えた。

それに、このふたつの歌は雰囲気が微妙に違うとも感じていた。

巻頭歌の「おぼろげな人」と二番歌の「語り尽くす人」が同一人物だとは思えない。「おぼろげな人」と一夜語り尽くしてしまったのなら、すでに「おぼろげな人」ではないではないか。「ほのかにて……めぐりあひて」でなくなれば、この歌はまったく艶消しである。

紫式部がそんな情趣のないことをするはずがない。

この二首は一連の歌だと考えなくてもいいのではないか。でなければ、歌集の代表的な巻頭歌の値打ちがなくなるというものだ。

長きにわたって歌道の宗匠とも云われてきた藤原定家が、書写した定家本系の巻頭に位置する歌、その後に、わざわざ「一行空白」と記しているのである。

定家も、巻頭歌と二番歌を切り離して考えていたのではないか。巻頭歌は歌集の顔であり、歌集全体の趣を伝えるための存在だ。二番歌からが、まさに「紫式部集」が始まるのだと……。

その時だ。安紗子の脳裏を突飛な考えが掠めていった。

この巻頭歌の幼友だちは、ひょっとして男ではないのか?

平安時代だからといって、幼友達が女でなければならないことはない、むしろ、この時代だからこそ男であったほうがわかり易い。

やはり、これは恋歌だ。後の世に書き遺したかった紫式部にとっての光源氏に違いない。

紫式部の初恋の人か。

それは、誰?

誰?

この瞬間、安紗子は迷路の入り口に立った。
安紗子の「紫式部の光源氏探し」が始まった。

⌘

夏が来ても、人々は想定外の天災と人災のダブルショックから立ち直れないでいた。なかなか梅雨が明けないような、湿った重い空気が日本中を覆っている。

そんな時、なでしこジャパンが、W杯ドイツ大会の決勝戦で米国と対戦して勝った。アジアから出場したチームとしては初めての優勝。もちろん、日本チームとしても男女を通して初の金メダル獲得であった。

七月十七日、ドイツから届いた映像は、金色《こんじき》の紙吹雪の中で歓喜する、なでしこたちの笑顔だった。優勝までの道のりは、決して緩やかなものではなかっただけに、その粘り強さと諦めない気持ちに、日本中がどれだけ勇気づけられたことか。

地震から四か月が経ち、被災地には日本各地から支援者が駆けつけ、行方不明者の捜索や山のような瓦礫の後片づけに携わっていた。

「絆」を合言葉に、夏休み中の多くの学生たちもボランティア活動に参加している。

I大学でも、四月に入ると同時に「東日本大震災の被災地を支援する会」を立ち上げている。寄付金や物資、励ましのメールなどを募り、全学を挙げて被災地支援の運動を展開してきた。支援地域を南三陸町に定め、今後の学生のボランティア活動の下調べも兼ねて、学生の代表者数名と大学の職員二名が、支援物資を携えて八月二十九日に出発した。

安紗子も職員の一人として、学生たちと南三陸町に向かったのである。

南三陸町へは、東北新幹線で古川まで行き、在来線の陸羽東線に乗り換え、石巻線、気仙沼線と乗り継いで柳津《やないず》駅に到るルートを選んだ。気仙沼線は津波の影響で、柳津から気仙沼までの線路が津波に寸断されて不通になっていたためである。ＢＲＴ（バス・ラピッド・トランジット。ＪＲ東日本のバス高速輸送システム）と呼ばれる代替バスが柳津駅から、南三陸町に向かう迂回路を走っていた。

⌘

安紗子から長柄《ながら》へのメール

長柄君
先日、少し話したように、学生六名と大学の職員、合わせて八名で、南三陸町へ行ってきました。
Ｉ大で集めた支援金と物資を持ってね。
それと、これから先、ボランティア活動を希望する学生たちのために
南三陸町の要望を聞くという目的も兼ねてです。
東北新幹線と在来線を乗り継いで、まず、柳津まで行ったの。
そこから南三陸町まで代替バス。

乗り継ぎが多かったせいもあるけれど、南三陸町はずいぶん遠い所でした。

新幹線が大宮を出た辺りから、屋根をブルーシートで覆う家があちこちに見え始めました。

けれどね。

仙台を通り過ぎ、古川に到っても、特別に変わった様子が見られないのです。

「本当に、ここら辺りが大地震に遭ったの？」という感じでした。

地震から四か月経っているし、もうこんなに復旧が進んだのかと思うほどで……。

少し拍子抜けもしました。

古川から柳津駅までの在来線の車窓からは、稲穂が出始めた稲田が青々と広がっていました。

同じような風景をどこかで見たような気がしました。

そうだ。

高校生の時、あなたと一緒に行った樽見線沿線の、あの風景に似ていたのです。

のんびりとして、何事も起こりはしない、穏やかな、そんな夏の終わりの光景がね。

ずいぶんテレビの報道と違うじゃないの。

被災地へお見舞いや支援に行くことすらおかしいのではないか……と思ったくらいです。

それが、いかに考え違いであったか、じきに思い知らされました。
柳津駅から代替バスに乗り換えて、かなりの時間走ったすえに
内陸側から山と山が迫った谷合に入って行きました。
幅の狭い川が流れていて、その川原には大きな石がごろごろ転がっている。

しばらくすると、山中には似つかわしくない漁船が
まるで、ギャラリーに展示でもしてあるかのような状態で、川岸に乗り上げていました。
周りを見回すと、左右から迫っている山肌の木々が
全て一五、六メートル辺りの高さまで、丸裸の状態なのです。
想像できないような津波が、その谷合まで迫って来た証拠を残していました。

岬を回ってね。
ほら、ニュースにもよく出てくる
女将さんが南三陸町の被災者を無料で宿泊させているという
「南三陸ホテルK」ね。
そのホテルの前を通って、反対側の海辺へ出ました。
その途端、目に飛び込んで来た光景に言葉を失った。
「あっ」という声さえ出なかった。
無い。
ほとんど何も無い。
いや、ある。
あることはある。
かつて存在したはずのものの痕跡はある。
山のように積み上がった車とタイヤの残骸。

復旧の作業をしている人たちもたくさんいる。

でも、そこには何もないとしか云いようがない、無彩色の光景が広がっていました。


ショックでした。

その時から、私の思考回路はピタリと止まってしまった。

茫然として、途方にくれるとはこういう状態のことをいうのかしらね。

家々のコンクリートの土台や建物の一部の残骸が、かつて、そこには町家があり
人々が普通に生活していた場所だったことを想像させる。

その跡に夏草が、青々と茂り始めていてね。

それが、また妙に生々しいの。

残酷な感じでした。

彼方には、夏の名残の太陽に無音の海がテラテラと照り返って、何事もなかったように静かです。

そのことが、なおさら津波の恐怖を感じさせ、不気味でした。


剥き出しの鉄骨だけになった、防災庁舎がある町の中心地を抜け
山手へ向かうと、台地のように広がった場所に出ました。

ベイサイドアリーナという駅があった所で、そこがバスの終点でした。

そこには、大きなスポーツセンターがあり、被災した多くの人たちが避難していました。

スポーツセンターの周りには、ボランティア受付のテントが立ち並び、もと駐車場だったのでしょう。

町役場の庁舎として無数のコンテナが、まるで積木細工のように並べられていました。

町を復旧させるためにはまず交通をと
いち早く柳津に通じる道路を整備した（その道路がないと南三陸町は陸の孤島になる）町長として
全国的に報道されたS町長や
役場の何人かの職員の人たちと話もしました。

大学側の支援の趣旨を伝えた時、感じたことがあります。

「この町のこの情景に驚かないでください。そして、忘れてください。私たちは頑張ります。

だから、また新しい南三陸町へ来てください。復興した町こそ見て欲しい」

と役場の職員が、皆一様にいうのです。

その一所懸命さと張りつめた緊張感が痛々しくてね。

こちらは何と応えたらいいのか、まるで言葉が見つかりませんでした。

常識的な慰めの言葉は、無意味のような気がしたのです。


その後、避難した人たちがいるベイサイドアリーナを訪問しました。

夏だから、もちろん冷房が入っているけれど、妙にひんやりとした一角があって。

そこだけが暗く、扉がピタリと閉まっているのです。

人を寄せ付けないような雰囲気で。

遺体安置所でした。

あの奥に何人も、亡くなった人々が、今横たわっている。

現実です。

次から次へと「現実」を突き付けられて、情けないけれど、私はヘトヘトになりました。


南三陸町から帰った後も、ボーっとしたままです。

何をしたらいいのか見当がつかない。

自分の日常の行為など、あのような事態に陥った町には何の役にも立たないと思い知らされた気がします。


大震災の後にね。

気持ちが萎えて、どうしようもなくダラダラしていた時、「紫式部集」に集中することで少しは自分を立て直すことができたような気がしたのだけれど
あれは、結局、私の錯覚だったのです。

積み上げたと思ったものが、瞬時に崩れ去りました。

厳しい現実を目の前にすると、文学も、芸術も、机上の学問もそうだけれど
非常時には、まったく何の役にも立たないのだと思い知らされた。

災害に遭った当事者でもない私が、こんなことではと思うのだけれど……。

まあ、なんと無力でひ弱な自分であることか。

当分の間、南三陸町行きの後遺症が残りそうです。

安紗子

長柄からの返信

安紗ちゃん
南三陸町行き、お疲れでした。
大変だったね。
三・一一の震災の様子は、テレビで見ているだけなので
実際に被災地の有様について、僕にはコメントする資格がありません。
テレビ画面を通してでも、あの惨状には言葉を失ったので
現場に行った君が、震災から四か月余り過ぎていたとはいえ
衝撃を受けるのも当然だろうと思います。
毎日、自然と対峙する仕事をしていて
人よりは自然を身近なものに感じているはずの僕ですが
実際に自然の脅威を体験したことは一度もないからなあ。
だから、君が感じたように、きっと僕も被災した現場に立ったならば
ただ茫然とするばかりで、後は何も手につかないでしょう。
仕事上、当然僕が必要とする観察や、それによって為すべき予測さえ忘れてしまうかもしれません。
情けないことだが……。

机上の学問とは、そういうものだと思う。


今回受けた衝撃から、君がもとに戻るには時間が掛かりそうだね。

南三陸町の人たちにとってみれば
被災したことを、自分たちと同じ視点で受けとめてくれる人たちがいるという、君のような人たちがね。

そういうことが、彼らの心を癒やすだろうと思うけどな。

見たことを忘れないで、できるだけ長く心に留めることがだいじだと思います。

南三陸町の役場の人が云ったように
何年かして、また、南三陸町の復興した姿を見に行ったらどうですか。

彼らもきっと喜ぶだろう。


人は、驚くような非日常に遭遇した場合、芸術や学問は飯《めし》の種にもならないと、その時は考えるだろう。

しかし、いつまでも、それが続くとも思えません。

しばらくすれば、人は日常に戻り、心にゆとりが欲しくなる。

その時こそ、芸術や学問、つまり、僕たちの出番ではないのかな。

だから、この世の中に無駄なものは、何ひとつないと思います。

当分、安紗ちゃんのもの思いは、いつものように続くだろうが（笑）
ウェブサイトの原稿書きを続ける役目が、君にはあるよ。

サイトの読者が楽しみに待っているはずだからね。

僕もその一人です。

今は、「源氏物語」に、しっかり向き合ってください。

長柄

⌘

天災と人災のダブルショックで世情が混乱した、その年の九月二日、野田佳彦《よしひこ》第九十五代内閣総理大臣が誕生した。民主党政権になって三人目の総理大臣である。

五日には、八月に南太平洋上で発生した、大型の、のろのろ台風十二号が四国に上陸した。ゆっくりと日本海に向かって北上したため、紀伊半島に大雨をもたらした。和歌山県、奈良県に被害が集中したため、「紀伊半島大水害」と名づけられた。

奈良県の十津川や天河辺りでは、総雨量が二〇〇〇ミリを超え、死者八十名以上、行方不明者や浸水家屋が多数出た。

三月の津波に続き九月の水害と、想像を超える水の災に、「地球が怒り始めたのだ。人間が自然の力に畏敬の念を示さず、ずかずかと横柄な態度で踏み込むことに」と恐れを感じている者もいる。

長柄からの、労《ねぎら》いとも励ましとも取れるメールを受け取ってから、安紗子はいくぶん普段の自分を取り戻していた。

九月分の「若菜上《わかなじょう》」の原稿を書き上げ、一息入れていると、あっという間に九月の半ばである。

それにしても、いつからこんなに「源氏物語」漬けの生活になったのだろうか。近ごろ、寝ても覚めても「源氏物語」の状態で、少々のめり込み過ぎではないかと安紗子は気にしていた。

「「源氏物語」から解放されて、もう少し別のことを考えてみたいものだ」とため息が出る始末。瞬く間に翌月のノルマが迫ってくるので、頭を空にする暇もない。

専門知識があるわけでもない安紗子が、一か月に一回のペースで「源氏物語」のガイドを書き続けること自体、もともと無理な話だったのだ。

「誰もが軽く読めるようなガイドにしよう」と気楽に書き始めたはずだった。それが、今では「「源氏物語」をこんなふうに紹介していいものだろうか」という迷いが生じて鬱々としている。

「源氏物語ガイド」が三年近く続くうちに、安紗子自身が、紫式部の執拗なこだわりに影響されたのかもしれない。やたら、ものごとに拘るようになっていた。

「藤裏葉《ふじのうらば》」から「若菜上」に入るころから、とくに重苦しさが纏わり付くようになった気がする。

いったい、紫式部は何を云いたかったのか。

誰のことを書きたかったのか。

何のために、「源氏物語」を書き遺したのか。

簡単には答えが出るはずもない問いが、いつも頭の中をぐるぐる回っている。

「源氏物語」が隠し持っている重いテーマに、押しつぶされそうにもなっていた。

安紗子が厚い壁にぶつかってしまったのは、三・一一の大震災という現実に遭遇したのと同時に「源氏物語」の難所に差し掛かったせいかもしれない。

何とか現状を打ち破りたいと、安紗子はもやもやと考え続けた。

そうだ、京都へ行こう。

唐突な考えが頭に浮かんだ。

JR東海のキャッチコピーではないが、京都へ行ってみるのもいいかもしれない。「源氏物語」を理解するための一番いい方法は、京都に住んでみることだと云う人もいるではないか。住むことまではできないが、ちょっと覗いて見ることはできる。

わずかでも京都の空気を吸えば、目の前が開けるかもしれない。

これまで、史料や書籍だけを読み漁り、机上の研究だけで「源氏物語ガイド」を書いてきたことに問題があったのだ。

この思いつきに、安紗子は気持ちが少しずつ軽くなっていく。

早速、インターネットで検索し始めた。

うまい具合に、九月十七日土曜日から三連休だ。この三日間を利用すれば、かなりあちこち廻ることができる。京都の雰囲気も少なからず味わえるだろう。

まず、往きに瀬田の唐橋から石山寺、京都に着いたら平安神宮、府立図書館に寄って、廬山寺、京都御所。時間があれば、下鴨神社、上賀茂神社へ……と、欲張った計画が次から次へと浮かんだ。

なに、一人旅だ、宿泊先さえ押さえておけばどうとでもなる。あとは気分次第のゆきあたりばったりがいい……。

京都御所に近いホテルに二泊の予約を入れて、やっと気持ちが落ち着いた。

三連休初日の明け方、岩手県沖を震源とする最大震度四の地震があった。三月以来、しばしば起きる余震だ。

安紗子の住む街では大した震度ではなかったが、それでも揺れに気が付いて目が覚めた。地震に敏感になっているようだ。

日本の南海上には、台風十五、十六号がノロノロと迷走していた。九州南部や四国太平洋側の地域では所によって大雨になっている。もしかしたら、京都の天候も危ぶまれるかもしれない。

安紗子は、九月十五日に掲載する「若菜上」を、十四日ぎりぎりに出稿して、できるだけ雑用も前日までに片づけ京都行に備えていた。

思いつきによる旅ではあるが、それだけに、何か新しいことに出会えそうで心が弾んでもいた。

早朝の地震に、少々出鼻を挫かれたが、気ままな一人旅とあって、決められた時刻に出発する必要がない。緩んだ気分でいるうちに昼近くになってしまった。これでは、米原まで新幹線で行き、東海道線に乗り換えて石山寺へ向かうのは無理のようだ。京都へ直行するほうがいいと決めて、家を出た。

日本近海の二つの台風のせいで、真夏のように気温が高く蒸し暑い。三十二、三度はありそうだ。滲み出てくる汗を拭いながら、三日間、こんな天候が続くのかしらと、常でも「暑い京都の夏」が思いやられた。

京都御所の西側にあるホテルにチェックインして、まずは参拝時間が午後四時までの廬山寺《ろざんじ》に向かった。

湿った空気が辺りを包んでいる。

京都御所建礼門の南側を通り抜けると、先には鬱蒼と木々の生い茂った杜《もり》があり、薄暗い道が北へ伸びていた。平安期には梨木《なしのき》通りと呼ばれた道らしい。

平安時代の内裏は、現在の京都御所より一キロほど西に位置していたと云われている。

古地図によれば、この辺りに道長の土御門第《つちみかどてい》があったようだ。

当時の貴族たちは、こうした道を内裏へ参内するために、牛車を通わせていたのだろうと想像しながら、安紗子は北へと歩いた。

その道の東側に沿って梨木神社がある。

梨木神社は、明治十八(一八八五)年に創建された神社で、それほど古い史跡ではないが、境内には京都三大名水の一つと云われる染井の水がある。また、五〇〇株ほどの萩が植えられていて「萩の宮」としても親しまれている。

ちょうど、萩の花の盛りで、和歌の短冊がいくつも枝に吊るされていた。

古めかしいものが至る所にある京都では、古びているとは云えないが、小ぶりな社といい、萩に囲まれた本殿への細い石畳の道といい、なかなか風情がある。二、三の人影のほかに、人気《ひとけ》がないのも静けさが感じられて、安紗子は好ましく思った。

梨木神社の境内を東に横切ると盧山寺の門前に出る。

盧山寺は、紫式部が居住した屋敷跡と云われている所だ。「考古・歴史学者の角田文衛《つのだぶんえい》氏によって昭和四十(一九六五)年に紫式部邸跡とされた。天台系圓浄宗の大本山で、正しくは盧山天台講寺という。

九三八年(天慶元年)、比叡山第十八世座主良源(慈恵大師)が京都の北、船岡山南麓に開いた與願寺金剛院に始まる。一二四五年、法然上人の弟子が出雲路に盧山寺を開き、一三六八年南北朝時代に明導照源上人がこの二か寺を統合した。この時以来、盧山天台講寺と改め、円、密、戒、浄の四宗兼学道場になった。

その後、応仁の乱の兵火に遭い、また信長の比叡山焼き討ちにも遭い、正親町《おおぎまち》天皇の勅命を受け、一五七三(天正元)年に現在地の紫式部邸宅跡に移転している。

現在地は、紫式部の曾祖父・堤中納言藤原兼輔(八七七~九三三)から伯父の為頼、父の為時へ伝えられた広い邸宅があった所の一部である。

賀茂川の西側の堤防に接していたため「堤邸」と呼ばれ、それにちなんで兼輔は「堤中納言」の名で知られていた。

紫式部は、百年ほど前に曾祖父が建てた旧い家で一生の大部分を過ごしたと伝えられている。この邸宅で藤原宣孝との結婚生活を送り、一人娘の賢子《かたこ》(大弐三位)を育て、源氏物語を執筆したのである」と当山の栞にはあった。

入口の正面に、青味がかった大きな自然石の碑があり、紫式部のあの歌が刻まれていた。

　めぐりあひて　見しやそれとも　わかぬ間《ま》に　雲隠れにし　夜半《よは》の月影

本尊の阿弥陀如来像が祀られた本堂の前に、それほど広くはない庭がある。

白川砂が敷かれ、源氏雲（源氏絵に描かれている雲）のような形の苔の浮島がいくつもあって、薄紫色の桔梗の花が無数に咲いていた。

「源氏庭《げんじてい》」と云われる庭だ。

薄暗い本堂は、仙洞御所《せんとうごしょ》の一部を移築したものと云われる。その暗さに比べると明るく、どちらかと云えば、現代アート的な源氏庭に、安紗子は少しばかり違和感を持った。

紫式部が好きな紫って、こういう桔梗の色だったのかなあ。

一時期、平安期*の朝顔は桔梗の花だと云われていたこともあったらしいけれど……。

朝顔の漢名は、牽牛子《けんごし》で、奈良時代末期か平安時代、遣唐使が種を持ち込んで日本に広まったわけだから、今日の朝顔と同じと考えてもいいわけよね。

でないと、夕顔との対比が鮮やかにならないし、朝顔の斎院のイメージはどういうことになるのかしらん。

安紗子はそんな疑問を抱いたが、この場所の雰囲気がどうとかいう前に、紫式部が棲んだ屋敷跡というだけで価値があるのかもしれない。


参拝終了の時刻、午後四時が迫っていた。

安紗子は本堂を出ると、寺の東側に回ってみた。

何やら由緒あり気で、苔むした墓石が群れるように並んでいる。

台風の余波か、にわか雨が降り始めていた。

江戸時代の天皇や天皇家の親王、内親王の墓碑のほかに、江戸時代末期や明治時代に活躍した政府関係者の墓碑がいくつもあった。墓碑に刻まれた名を見て歩くだけでも結構面白い。

安紗子には、廬山寺の本堂より境内にある墓地の方に関心が沸いた。

雨など気にもせず、墓石の間を歩き回る。同じように興味を持つ者がいるようだ。若くはない男ともう一人大学生らしい若い女が熱心に見て回っていた。

安紗子の興味を引いたのはそれだけでなく、豊臣秀吉が築かせた御土居《おどい》(応仁の乱後荒廃した都再建のために秀吉が行った京都改造事業の一つ)の一部が、そこに残っていたことだ。その昔、京都市中を囲んだ御土居が、墓石の背景のように存在していた。

「こんな所に、御土居が残っているなんて……」

秀吉が賀茂川の堤を利用して御土居を造ったことや、そのころの京都市中の東端が、この辺りだったことがわかる。


いつのまにか、雨が小降りになった。

同志のような二人の姿も消えて、辺りは薄暗くなっている。

安紗子も一人きりで墓地にいるのは、さすがに気味が悪くなって、廬山寺をあとにした。

もと来た道を辿り、梨木神社の境内に戻ると、先ほど墓地にいた男が、萩に吊るされた短冊を手にとり見入っていた。

境内には、ほかに人影もなかった。

萩の花房に少しでも触れると、宿している雨露がパラパラと滴り落ちる。

男は安紗子に気付き、微かな笑みを浮かべて会釈した。

盧山寺の墓地で、わずかな時を共有したというだけなのに、妙に懐かしさのようなものを感じて、安紗子も軽く会釈を返した。

目鼻立ちがしっかりした、爽やかな印象の男だ。

「盧山寺よりこちらの神社の方が、古《いにしえ》の雰囲気を感じますね。中川の辺りと云うから、ここに、光源氏や頭中将《とうのちゅうじょう》が現れてもおかしくありませんね。ははは」

「本当に」と安紗子も笑顔で短く応えた。

「源氏物語」をかなり知っている人物のようでもある。

安紗子は、夕暮れに近い時刻でなければ、もう少し立ち話をしてもいい気分になっていたが、ふたり以外に人気《ひとけ》もないので、少しばかり心を残してそこを立ち去った。

京都料理でも食べに行こうかと思ったが、変化の多い一日を過ごして、安紗子は疲れを覚えていた。一人で京都名物を食べてもつまらないだろうと考え、結局、面倒になって、ホテルのレストランで簡単な夕食を済ませた。

部屋に戻り、ごろりとベッドに横になって、テレビをぼんやり見ているうちに、ふと頭に浮かんだのは、夕暮れの梨木神社でのことだった。

「梨木神社にいた、あの男《ひと》はどういう人なのだろう。年齢は私くらいのようだった。妙に印象に残る人だったけれど……」

いつの間にか、安紗子は深い眠りに落ちていた。

⌘

この中河辺《わた》り、懐かしいなあ。

子どもの頃から、まるで自分の屋敷内のように遊んだ所でしたからね。

ここは京極と云われているように、京中《けいちゅう》の東端、杜のように木々が生い茂っていますから、夏でもわりあいと涼しいのです。近くに川も流れていますしね。

だから、風情のある、趣向を凝らした本宅以外の別業（別邸）も多いのです。

昔から、あちこちの屋敷に文人たちが集まって、歌会やら作文会《さくもんかい》（漢詩を詠む会）が催されていました。

堤中納言第もその一つで、これからお話しする瑠璃《るり》君の曾祖父様の屋敷です。

惟規《のぶのり》、そう、瑠璃君の弟ですが、私の乳母子の惟弘《これひろ》などと一緒にね。日がな一日、遊び暮らしたこともありましたよ、この辺りで……。人が住まなくなった荒れた古い屋敷に忍び込んだりして。そういうことって、ほら、童の頃には面白くてたまらないでしょう？

時々、乳母の真砂殿の目を盗んで、瑠璃君も一緒に遊んだことがありましたね。

男子《おのこ》にも負けないほど活発な女子《おなご》でした。なぜだか、瑠璃君が仲間に加わると、遊びそのものが一段と面白くなったものです。どうして、次から次へと、あのように面白いことを考え出すことができたのでしょうね。遊びの工夫をするのも、瑠璃君は得意でした。

たとえばね、五月雨《さみだれ》のころのことです。

中河には蛍がたくさん飛び交います。夕つ方に、私たち男子連中にその蛍を集めさせてね。布の袋に入れ、暗くなると姉君の部屋へ持っていってぱあっと放ったりしてね。

人をびっくりさせては、喜んでいましたよ。

子どもにとっては、その日一日がすべてですからね。何もかも忘れて、泥まみれになったこともたびたびでした。愉しかったなあ、あの頃は……。


この近くに左大臣様のお屋敷がありましたから、長じてからは公用で内裏と三条にある私の住居《すまい》との間を何度も往来しましたが、しかし、私の記憶に鮮明に残っているのはその時期のことではなく、世に出る前の、まだ若年の頃のことばかりです。

瑠璃君はね。そう、大そう聡明な女人です。

頭脳明晰といった方がいいかな。

物覚えの良さや理解の速さは素晴らしいものでした。羨ましく思ったことさえ何度もありました。

幼いころに私は父を亡くしたので、祖父が父親代わりでした。その祖父に連れられて、中河近くの堤中納言様のお屋敷へ初めて参りましたのは、七歳の時です。

瑠璃君のお父上・藤原為時様に漢文学を教授して頂くためでした。

その時です、瑠璃君に初めて逢ったのは……。

今も忘れはしませんよ。

私が、雀の子を逃がしてしまった時の瑠璃君の顔をです。見る見る顔中が真っ赤になってね、目には涙が盛り上がってくる。髪を振り乱して追いかけられました。正直、どうしたらいいのか困惑してしまいました。

未だに、なぜあの時、私は雀の子を逃がしてしまったのか見当が付きませんが、たぶん、女子と思って舐めてかかっていたのかな。しかし、女子の怖さを初めて知りましたね、あの時に。はっはっは。

共に学問に励むようになってから、瑠璃君が私よりわずかに年下であることを知りました。

女子にしては大柄でね。

当時は、身丈が私と同じくらいでした。

肌はどちらかといえば浅黒く、はっきりとした大きな瞳、鼻梁もしっかりとしていて、意志の強さや気の強さが面立ちに顕れていました。

ものごとにとても敏感な人でね。

とくに、人の心の内を知ろうとする時には、じっと見つめるのですよ。こちらとしては、どきりとするではありませんか。

女人《にょにん》にしては、ちょっと鋭過ぎる目見《まみ》(目線)と思ったものです。

何か気に入らぬことがあるとよく睨まれました。怖かったですよ。もちろん、幼い頃の話ですがね。

大人になってからの瑠璃君は、少なからず自分の容姿を気にしていたようでしたが。

一般的に、色白で、痩せていて小柄、瞳もあるかなきかのような、ぼんやりした容貌が可愛い女人と思われていますからね。儚げな風体といいますか……。

しかし、私は、瑠璃君のことをじつに魅力的な女人だと思っていました。ははは。麗しい女人の条件のひとつ、黒髪はたっぷりと豊かでしたねえ。

まあ、云ってみれば、女子も目鼻立ちがどうこうではありません。結局、心根、つまり、心に何を思っているか、感じているかが重要なのではありませんか。

あの清少納言は、それらしきことを書いていましたね。そう、「枕草子」（四六段『職の御曹司の西面の立蔀」）にです。

瑠璃君のお父上、私の師でもあります為時様は、「あれが男の子であったら……」としばしば嘆息しておられました。私たちに漢詩文を講義される時、瑠璃君の覚えの良さは群を抜いていましたので、無理もないことでした。

漢文学の第一歩は、「*蒙求《もうぎゅう》」を「からごえ」（漢音。遣隋使や遣唐使が伝えた音。中国語の古音）で音読することです。

「*勧学院の雀は蒙求を囀る」とよく巷で云われますが、それは、「幼い者も聞いているうちに、自然に習い覚えてしまう」という喩えです。

ですから、誰もが「蒙求」から始めました。もちろん、私たちも声を揃えて暗唱したものです。漢文学を特別に学ばなくても、「蒙求」の故事を耳で覚えた者は、いくらでもいましたね。

例えば、そうですね。誰でもよく知っているのは「蛍雪の功」（晋書・列伝五三）でしょうか。

孫子世録曰、康家貧無油。常映雪讀書。少小清介、交遊不雑。後至御史大夫。
〔孫子世録に曰く、康、家貧にして油無し。常に雪に映して書を読む。少小より清介にして、交遊雑ならず。後に御史大夫に至る〕

晋車胤字武子、南平人。恭勤不倦、博覧多通。家貧不常得油。夏月則練嚢盛数十蛍火、以照書、以夜継日焉。
〔晋の車胤字は武子、南平の人なり。恭勤にして倦まず、博覧多通なり。家貧にして常には油を得ず。夏月には則ち練嚢に数十の蛍火を盛り、以て書を照らし、夜を以て日に継ぐ〕

ですね。

「蒙求」は六百句近くありますが、瑠璃君は逸早く頭に入れてしまいました。まったく、凄い。どうして、あれほど早く記憶できるのか……、それほど面白いものだとは思えませんでしたがねえ、私には。もしかしたら、瑠璃君には「からごえ」の音が快く響いたのかもしれません。

「*青海波《せいがいは》」の小野篁《おののたかむら》（八〇二〜八五三 平安前期の公卿・漢詩人・歌人）の詠を「迦陵頻伽《かりようびんが》（想像上の鳥。極楽浄土に住み妙声で法を説くといわれ、人頭鳥身の姿で表される）の声のようだ」などと云って、自ら好んで口吟（詩歌などを小声で口ずさむこと）していましたからね。

桂殿迎初歳　guì diàn yíng chū suì
桐楼媚早年　tóng lóu mèi zǎo nián
剪花梅樹下　jiǎn huā méi shù xià
蝶燕画梁辺　dié yàn huà liáng biān
〔桂殿ニ初歳ヲ迎へ

桐楼早年ニ媚ブ
花ヲ剪ルコト梅樹ノ下
蝶燕ハ画梁ノ辺」
——日本古典文学全集『源氏物語』紅葉賀・頭注による

その後、司馬遷の「史記」や白居易の「白氏文集」など、次第に難解な漢詩文を学んでいきましたが、記憶するだけでなく、詩文の理解も大したものでした。

いずれの場合も、瑠璃君の学問に向かう姿勢は変わりませんでした。その勢いに気迫のようなものさえ感じられましたね。われわれ男が、半分、義務のように学ぶのとは、根本的に意識が違ったのでしょう。

おそらく、学問は男がするものという世間の考え方に反発を感じていたのだと思います。瑠璃君のお父上が「あの子が男であったら」とおっしゃるたびに、その思いを強くしていったのではないですかね。本当に自分が男であればよかったと思っていたのかもしれない。

そういう私も瑠璃君に云ったことがありましたよ。

「貴君《あてき》が男であったら、もっとふたりで愉しめることがたくさんあったのになあ」

その時、瑠璃君が何と云ったと思います。

「犬君《いぬき》が女でもいいんじゃない」

何の屈託もなくね、あははは。

それは、私が十二、三歳の頃だったと思います。そろそろ、私も色気付いてきた頃で、大人たちの話が、何となくわかるようになっていましたから、瑠璃君が女であることが気詰りなこともありましてね。男であれば、どこへでも連れて歩けるのに残念だと思ったものでした。

しかし、「瑠璃君が男であれば」という思いを持っていたのは、何も、お父上の為時様や私だけではありませんでしたよ。

瑠璃君の非凡な才能が、次第に世間の知るところになると、「勿体ないなあ。女子では……」と残念がる人が少なからずいました。

瑠璃君が一人前の女性になった頃には、短い作り話など書くようになっていました。それが、またなかなか面白いのです。陰ながら彼女の才能を支えようとする男たちも出てきました。

まあ、それは普通のそこらにいる男ではありませんでしたが、ものごとの良し悪しを煩《うるさ》く云う文人たちとでもいいましょうか。男女の域を超えて、瑠璃君を支援する向きがありました。もちろん、私もその一人ですが、なかなかの人気者でしたよ、瑠璃君は。

ご存命の宮様方のお屋敷などで、深夜、作文会が開かれた折には、為時様がしばしば招かれていましたが、そんな折、瑠璃君も密かに同道していることがありました。

後に「長保元(九九九)年十二月二日。……（藤原）輔公と同車して紅梅宅(紅梅殿か。菅原道真邸・五条門の北一町)に到り、女人に逢った」と、誰とは名を明かさず、私は日記（権記）に書き留めましたが、そう、その女人は瑠璃君のことです。

かつて文章生で帝の副侍読《じどく》もされた為時様は、瑠璃君の才能を十二分に理解されていたと思います。

瑠璃君の曾祖父、藤原兼輔様は醍醐帝の外戚だったため、帝が東宮の時代から親しく仕え、最終官位は従三位・中納言の公卿でいらっしゃいました。

次の代の雅正様は官位に恵まれず従五位の下。歌人としては知られていたようですが、それ以来、堤中納言家一門は受領階級と云われる中流貴族となりました。

　われわれ貴族階級は、いつ何時、位階が落ちるか知れたものではありません。権力を握った者の都合と気分次第で貴族の運命が変わるといったことはいくらでも起きましたから、一門の零落は、まったく他人事とは思えませんでしたね。

　かくいう私の祖父も太政大臣にまでなった人でしたが、私が幼少のうちに亡くなってしまいました。父親も若くして世を去りましたので、私は蔭位《おんい》という恩恵を得ることもありませんでした。ある方（源高明の子、源俊賢）の推挙があって運が開けるまで、私も鳴かず飛ばずの官人の一人だったのです。

　一人前の貴族の男たちは、家の格式を守るため官位を得て立身出世しなければなりません。それこそ、鵜目鷹目、一時も世情に気を許すことなく、日々を過ごしていたというのが実情です。公家（上級官人の家・主に三位以上の貴族）以外の、中流貴族の子弟が宮中にお仕えする早道は、大学寮に入り登用試験で優れた才能を示すことでした。

　為時様は、受領階級貴族の三男です。志を持って大学寮に入学、学曹（大学寮内にある学生の寄宿舎）の西曹で菅原文時《ふみとき》様に師事されました。漢文学と歴史学を学ぶ紀伝道の文章生で、たいへん優秀な学生だったと聞いています。特に、漢詩文の作文才能は秀でていて、多くの人がその才を認めていました。

　後に、文章博士・大江匡衡《おおえまさひら》が「源為憲、藤原為時、源孝道など凡位ではあまりにも勿体ない才能である」と私に語ったことがあります（権記）。

大学寮卒業時の試験では、*得業生《とくごうしょう》・進士《しんじ》の試験に合格されました（本朝文粋・源為憲の項に詳しい）。

さて、大学寮とはいかなる所か。

簡単に云えば、国の法律（律令制）で定められた式部省が直轄する機関で、官僚となるべき候補生を教育する所です。

大学寮に入ると、まず、寮試に合格せねばなりません。

寮試は*「史記」、*「漢書」、*「後漢書」などの一部から五条出題されます。そのうち、三条を正解すると合格、擬文章生《ぎもんじょうしょう》として学生になります。

大学寮では三史五経（史記・漢書・後漢書、詩経・礼記・春秋・周易・尚書）が標準的な教科書ですから、それを主に学びます。

何年か学業を修めたのち、課試（官人登用試験）に合格すれば、官人として採用されるわけですが、試験はかなり難解なものでした。

ですから、そもそも文章生になる人でさえ数多くいたわけではありません。その狭き門をくぐった中で、さらに抜群の成績を修めると得業生の秀才・進士という道が開けるのです。

得業生は、大学に残って博士に進むことも、文章生以上に有利な官位を得ることもできました。国守となる場合は、大国といわれる一等国に配置されることが多いのです。

為時様は、その進士だったのですよ。

為時様が「瑠璃君が男であったら」と嘆かれた訳は、「この子なら文章得業生も夢ではない」と瑠璃君の才能への期待から出た言葉だったのだと思います。

為時様は学問を好まれる方でしたから、ご自分自身としても、文章博士になることが若いころの夢だったのではないでしょうか。私の想像ですが……。

私も瑠璃君が、もし男ならば、優れた文章博士か高位の官僚になり、世に知られた人物になったに違いないと思っています。


私が、幼い頃父親を亡くしたように、瑠璃君も母上を亡くしていました。

お互い片親で育ったからでしょうか。もちろん、周りの家族や親族は温かく見守って育ててくれましたが、それでも、なぜか心に満たされぬものがありました。

愉しいことや賑やかなことの隙間に、ふと自分だけが取り残されてしまうような寂しさですね。瑠璃君にも、きっと、そういう思いがあったのだと思います。ふたりは妙に気が合いました。


私は十一歳で元服致しました。天元五(九八二)年二月二十五日のことです(小右記)。

私自身には、特別な感慨もありませんでしたし、何だか、慌《あわただ》しい加冠であったなあ、と、そんな気がしたことを覚えています。周りの大人たちの都合でそうされてしまったような……。「はい。今日からお前は大人だから、そのようになさい」などと云われましてもねえ……。

わが一門は、東宮の師貞《もろさだ》親王様を光の君と仰いで、一門を挙げてお守り申し上げておりました。そう、後の花山帝でいらっしゃいます。

私の祖父藤原伊尹《これただ》の娘懐子《かいし》様が、冷泉帝《れいぜいてい》の女御で、東宮様の御母上です。

祖父の妻は、代明《よしあきら》親王様の娘恵子《けいし》女王。懐子様は私の伯母上で、師貞親王様は私の従兄弟に当たられます。

師貞親王様はわずか二歳で立太子、その年（九六九年）に、一条第（藤原伊尹の屋敷）から禁中へお入りになりました。懐子様と祖母の恵子が、幼い東宮様に付き添って凝華舎《ぎょうかしゃ》に参内したということです。

藤原の祖父は、よほどことを急いでいたのですね。

というのも、親王様ご誕生当時は安和《あんな》の変（九六九年）が起き、わずか二年で冷泉帝が退位なされ円融帝の御代に移っていましたから。この先、何が起きるかわからないと考えたのでしょう。

当時の東宮様方の平安が、祖母の歌から忍ばれます。ほんのわずかな間のことでしたが……。

贈皇后宮（冷泉帝女御懐子）にそひて　春宮《とうぐう》にさぶらひける時　少将義孝久しく参らざりけるに撫子の花につけて遣はしける

よそへつつ見れど　露だに慰まず　いかにかすべき　撫子の花

——新古今和歌集・一四九四

〔娘の女御懐子に付き添って東宮に参りました時に、息子の少将義孝が久しく顔をみせませんでしたので、撫子の花に添えて歌を遣わしました。

撫子の花を、あなたに擬《なぞら》えて眺めるけれど、心は少しも慰みません。どうしたらよいのでしょう〕

父上のことを、おばば様（恵子女王）は本当に愛おしく思っておいでだったのだなあ。

東宮様のご不運は、五歳の時、大きな後ろ盾となるべき祖父の藤原伊尹が身罷《みまか》ったことに始まりました。

七歳の時には、将来支えになるべき叔父の挙賢《たかかた》、義孝が一日のうちに流行病で亡くなりました。義孝は私の父です。

それは、天延二(九七四)年九月十六日のことでした。私は三歳でしたので、そのころのことは、あまり記憶にありませんが、東宮様のご不幸は、私の不幸とも重なっているように思えてなりません。

東宮様のご不運は続きました。

翌年の四月には、東宮様の御母上、懐子様が三十一歳でお亡くなりになりました。私の祖母は相次いで三人の子を失ったのです。

東宮様もまた、私や瑠璃君同様、片親の寂しい身の上となられたのでした。八歳の東宮様と祖母の嘆きはいかばかりであったか、源家《げんけ》の祖父（源保光）や私の母（保光の娘）から、その当時のことをしばしば聞いております。

祖母は仏門に入りたいとかねがね考えていたようでした。

しかし、「幼い親王様を、お傍でお守りできるのは、もう自分しかない。尼姿で内裏に参内するのは畏れ多いゆえ」とじっと堪えていたらしい。

東宮様が十歳（九七七年）になられたみぎり、祖母はとうとう髪をおろしました。

それからは、東宮様が内裏から二条の閑院にお出ましになり、祖母はそちらへ伺ってお仕え致しました。私も、時々祖母に連れられて閑院へは参りましたよ。

永観三(九八五)年の花山帝*詔勅《しょうちょく》に「朕幼日に当たりて早く先妣(亡くなった母)に別れ　祖母朕を視ること亦なほ子のごとくなりき」とある通り、宮様ご自身も、お祖母様のことを深く心に留めていらっしゃったのだと存じます。

東宮様は、十歳の三月二十八日に閑院の東の対で御書始《ごしょはじめ》（読書始め）をなさいました。菅原文時（文章博士・菅原道真の孫）門下の菅原輔正（菅原道真の曾孫・文章得業生・大学頭・東宮学士左中弁、後に公卿）が侍読、藤原為時（文章生）が副侍読を務めました。前にも云いましたように、為時様は後のわが師です。

東宮様の皇太子時代から花山帝、そして、花山院になられた後も東宮様の数少ない理解者であり、近しい取り巻きの一人として、為時様はお仕えになられました。正《まさ》にこのことが運命的な縁《えにし》になったのだと思います。

この時の縁が、後の為時様一門と瑠璃君の行く末に多大な影響をもたらしました。でなければ、為時様ほどの逸材が、あの事件を境に長い散位《さんに》に入るはずがないではありませんか。


今さら申し上げるまでもありませんが、東宮・師貞親王様の御父上様は冷泉帝（九五〇～一〇一一）でいらっしゃいます。

時おり、お心の病が表に出て、御在位はわずか二年でした。冷泉院になられてからは、内裏の東側の二条大路に面した冷泉院第で多くの時を過ごされました。

父と子という間柄であっても、わたしたち貴族の親子のように気軽に、日常的に親しく親子の対面ができるはずもありません。

実の父親に会うこともままならず、東宮様が心を許して親しんだ人々は本当にわずかでありました。

それも、内裏という得体の知れない狭い世界で、十歳足らずの少年が孤独に耐えねばならぬ人生を始めることになったのですから……。

東宮様は、天元五(九八二)年二月十九日、十五歳で元服されました。

儀式は御父君、冷泉院様の例に倣《なら》って行われ、加冠は左大臣・皇太子傅《とうぐうのふ》(律令制で定められた皇太子の教育官)の源雅信《まさざね》様、理髪は中納言・源重光様が奉仕されたということです。

東宮が元服のおりには、ただちに后も決まるのが通例なのですが、どういうわけか東宮様にはそうした気配はなかったようでした。

後に、私が思ったことです。

当時、左大臣家には、東宮様と歳恰好《としかっこう》もちょうどいい姫君(源倫子《りんし》)がいらっしゃいました。お立場からすれば、姫君を入内させてもおかしくはない。それをなさらなかった左大臣様には、何か特別なお考えでもあったのでしょうか。

五年後には、その姫君の婿に道長様を迎えられたのですからねえ。

前にも申しましたが、東宮様が元服された六日後に、私は桃園の邸で元服いたしました。

おそらく、東宮様が即位されたおりには、ただちに私も帝の近臣としてお仕えすることができるようにとの、祖母(恵子女王)の強い思いが、祖父(保光)、母(保光の娘)をも動かしたのでしょう。

私は、元服の年の翌年正月に、六位を経ず従五位下(初叙で五位以上授与は上流貴族)の叙爵を東宮様の年爵(院・宮などが特権としてもつ叙爵推挙権)

により賜りました。

東宮様が花山帝から花山院として生涯を終えられるまで、当然のように、何かにつけ私がお仕えすることになりましたのも、こうした私自身の宿世《すくせ》によるものだと思っております。

在位二年で御譲位になられた冷泉院様と東宮様親子の御宿世は、いったいどういうものであったのかと、後に起きたことからその因縁の深さに驚くばかりです。

東宮様が帝位を退かれたのちに、御父君冷泉院様に贈られた歌から、そうした東宮様のお心持ちの切なさが伝わって参ります。歌の道はどうも苦手な私のような者にもよくわかります。

冷泉院へたかんな奉らせ給ふとてよませ給ひける　花山院御製
世の中に　ふるかひもなき　竹の子は　わがへむとしを　奉るなり
御かへし　冷泉院御製
年へぬる　竹のよはひを　かへしても　子のよを長く　なさむとぞ思ふ
――今井源衛著『花山院の生涯』

〔冷泉院へ筍を差し上げなさったおりにお詠みになられた　花山院御製
この世の中に生き長らえているかいもない子は、これから先の私の齢を父君に捧げたく存じます。
その御かえしは　冷泉院御製
年を経た親竹の齢は返してでも、わが子であるそなたの齢を長くしたいものであるよ〕

おふたりは、あまりにも似通った不運な宿世をどのように思し召されたことでしょう。親子の温かい情が通う中にも悲しい、歌です……。

ああ、そうでした。瑠璃君《るりき》のことをお話ししていたのですね。

すっかりわが身の内の話になってしまって。

けれど、瑠璃君のことを語るためには、東宮様のことも話さねばならないのです。少なからず、東宮様とも瑠璃君は縁があったのですから……。


東宮様と私が元服したばかりの、天元五年三月の晦日《つごもり》（月末）のころでした。

京《みやこ》の花（桜）は、もうみな盛りを過ぎていましたが、北の山々にはまだ花が残っていて、まるで霞がかかっているような夕暮れでした。

そのころ、私は公卿補任《くぎょうぶにん》（日本の史料。朝廷歴代の職員録）に載る前の、侍従の見習いのような者でしたけれど、しばしば東宮様に近侍しておりました。場所は、内裏の昭陽舎であったり、閑院の東の対であったりもしましたが……。

東宮様は、私に「犬（私の幼名です）。何か面白い話はないか」としばしばおっしゃる。赤子のころから、禁中（宮中）でお育ちになった東宮様にとって、どこへでも気軽に出歩くことができる私のような者の話に関心があって、聞きたくてしかたがなかったのでしょう。

それで、私もつい、少々尾ひれを付けて面白可笑しく瑠璃君のことをお話し申し上げたのです。

思いのほか、東宮様は興味を持たれました。

「面白そうな女子《おなご》だね。ぜひ、その瑠璃君とやらを、物陰からでも垣間見《かいまみ》してみたいものだね」とおっしゃるのです。

とんでもない、そんなこと。できるはずもありません。私は心中慌《あわ》てました。あの瑠璃君が知ったら何というか……。眼《まなこ》をいっぱいに開いて、睨みつける瑠璃君の顔が浮かんできました。

従兄弟同士とはいえ相手のご身分は東宮、四歳年上のお方です。東宮様の思し召しとあれば、侍従もどきの私が「それは、ちょっと、できかねます」などと申し上げるわけにも参りません。

致し方なく、二、三人のわずかな者たちがお供して、閑院を出たのでした。

日中の温かな空気がまだ残る暮れつ方、勝手知った屋敷内に東宮様をご案内しました。いつもとは違う東の門から入り、透垣《すいがい》（竹や板で間を透かした垣。建物の間に立て目隠しにした）の隙間から、瑠璃君たちが住いする西の対の方を見やると、母屋の前庭で、瑠璃君が弟の惟規、乳母子の捨丸に追い駆け回されている最中でした。何か彼らふたりに悪戯でも仕掛けたのでしょう。

瑠璃君は屈託なくきゃっきゃと笑い声を上げて、敏捷に走り廻っています。

瑠璃君の豊かな黒髪が舞うように揺れていました。

かなり大柄な瑠璃君は、幼子のようには見えなくて、大人に近い女子に見えなくもありませんからね。東宮様や近侍の者たちは半ば呆れ顔で、しばらく茫然と声もなく、そんな瑠璃君を眺めていたのでした。

私？　私は見慣れていましたから、驚きはしませんでしたが……、ははは。

東宮様はただ一言、「あの女子は、なかなか見所があるね」とおっしゃっただけでしたが、その時、お心に強い印象を残されたことは確かだとお見受けしました。

そんなことがあってから、東宮様は、内裏から閑院へお移りになった折などには、その気楽さも手伝って、たびたび「あの女子を此処へ連れて来てはどうか。いや、何。よからぬことを考えているのではないよ。話し相手にしてみたいだけだ」などとおっしゃいます。

私は気が進まず、瑠璃君のお父上が東宮様にとっても学問の師ですから、お許しにならないだろうとか、あれこれぐずぐずと言い訳をして、その話題を避けておりました。

東宮様のお望みだからといって、瑠璃君は私の大切な学問の友。

いや、子ども心にも、瑠璃君は私にとって唯一の女子でしたから、東宮様に取られてしまうのではないかと、何となく恐れてもいたのです。

一面真っ白に霜が降った朝《あした》のことでした。

昨夜来、木枯しがひどく吹き荒れ、明け方に風が静まるとぐんと冷え込みました。こういう朝に、都人は冬が来たことを知るのです。

東宮様が閑院にいらっしゃるというので、私は桃園の邸から早々に参上いたしました。

いつものように東の院に参りますと、東宮様がにやにやと意味ありげにお笑いになって、私におっしゃるのです。

「西の対へ行ってごらん。おばば様には内緒だよ。あれこれうるさいからね」

何のことだろうと西の対へ行ってみますと、なんと、瑠璃君がいるではありませんか。

東宮様がお遣わしになったのでしょう。瑠璃君は珍しい絵や遊び物に囲まれて、立派な雛の館に向かい遊びに夢中になっていました。

ふと、私に気付いた瑠璃君が、いつもの調子で屈託なく云うのです。

「あら、犬君《いぬき》。

ここは立派なお邸ねえ。

先ほど、東宮さまが出ていかれたので、廂の格子の間からお庭を見たわ。

木立や池がとても美しい。前栽《せんざい》の白菊も霜枯れて、まるで絵に描いたようだったわ。お庭を何人もの公達が往ったり来たりしてね。それも、絵を見ているようだった。

あのお方が、あなたがいつも話してくれる東宮さまでしょ。いい匂いがするお方ね。

今朝早く、東宮さまのいつものお使いが屋敷へみえたの。

父上は不在と真砂が申し上げたらしいのだけれど、何だかわたしの方にご用がおありだとかで、真砂は「どうしよう、どうしよう。お父上様がいらっしゃらない時にどうしたものか」と云ってばたばたと慌ててね。

でも、東宮さまのお使いだから、いいじゃない？

あなたから話を聞くだけじゃあ詰まらないし、わたしだって東宮さまにお目にかかりたかったもの。

それで、ごちゃごちゃ云う真砂なんか無視して、お迎えの牛車《ぎっしゃ》に飛び乗りました。あはは。

あなたは、どうして、ここに来たの？」

訳など云えるものか！　私は心中で叫びました。

私は無性に腹が立ってきて、瑠璃君の前にある塗の雛の館を思わず手で払い除けました。美しい館が、がらりと崩れていきました。

とたんに、子雀を逃がしたあの時のことが頭をかすめて、「しまった」と思いましたがね。

そんなことがあって、瑠璃君の心の内にも東宮様が深く根ざすことになったのでしょう。たんなる、憧れの君だったのかもしれないが……。

東宮様が相手では、どう頑張っても勝ち目はないなと、子ども心にも思いましたよ。私が女人のことで嫉妬心というものを自覚したのは、あの時が初めてのような気がします。ははは。


それから、二年後の永観二(九八四)年八月、円融帝がご譲位になり、十月に東宮様が十七歳でご即位になりました。もはや、従兄弟同士などと気安く云える立場ではなくなったのです。

十二月の初め、内御書所《うちのごしょどころ》衆として、資忠、為時朝臣の両名が任ぜられました。

内御書所は、帝の書物を管理・保管する所で承香殿《しょうきょうでん》の東廂《ひがしびさし》にありました。文章得業生、文章生などの学生《がくしょう》が十二名伺候していて、なかには学者として知られている大内記《だいないき》(中務省の官。詔勅、位記の作成、宮中の記録を担当。大内記は文章道国家試験の合格者)の慶滋保胤《よししげやすたね》朝臣もいました(小右記)。

このことは、瑠璃君のお父上が花山帝のいらっしゃる清涼殿近くに、常に伺候していたということをもの語っています。

東宮時代と異なり、寛和《かんな》二(九八六)年二月に私が左兵衛権佐《さひょうえごんのすけ》(従五位下相当・公卿の昇進コースとして上流貴族の子弟が任命された)として昇殿を許されるまでは、帝のお傍にお仕えする機会は少なくなりました。

同じ時に、瑠璃君のお父上為時様も式部大丞(正六位下相当・式部省三等官・二名任命)に任ぜられています。

その年の六月二十三日明け方、まったく仰天すべき事柄が出来《しゅったい》しました。

帝が花山寺でご剃髪、ご譲位。

花山院となられたのです。

自らのご意志でなされた行為と噂は流れてきましたが、私にはとても真実とは考えられぬ出来事でした。

私はと云えば、官人として世に出てまもなくのことでしたから、ただ、慌てふためく世間の動揺を、傍らで右往左往しながら眺めるより他はありませんでした。

帝のお心の内は推し量りようもありませんでしたが、ひたすら一門の行く末を帝に託していたおば様（恵子女王）のお嘆きは、見るのも辛い有様でした。

帝のただ一人の後ろ盾と云ってもいい、外戚（叔父）の藤原義懐《よしちか》（藤原伊尹と恵子女王の五男・従二位権中納言）は、帝の乳母子であり側近の藤原惟成（正五位上・権左中弁）と花山寺へ駆けつけましたが、すでに帝は法体《ほってい》となられた後だったそうです。

すぐさま、お二人はその場で出家したとのことでした。

わずか一夜にして、花山朝は二年足らずで脆くも崩れ去ったのです。

後に、「寛和《かんな》の変」と云われる政変が起きた一日でした。

前に申し上げた親子二代の宿世とは、奇しくもともに十七、八歳という若さで帝位に就き、二年足らずで譲位するという、まるで前もって計画されたような出来事を云っていたのです。

「安和の変」と「寛和の変」、この二つの政変に深謀遠慮の繋がりがなかったと、私にはとても云えません。

力のある後ろ盾、外祖父を持たない天皇の弱体を知らされた大事でした。

そして、七歳の一条帝が誕生し、外祖父・藤原兼家様の天下となりました。

謀《はかりごと》を企てた者の一門は俄かに栄え、先帝に繋がる一族は、私もその端くれでしたが、世の中から置き去りにされることとなったのです。

瑠璃君のお父上為時様とても同様でした。

その後十年の散位となる破目になったのは、先帝の近くで学問を教え政《まつりごと》においても先帝に繋がる者と見なされたことが、為時様が優秀な人材であっただけに、新政権から警戒され遠ざけられたのだと私は理解しております。

そんな大事があった後は、瑠璃君のお父上や私は無論のこと、宮廷の中枢からは遠い存在になりましたから、毎日、決まってお仕えをすることもない閑な人間になったわけです。

世に出る前のように、再び、為時様に学問の教えを受けつつ、まっ、それは口実のようなものでしたが、瑠璃君の屋敷へしばしば通っておりました。

その頃、私は十五歳、瑠璃君は十四歳になっていました。

瑠璃君も世間的にはもう立派な女人、誰かの妻*となってもおかしくない年頃でしたが、やはり、どこか普通の女子とは様子が違っていましたね。

大事の後、瑠璃君にも思うことが多々あったのでしょう。急に大人びたというか憂いがかかったというか、以前とは少し雰囲気が変わったように感じました。

でも、相変わらず学問が好きで、閑さえあれば書物に向かっていました。

瑠璃君の一族は歌人や詩人を多く輩出していますので、以前から「*堤文庫《つつみぶんこ》」と云われるほど蔵書がありました。読むものに事欠くことはありませんでしたから、瑠璃君が本の虫になるのも当然と云えば当然で……。

瑠璃君のお祖母様は、歌、管弦を能くした三条右大臣・藤原定方様のご息女でしたから、箏の琴の上手でしてね。その手ほどきを受けていたせいか、瑠璃君の腕前も相当なものでした。

女人らしい面といえば、そんなところかな……あはは。

じつは、私も男ですからねえ。若い男が忍んで行く真似事のようなことを、瑠璃君に仕掛けたことがあったのです。方違えに来たとか何とか云い訳をしつつ、弟の惟規を抱き込んでね。

結果は散々でした。まさか、姉妹が同じ寝所に寝ているなどと考えもしないじゃあないですか。惟規の奴、知っていて教えなかったな、あれは。あはは。

翌朝、瑠璃君から蒼い朝顔の花と歌が届きました。

おぼつかな　それかあらぬか　明け暗れの　空おぼれする　朝顔の花

——紫式部集・四

「あなたのなさったことが、何となく気になるのだけれど、そうなのかそうでないのか……。まるで夜明け前にぼんやりとしか見えない朝顔の花のような、そらとぼけた顔でお帰りになったのは、どういうことかしら」

こんなこと世間に知れていたら、私は笑い者でしたよ、まったく。

もう、間が悪くてね。

瑠璃君が私に消息文《しょうそこぶみ》（手紙）などをくれる時は、いつも大変きちんとした真名（漢字）で、仮名も交えず書いてきたし、私は逆に女文字のような仮名で返しを書き送っていましたから、私たちの間柄が人に知れずであったのは、そのせいもあったのでしょう。

このような仮名文字の文をもらったことはなかったので、それに引っ掛けて、次のように返してやりました。

いずれぞと　色分くほどに　朝顔の　あるかなきかに　なるぞわびしき　　――紫式部集・五

〔どなたからの文だろうと考えているうちに、花が萎れて、あるかなきかの状態になってしまい、この花が朝顔かどうかわからなくなってしまいました。残念なことでした〕

一度は殿上を下りた私でしたが、十六歳の正月七日（永延元〈九八七〉年）従五位上に叙爵され、同年秋には昇殿が再び許されました。

祖父である中納言・源保光の力添えがあったものと思われます。

翌永延二（九八八）年三月二十五日、摂政・藤原兼家様の六十の算賀（長寿を区切の年齢に祝う祝賀会。四十歳から）が、内裏の常寧殿《じょうねいでん》（平安御所の七殿五舎の一。初め后の御所として建てられたので后町ともいう）で盛大に執り行われました。

一条帝が催された行事で、私は引出物の役を勤める五位の六人に選ばれたのです。

私が大きな宮廷行事に参加した初めての経験で、その時十七歳でした。

そんなことがあってから、しばらくして、私に縁談の話が持ち上がりました。

永延三(九八九)年が明けた春のことです。

相手は源泰清様（九三六～九九九、公卿）の娘でした。私も十八になっておりましたから、ぼつぼつ独り身を卒業させようという、周りの計らいだったのでしょう。

泰清様は醍醐帝第七皇子の有明《ありあきら》親王様の三男。大極殿の西側に位置する豊楽院《ぶらくいん》（平安宮大内裏にあり朝廷の饗宴に用いた施設）造営に尽力された功があって、前年、従三位の公卿に叙せられ、左京大夫（左京の司法・行政・警察を掌った行政機関の長官）に就かれたばかりでした。

私の母方の祖父源保光は、醍醐帝第三皇子の代明《よしあきら》親王様が父親ですので、同じ醍醐源氏の筋でもありますし、泰清様とは従兄弟の間柄でもあります。また、父方の祖母恵子女王も保光の妹ですから、縁は繋がります。

祖父が中納言である、私との家柄の釣り合いも良いと、二人は大変乗り気になりました。

おそらく、花山帝繋がりの藤氏から私をできるだけ早く遠ざけて、源家との繋がりを強くすることで、私の将来の道筋を開こうという祖父保光のお考えだったのだと思います。

あの大事の後、私は藤原伊尹流《ながれ》のただ一人の後継者となりました。父親がいないために、後見人として慈しみ育ててくださったおじじ様、おばば様、この二人が納得した話となると、もはや、私の立場ではいいとか嫌だとか云えるものではありませんでした。

しかし、心に深く思うことがありました。

この話を聞いて、瑠璃君が何と云うだろうか……と。

幼い頃、そう、まだ十になるやならずの頃でしたか、瑠璃君に話したことがあります。

「縁繫がりの東宮様が帝になられたら、麿《まろ》は、いつか大臣になれるはずだよ。そしたら、瑠璃君を妻にして、子に女子がいたら、帝にさし上げよう」などと物知り顔で云いますと、瑠璃君は目を輝かせて、何やら納得したような顔で頷いていました。

幼いながらも、真剣な契り（約束）でした。

十二、三歳になり、多少なりとも世の中のことが分かってきた頃には、気恥ずかしい思いもありましたから、艶めいた話は一切したことがありませんでしたが。

何しろ、瑠璃君はあの性分、私もこうした性質ですから、難しい漢詩文の話などは好んでしていたものの、どうもそういう世間人並のことは、もうひとつ晩生《おくて》でしてねえ。だから、長じてから確かな契りをしたわけではありませんが、互いをよくわかっていた間柄で、特に隔てを置くこともなく、心底信頼をしていましたので、私は「いずれ」と考えておりました。

あえて、瑠璃君の心の内を確かめたことはなかったのですが、今から思えば、それが良くなかったのですねえ。

こうした話が持ち上がっても、自分の気持ちはそれまでと変わるはずもなく、たとえ、世間的に正妻となる人を得たとしても、かえって、これまで以上に互いを思い慕う気持ちが勝ってくるに違いないとさえ私は思っていました。

それに、正室以外の女人がいる男は、世間に山ほどいるではありませんか。

世間の噂は、まことに早く広がるものです。根も葉もないことまでねえ。女房や家人《けにん》たちの噂話好きには困ったものです。

まずいことに、どこから知れたのか、瑠璃君に事を分けて話さねばとあれこれ迷っているうちに、先に伝わることになってしまいました。

長雨の頃、文をやり、久しぶりに瑠璃君に逢いに行きました。

瑠璃君は、いつもの寛いだ様子はなく、物越しに固い調子で云うのです。

「このところの天候不順で、風病（感冒のようなもの）が酷くて、極熱の草薬（ニンニク）を服用しました。悪臭がするのでお目にはかかれませんが、然るべきお話があるようでしたら、このまま承ります」

今まで聞いたこともないような他人行儀の云い様……。

「それはないでしょう。私が来ることがわかっていながら……。嘘ではないのか。たとえ、そうだとしても、蒜の臭いなど私は構わない。大切な話があるのです。どうか、直接話させてください」

懇願するような気持ちで、幾度も云いました。

もともと瑠璃君は率直な性質。腹立ちを表に出す性分なのです。このたびのことについても、何か文句のひとつでもぶつけてくるのかと思ったのですが、何ひとつ云いません。

やはり、怒っているのか。

しかし、やきもちを焼いているような、軽率な繰り言を云うでもなく、瑠璃君が男女の仲の道理を心得ていたのかどうか私には分かりかねましたが、無言を通すばかりで……。ただ、確かに蒜の臭いは漂ってきましたが……。

その突き放すような、取りつく島もない感じに、私の方が苛立ってしまいました。

私はものごとに冷静だと、人からよく云われるのですが、どうしたわけか瑠璃君の前では本音が露わになってしまうのです。

瑠璃君のお父上為時様に、事の次第などを申し上げました。ところが、

「白氏文集に「我ガ両途ヲ歌フヲ聴ケ」（「秦中吟」議婚の一節。「雨夜の品定め」に引く）とあるが、私は娘を持つ親として、ふたつの途を貴君に説いたりはしないよ」

と笑いながらおっしゃるのです。

「貴君には、生まれながらに定められた別の途があるはずです。先帝があのようなことになってみれば尚更の事。貴君が背負わねばならぬことがある。あれ（瑠璃君）も、そういうことは十分理解しているのであろう。その上での貴君に対する態度だと思う。貴君も、冷静にお考えなされよ」

と云われました。

長雨のように、私の心も鬱々と晴れませんでした。

やっと長雨が止んで、六月に入ると尾を長く引いた彗星*が、暁のころ東の空に現れたのです。

都中、その噂で持ち切りになりました。何か良からぬことが起きるのではないかと。

七月中ごろには、彗星は五尺ほどの光の尾を引いて、毎夜現れるようになりました。その禍々しい様子に、今にも不吉なことが起きるぞと、陰陽師らが都中を右往左往する。あまりの騒ぎに、一条朝は「彗星に因る」改元を行ったのでした。

永延三(九八九)年八月八日、永祚《えいそ》元年となりました。

そんな折の三日後、八月十一日に私は妻を迎えました。

その二日後の十三日には、「……更に及ばぬ天災なり」と云われた嵐に、都は大変な被害を蒙ったのでした。

「永祚《えいそ》の風」と呼ばれた嵐です。改元の効があったとは、とても考えられぬほどの非常な有様でした。前途多難と云うべきか。先が思いやられる、私の別の途が始まったのです。

婚儀のおよそ半月後の八月二十八日、准三宮《じゅさんぐう》(太皇太后、皇太后、皇后に準じた位で皇族や臣下に年爵とともに与えられる)に宣下されたばかりの藤原氏長者、摂政・藤原兼家様の賀茂社詣が執り行われました。

私は、六人の舞人の一人として奉仕しました。

四位の藤原伊周《これちか》様(道隆の子)、藤原斉信《ただのぶ》様(為光の子)、藤原正光様(故兼通の子)と五位からは、源明理《あきまさ》(源重光の子)、源経房(源俊賢の弟)と私です。明らかに、私は源家の一員と見なされていると自覚させられた時でした。

明理は気の合った友でしたし、一緒になる機会も多く、「明理・行成」(大鏡)と噂されることも多かったですよ。まあ、わりと評判の若者でしたかね、私も。ははは。

しかし、それ以来、瑠璃君と会うことはなくなり、しばしば訪れていた邸もあえて避けるようになりました。

長徳元(九九五)年十月十日の夜、頭弁《とうのべん》として師、為時様にご挨拶に上がるまで……。

⌘

京都から帰った安紗子は、落ち着きを取り戻していった。

京都行きの二日目は、もう一度、廬山寺や梨木神社辺りを歩いた。

そして、賀茂川沿いに、下鴨神社、上賀茂神社と回り、代明親王の邸宅があった桃園第や世尊寺があったと云われる辺り、今の西陣上京区を散策して、ホテルに戻った。

三日目は、瀬田の唐橋から石山寺へ向かい、在来線の新快速で米原へ、米原から新幹線こだまに乗り換えて、帰途についた。

安紗子は新幹線の中から長柄へメールを送っている。

長柄君
ご無沙汰でした。
今、京都から帰る新幹線の中。
米原駅を出たところです。
「どうしたの？」って聞くでしょう。
あなたからの励ましのメールをもらってから

心機一転、「源氏物語」に向かい直そうと考えて、京都行を計画しました。
三日間の京都滞在でしたが、何か前に進めそうな気がしてきました。
詳細は、また、話します。
携帯メールなので、これにて失礼。
安紗子

長柄からの返信

安紗ちゃん
おう、元気そうだな。
メール、ありがとう。
京都へ行っていたのか。
このところの、京都も暑かっただろう。
でも、何だか、いい兆しを見つけたようで、よかったと思います。
「源氏物語ガイド」楽しみにしているよ。
長柄

四章

ようやく春めいた、二月初めの霞がかった夕暮れのことでございました。

そのころ、住いしておりました三条の小宅へ、ある方からの使いだといって、ひとりの男が文を持ってまいりました。

取り次いだ者の話によると、苔尾丸《こけおまる》という若者だそうです。

この家は、かつて、わたくしのお祖父さま（藤原雅正《まさただ》）のものでした。家の北隣には、「竹の三条」といわれた平生昌《なりまさ》さま（中宮大進。中宮大夫平惟仲の弟）のお屋敷があります。南には伊勢（三十六歌仙。宇多天皇の寵愛を受けたことから伊勢の御《ご》、伊勢の御息所とも）のお方が、お住まいになっていたと聞いております。

昨年（長保三〈一〇〇一〉年）の四月二十五日に夫宣孝《のぶたか》を亡くしたわたくしは、一年の喪に服しておりました。

春の兆しが感じられる季節になったとはいえ、鈍色《にびいろ》の重苦しい空気に包まれたわが家には訪れる人も少なく、「はて、どなたが文を下さったのかしら」と、怪訝な思いで結び文を開いてみますと、歌が、ただ一首のみ。

雲の上も　物思ふ春は　墨染に　霞む空さへ　あはれなるかな
——紫式部集・四〇
〔宮中でも女院が昨年の暮れ崩御されましたので物思いする春ですが、墨染色に霞む空まであわれを誘うことですね。あなたも、この霞む空を同じ思いで見ていらっしゃることでしょう〕

あっと、思いました。

ああ、何年ぶりかしら。

しばらく見ることがなかった懐かしい手跡《しゅせき》。

墨つきの濃淡も美しい、女手に似せたみごとな文字です。確かに、あの方の筆跡に間違いありません。思いがけなくも、少なからず縁《えにし》があった方からのお歌でした。

昨年の暮れ、長保三年閏《うるう》十二月二十二日に、東三条院さま（藤原詮子）がお隠れになりました。東三条院さまは、今上帝の御母君で、史上初めて女院になられた方でいらっしゃいます。

年の瀬は、歌舞音曲はもちろんのこと、初春を迎える華やかな例年の行事などがいっさい取り止めになりました。

都中が薄墨色の霞に覆われたまま、長保四（一〇〇二）年を迎えました。

お歌は、この事態を指しているのです。

女院さまが崩じられた三か月あまり前（閏十二月あり）の十月九日には、左大臣・道長さまのお邸土御門第《つちみかどてい》で、女院さまの四十の算賀が、華々しく執り行われたと聞いております。これまで例がないような、それはそれは贅を尽くした盛大な祝賀であったと、都中がしばらくその噂で持ちきりでございました。

越前から役目を終えて京に戻っていた父上もお祝いの歌を一首差し上げたようでした。四帖の御屏風に書かれたお歌十二首のうちの一首であったとのことです（権記）。

紅葉がことのほかみごとな年でしたので、口さがない者の中には、

「こんなに美しい紅葉は、これまでに見たことがない。何か不吉なことが起きる前兆にちがいない」

などと噂する者もいたということでございますよ。

わたくしは夫の喪中ゆえ、屋敷内に籠っておりましたから、都に流れる噂話をほんの少し耳にしただけに過ぎませんけれども。試楽（公事や祭礼等に行われる舞楽の予行演習）の日に何やら、道長さまにご不興があり、ちょっとした騒動が持ち上がったとも聞きました（権記）。

都人の噂が、事実になってしまったのでしょうか。

閏十二月に入ったころから女院さまのお体に変調が見られ、しだいに重篤に。

ご快復を願って、恩赦が繰り返されました。

特に十五日は非常の大赦があり、十六日には不遇を囲っていた員外帥《いんがいのそち》（大宰権帥・大臣経験者の左遷ポスト）藤原伊周さまが正三位に復されたほどです（権記）。

怖いものなしのように権勢をふるう道長さまも、さすがに、大恩のある姉君のご容体の悪化には動揺されたのでしょうね。あれほど嫌っていた伊周さまをもとの位に戻されたのですから。

帝がお見舞いなされた後、東三条院さまは御髪《おぐし》を下ろされて法体になられたとのこと。周りの祈りも空しく、とうとう六日後に崩じられました。

お歌をくださったお方は、女院さまの別当（本官を持って親王家・摂関家・大臣家・寺社等特別な機関の長官を務める者）も兼ねておられましたので、女院さまを院の御所からご自分の三条の邸にお移しして、ずっとお傍につきっきりでお仕えになっていたと聞きました。

一年前のやはり十二月、今上帝の皇后定子さまが崩御されました折も、帝の侍従として、あの方は大変なご苦労があった由、聞きました。

と申しますのは、左大臣道長さまには深謀がおありになったのでしょうね。長保元(九九九)年十一月、ご自分の娘彰子さまをわずか十二歳で入内させ、翌年二月には強引ともいえるやりかたで、彰子さまを中宮にというお気持ちを世に示されたのです。

一条王朝にとっては、ふたり后(定子と彰子がともに皇后)という異常な事態になりました。帝《みかど》のお気持ちをはじめ、取り巻く殿上人の心の内はまことに複雑で、朝廷には常に疑心暗鬼の空気が流れ、魑魅魍魎《ちみもうりょう》が跋扈《ばっこ》するが如き態《てい》であったと漏れ聞いております。

道長さまのわが娘を思う気持ちなのか、それともご自分の身のためでありましょうか、その年の暮れに崩御なさった定子さまに対する、まあ、嫌がらせとでも申し上げたほうがよろしいでしょうね。定子さまご兄弟との確執は烈しくなる一方で、葬送の儀がなかなか定まらなかったという事情がございました。

帝が「通例によって行うように」とご下命になったご葬料についても、道長さまは、皇后さまの葬儀のおりには「絹百疋・布三百端《たん》・米百石を準備しましょう」とお決めになったのですが、姉君の女院さまのおりには「練用絹《ねりようきぬ》百疋《ひき》・本絹二百反・布千端・米三百石」(権記)という次第。

このあまりの差は、いったいどういうことでございましょうか。

帝のお嘆きは甚だしく、左大臣さまとの間に立っていたあの方の心労は大変であったことと推察いたします。

姉君女院さまの葬送の儀は、万事滞りなく執り行われたのですから、今上帝やあの方もさぞかし複雑な思いを抱かれたことでしょう。

お歌の「もの思う春」とはそんな意味が込められているものと存じます。この一年、心が休まる時がなかったことでしょうに、わたくしの身に起こった出来事にまで気を配って、こうしてお歌を贈ってくださるとは……。

懐かしさとかつての想いが蘇って、一刻《いっとき》、わたくしは我を忘れていたようでした。どれほどの間ぼんやりしていたでしょうか。

ふと、我に返って「使いの者が待っているはず。返事を持たせなければ……」と。夫を亡くした喪中の身ですのに、一瞬、古い縁の方の文に、心が揺れたわが身に顔が赤らむ思いがいたしました。

遠い人になってしまったお方に、今さら、何とお返しをしていいものやら……。あまりに、あからさまに心の内を露わにするわけにも参りませんし……。

誰に見られたとしても不自然ではない、世間一般の、夫の死を悲しむ妻の歌を贈るのが無難でしょう。けれども懐かしい想いは込めて、次の歌を使いの苔尾丸とやらに持たせました。

なにかこの　ほどなき袖を　濡らすらん　霞の衣　なべて着る世に
——紫式部集・四一
［どうして、取るに足らない私のような者の袖まで、このように涙が濡らすのでしょうか、誰もが霞のような薄墨色の喪服を着ているこの御時世ですのに。本当にもの憂い春でございます］

親ほどの年の差があるとはいえ、これほど、あっけなく夫がこの世を去るとは、わたくし自身思いもしませんでした。

妻と呼ばれる身になって、わずか二年ほどで、夫と永遠の別れが来ると誰が想像できましょう。考えてみれば、共棲《ともず》みした日数《ひかず》さえ数えることができるほどの短さでした。

夫は、亡くなりました年（一〇〇一）の二月五日に、春日祭使《かすがさいし》（春日大社例祭に藤氏の長者名代となる使者）の代官にと任命がありましたのを、体調がすぐれないことを理由にお断りしたと伝え聞きました。

どこか悪いのかと案じておりましたところ、じつは痔病だったということで、少し安心していたのですけれども……。

それから、ぐずぐずと病《やまい》がちになり、流行病も併発して、長保三（一〇〇一）年四月二十五日に亡くなったと本宅から知らせが入りました。

夫の死の知らせを聞いた瞬間は、悲しみに襲われるというよりも、ただ唖然としたというのが正直な気持ちでございます。

だって、一度も夫が病の床に臥す姿を見ていないのですもの。

枕上《まくらがみ》に寄り添って看取りすることなど、絵に見るような光景でございます。

この時ほど、正室ではない、わたくしの立場の曖昧さを痛切に感じたことはございませんでした。

夫の最後の訪れは、その年の正月の中ごろでした。

二、三日、わたくしの処に滞在して、それきりになってしまったのでございます。

三月に父上が越前守というお役目を終えて京に戻りましたが、父上と婿となった宣孝どのとの対面もありませんでした。

親兄弟のめがねにかなった婿君が、用意万端整った女君の部屋を三日三晩訪れて、三日後に、父親が世間に対してお披露目をする露顕《ところあらわし》（三日夜餅）が、当節の順当な婚礼のあり方ですが、わたくしにとっては夢のようなお話です。

思いがけず、人の妻になりその人の子を産み、あっという間に寡婦になってしまった……というのが、わたくしの人妻としての始終でございましょう。

見し人の　煙となりし　夕より　名ぞむつましき　塩釜のうら　――紫式部集・四八

〔夫が荼毘に付されたと聞いた夕べから、陸奥の国の名所をいくつか描いた絵を見ると、かつて、海人が塩を焼く絵に添えて歌を贈ったこと（紫式部集・三〇）を思い出し、侘しい塩釜の浦の絵さえ懐かしく思われました〕

まことに、立ちのぼる微かな煙の行方さえ、わたくしには見ることができなかった。そんな出来事でした。

わたくしの夫宣孝《のぶたか》は、賀茂祭の舞人や帝のお使いとして祭使《さいし》など目立つお役目も多かった人で、それなりに恰幅のいい目立つ容貌でしたから、見かけは年齢のわりに若々しく見えました（権記）。

それだけに、気がかりなことが山ほどある人でした。

すでに、正室のほかに妻と言われる人が何人もいて、わたくしと変わらぬ年の、腹ちがいの息子や娘たちが何人もいました。

その娘のひとりとわたくしは、文や歌のやり取りをして、ずいぶん親しくしておりました。父親（宣孝）が筑前守《ちくぜんのかみ》（福岡県西部の国守）に任ぜられて（正暦元年八月三十日）一緒に任地へ下ることになった時も、都から遠く離れた地には行きたくないと、あれこれと恨みごとを書いた文をわたくしの所へ送ってきましたけれど（紫式部集・六〜一二、四二、四三）、結局、父親と共に筑前へ下って行きました。

また、妻と呼ばれる人のほかに、いつも、女の噂が絶えない人でした。

派手な装束を着て息子と御岳詣《みたけもうで》（大和金峰山の蔵王権現に詣でること）をした（枕草子）とか、それが縁で筑前守の地位を得たとかいう噂も耳にしております。

好んで人目に立つことをするなんて、わが家では思いも寄らないやり方ですもの、わたくしが好ましい方と思うはずがありません。

致し方のない事情で宣孝どのの妻になったというのが、わたくしの本音です。

父上は、以前から「人当たりがよく、如才がないやつはどうも信用できない」といって、同じ侍従であったころの宣孝どのとは、あまり反りが合わないようでした。

けれども、父上が越前守になって現地に下っているあいだに起きてしまった事でしたから、わたくしの婚姻について、父上はあえて何も云いませんでした。

それに、わたくしもいい年になっておりましたしね。

ああ、それにしても、どうしてこんなことになってしまうのでしょう。

わずか二年の縁《えにし》とわかっていたら、人の妻というものなどになりたくはなかった。そもそも、わたくしは生涯独り身で過ごすことを心に決めておりました。

幼い女の子まで残して逝ってしまうなんて……。

この先、わたくしに、この幼子《おさなご》の行く末をどのようにせよというのでしょうか。

女人は父親の家柄と後ろ立てがあってこそ、しっかりとした一生が得られるというのに……。

気がかりはわが身ではなく、ただ幼子の行く末ばかりでした。

今さら、嘆いても致し方ないことですけれども……。

身を思はずなりと　なげくことの　やうやうなのめに　ひたぶるのさまなるを思ひける
数ならぬ　心に身をば　まかせねど　身にしたがふは　心なりけり　――紫式部集・五五
心だに　いかなる身にか　かなふらむ　思ひしれども　思ひしられず　――紫式部集・五六

〔自分の身の上が、予想していた通りにならなかったと嘆いてばかりの毎日を過ごしていると、それが習慣のようになって、ますます、そのことばかり思い詰めるようになった自分に気が付きました。所詮、わたくしは、人の数ほどの人間でもないのだから、わが身が思い通りにならなかったと嘆いてもしかたがないはずなのですが、いつの間にか、またわが心は嘆いている。

では、嘆いているわたくしの心は、どんな身の上であったら思い通りであったと満足するのだろうか。人生は思い通りになるはずがないと頭ではわかっていても、なかなか納得できないものです〕

わたくしには、あの納得しがたい出来事以来、心に固く誓ってきたことがあったはずなのです。

それなのに、今や毎日を鬱々と暮らしている。

わが身の、このような有様はどうしたことでありましょうか。

心の芯が萎えて、まったく身体に力が入りません。

「どうしたらいいのだろう」自問自答する日々が半年以上も続いたでしょうか。

こうしてもの思いに身を任せておりますと、あの方が頭弁《とうのべん》に補任《ぶにん》されて、こっそりと父上を訪ねてくださいました、晩秋の夜も更けたあのときのことが思い出されます。

わたくしは直接お目にかかりませんでしたが、お帰りになるお姿をもの陰からそっと拝見して、なんとご立派になられたことかと、胸がいっぱいになりました。

あの時、わたくしたちが逢わなくなって、七年が過ぎておりました。

幼いころ、父上の教えに従って、声を合わせながら漢詩文を音読した学び舎の友が、颯爽と世の中に出て行かれるのです。

嬉しいけれど、何だか寂しくもありました。

ずいぶんと、このわたくしは、あのお方から隔たってしまった。

ついに、あの方はわたくしの手の届かない遠い存在になってしまわれる。

それに引き替え、このわたくしはどうだろう。

一向に変わり映えもしないで、相変わらず、朽ち果ててしまいそうな古い屋敷内にひっそりと暮らして……。

羨ましいというのではありません。

ただ、男と女の違いというか、家柄の違いというか、何か、自分ではどうすることもできない、世の中の理不尽な定めみたいなものを突き付けられている思いがするのです。

わが家が受領階級の家でなかったら、もし、わたくしが男であったら……。

どんなふうに、わたくしの、また、わが家の行く末は変わっていたことでしょう。

父上はよく嘆いておられました。

わたくしの漢詩文の覚えや理解が弟より速いので、「お前が、男だったらよかったのに……」と。

決して、自慢などするわけではございません。

あの方とも、学問の上では競っておりました。

けれども、もし、わたくしが男であれば一緒に世の中に出て、何か、そう何かを、同じ志を持ってともに成し遂げることもできたはずではありませんか。

あの方やあの方の乳母子の惟弘《これひろ》どの、弟の惟規《のぶのり》と一緒に遊んだ幼いころ、しばしば思ったものでした。

夏の盛りの面白い遊びは、何といっても蝉捕りでした。

どれだけ多く捕ったか、大きな蝉を捕ったのは誰かを競い合うのです。

すると、男子《おのこ》連中は「麿《まろ》が、一番だ。今日は、麿が近衛の大将だ。命令に従え」と目をきらきらと輝かせて大騒ぎをする。

わたくしだって、負けぬほどの蝉を捕ってはいましたけれど、そんな時、一人だけ取り残されたような寂しい心持ちになったものでした。

だって、どんなにがんばったとしても、わたくしが近衛の大将にはなれはしませんもの……。

男でなければ認められないことが、世の中にはあることを、幼いながら感じ取っていたのです。

あの方が父上をお訪ねになった夜から、また、もうひとつわたくしには、「惨《みじ》めなわが身」という憂いが加わったのでした。

わたくしはものごとを、懐《ふところ》に深く抱え込む癖が幼いころからありました。

しばらく懐に納めて、それを何かのおりに取り出しては反芻する。あのことは、どういう意味であったのかと、また反芻する……。

すると、過去の出来事は何倍もの大きさに膨れ上がって、再びわたくしの目の前に意味を持つ姿として現れてくるのです。

辛い思い出は時が経つとともに薄れると云いますけれど、わたくしの場合は、しだいに濃く輪郭がくっきりとしてきて重みがいよいよ増してくるのでした。

寛和二(九八六)年六月二十三日、世間にとっても、わが家にとっても、そして、その後のわたくしの運命にとっても、重大な事件が起きました。

その日、花山朝が終焉したのです。

その日のあとさきの騒動は、今、思い出しても怒りで体が震えるほどです。

二十三日は、強い日差しにじわじわと汗が滲み出て、ことさら蒼い空に目が眩むような朝《あした》でした。

父上が宮中へ参入するため準備を整えているところへ、権中納言・藤原義懐《よしちか》さまから急ぎのお使いがありました。

「主上《おかみ》が元慶寺《がんけいじ》でご出家あそばされた。子細は後ほどに」

父上は急ぎ宮中へ向かいましたが、しばらくして、悄然とした面もちで戻って来ると、擦《かす》れた声で呟きました。

「政変が起きたようだ」

右大臣・藤原兼家さまの命で、大内裏のすべての門扉《もんぴ》が閉じられ、誰も宮中に出入りが叶わなかったというのです。

それは、花山帝が永観二(九八四)年十月十日にご即位なされてから、三年目のことでした。


帝の叔父の藤原義懐さまは、帝のご即位とともに目覚ましいご出世の最中でした。ご即位の年の八月に蔵人頭《くろうどのとう》、その年のうちに正三位、翌年には従二位・権中納言と昇進され、ゆくゆくは、大臣・関白の有力な候補者の一人だと世に噂されていました。

後ろ盾になる外戚の少ない帝を、乳母子である藤原惟成《これしげ》さまとともに、東宮時代から懸命にお支えになっておられましたので、ご出世は当然といえば当然のことでした。そんな義懐さまの曳《ひき》もあって、父上は寛和二年二月に式部大丞六位蔵人に補任され、帝のお傍近くでお仕えしていたのです。

父上は文章生《もんじょうのしょう》から蔵人所《くろうどどころ》の雑色《ぞうしき》(令外官の一つ。蔵人の見習いで定員八名、昇殿は許されていない)、播磨権少掾《はりまごんのしょうじょう》(地方官で守、介の次。大掾、少掾の三階級がある)を経て、すでに三十八歳になっておりました。

「このまま順調にいけば、いずれは太政官(律令制で司法・行政・立法を司る最高の国家機関。長官は太政大臣。その下に左大臣、右大臣をおく)の弁官としてお役に立てることもあるだろう。

帝が東宮さまであられた時から、菅原文時さま(文章博士・為時の師)と共にご学問のお相手をし、御読書始めには副侍読も務めた。大学寮で学んだ知識もやっと生かすことができる」

と、父上はもちろん、為頼伯父さまをはじめ家内中の者が期待しておりました。

父上はあちこちの歌合（歌人を左右に分け詠歌を一番ごとに比べて優劣を競う。文芸批評の会）にも参加して、都での貴族らしい毎日を過ごしていた矢先の出来事でございました。

青天の霹靂《へきれき》。

帝のご退位により、世の中がひっくり返った一日でした。

父上はその年の秋の除目から、十年に及ぶ長い散位となったのです。

六月二十二日の深夜、帝は密かに内裏から連れ出され、山科の華頂山元慶寺（花山寺）にて僧の厳《ごん》久《く》の手により二十三日の早朝ご剃髪なされました。

帝が身勝手に内裏を抜け出されることなどあってはならないことなのです。

ご譲位されてからのご出家はよくあるにしても、神にご奉仕される最高の御位《みくらい》のお方が法体になられるなどもってのほかのことでございます。

まだ年若い帝が、ご自身の決断でそのようなことをなされたとは、とても考えられませんでした。

よからぬ者たちの讒言《ざんげん》と謀《はかりごと》で起きたことに違いない。

多くの人々が陰ながら、そのように噂をしていました。


わたくしには、その四、五日前から、何となく嫌な予感がしておりました。

野宮《ののみや》で潔斎中の斎宮《いつきのみや》・済子女王《せいしにょうおう》さまが、六月十九日、突然退下されたのです。

その日の夜のまだ月が昇らぬころ、夜陰に紛れるようにして、女王さまはひっそりと章明《のりあきら》親王さまのお屋敷にお戻りになりました。

さすがに主人筋に慮《おもんばか》ってのことでしょう、家人たちの密やかな取沙汰《とりざた》が当家の方へも伝わってきました。

その退下のわけというのが、驚くではありませんか。

済子女王さまが野宮で潔斎中に、滝口武者《たきぐちのむしゃ》（蔵人所の下で宮中の警護に当たった武士・平致光）と密通したというのです。

済子さまが密通？

何という心苦しいことを申し上げるのでしょう。

斎宮は、帝の代理として神にお仕えする尊いご身分のお方なのですよ。

もし、真実であるとすればとんでもないことで、まことに忍び難いことです。

わたくしの存じ上げている済子さまは、ご自分の意志でそのようなことをなさるお方では、決してありません。

よしんばそのような事実があったとしても、それは滝口武者のけしからぬ仕業であったに違いありません。

わたくしのお祖母さま（章明親王の祖母の姉・九九六年ころ存命）は、宮さまご一家によくお仕えするようにと、いつもながらおっしゃっていましたので、わたくしはしばしば宮さまのお屋敷にお伺いしておりました。

お伺いといっても、同じ敷地内の地続き、当家の北から宮さまのお屋敷の南へ渡って行くだけのこと、気軽に遊びに行っていたようなものですけれども。

ですから、済子さまのこともよく存じ上げております。

済子女王さまはたいへん無口で、人見知りなさるお方です。お顔の色はあまりよくなるほど艶やかで長いお髪《ぐし》、いつも奥まったところにいらっしゃるせいか、お顔の色はあまりよくありませんでした。じつにひっそりとお暮しでしたよ。

父君の宮さまから、宮家に伝わる古い琴《きん》(古来の七弦の楽器。琴のこと)を習っておいででした。琴の音《ね》は、箏《そう》(十三弦の楽器)の華やかさと比べますとささやかで静かな調子です。

済子女王さまは、どこからともなくかすかに流れてくるような琴の音に、まことにふさわしいお方ですから、滝口の武者を自ら潔斎の場所へ引き込むなどという、大胆不敵なことをなさるなんて、どうして考えられましょうか。

あり得ません。

断じてあり得ません。

今にして思えば、そもそも斎宮選びの時から謀《はかりごと》があったのではないかと思われる節があったのでございます。

花山帝がご即位あそばされたのが永観二(九八四)年十月十日のこと。

章明親王さま(当時は弾正尹)の姫君、済子女王さまは齢二十ほどでしたが、翌月の十一月四日に慌しく斎宮に卜定《ぼくじょう》(吉凶を亀の甲羅による占いで定め事を決めること)されたのでした。

斎宮《いつきのみや》は、帝のご名代として伊勢の斎宮御所に下向されるお方です。

わたくしは、帝がご即位の後、半年くらいの時をかけて卜定を行い、幾人《いくたり》かの候補者の中から斎宮にふさわしいお方に決定されるものだと聞いておりました。

ですのに、済子女王さまの場合、ひと月にも満たないうちの卜定でした。まるで花山帝がご即位なさる前から、すでに定められていたかのような素早さだったのです。

その卜定の仕方についてもいろいろ取沙汰されましたが、誰よりも驚いたのは、為頼伯父さま（当時は左衛門権佐）だったでしょう。内裏から急のお呼び出しがあって、帝のお遣いとして卜定宣下を宮家にお伝えするようにと命があったのです。

そのわけというのが、「宮家と縁があるから」というだけのこと。伯父さまのご心中はいかばかりでありましたでしょう。

本来はそのようなお遣いは近衛の官がなさるべきことだそうです（小右記）。卜定宣下が伝えられたおりには、一門の皆が、驚きを隠せませんでした。

「またしてもか……」と。

と、申しますのは、章明親王さまの一の姫君に、隆子《りゅうし》女王さまというお方がいらっしゃいました。済子女王さまの姉君です。

隆子さまは、円融帝の御世（九六九〜九八四）の斎宮として、安和二（九七〇）年に卜定されましたが、斎宮在任中の天延二（九七四）年に疱瘡に罹って、伊勢の地でお亡くなりになったのです。

斎宮としてはわずか三年の在任でしたが、斎宮在任中に亡くなられた最初のお方でした。

再び都の地を踏むこともなく、伊勢の地に埋葬されたと聞いております。

隆子さまはおいくつでいらっしゃったのでしょうか、お年若のお方であったとは聞いておりますが、親兄弟に看取られることもなく、まことにおかわいそうなことでございました。

お父君の宮さまはむろんのこと、お母君（摂政太政大臣藤原実頼《さねより》の嫡男敦敏《あつとし》の娘。兄弟に三蹟の藤原佐《すけ》理《まさ》）のお嘆きは察するにあまりあります。

その嘆きゆえか、しばらくしてお母君は空しくなられました。

わたくしが二、三歳のころのことでございます。


帝の名代として神に仕える斎王は、伊勢の斎宮と賀茂の斎院のお二人でございます。天皇家あるいはそれに準じる皇室の未婚の姫君が、御代が変わるたびに卜定されました。

斎宮は、都の内で仕える賀茂斎院《かものさいいん》とは違い、親元から遠く離れた伊勢の地へ向かわねばなりません。

斎宮に卜定された姫君は、よほどのこと（天皇崩御か親の薨去）がない限り都へは戻らぬという悲壮なお覚悟で、伊*勢へ群行して行かれるのです。

「斎院ならまだしも、斎宮にはとてもとても……。ご遠慮申し上げたい」という気配が、ご本人のみならずご両親などにも濃厚で、姫君をお持ちの皇族方は、卜定される前に密かにあれこれ手を打っておられると聞き及びます。

たとえば、はやばやと降嫁（皇族の娘が臣下に嫁ぐこと）させるとかですね。

当節は、帝が幼くしてご即位あそばされましたから、天皇家には子女が少なかったという事情もあったのでしょう。当代の帝からは遠い縁戚の宮家から斎宮に選ばれることが少なからずありました。

十年の時を経て、また、章明親王さまの姫君が斎宮にとはどういうことなのか。

いくら姉君の隆子さまが、斎宮在位を全うされなかったといいましてもね。

済子さまにご降嫁の予定がなかったことが、不運なことでした。

「姉妹が次々と斎宮にとはねえ。お気の毒なことで……。同じ醍醐帝の重明《しげあきら》親王の姫君お二人が斎宮として伊勢へ下られた例があるにはありましたが……」

表向きには祝い事でございましたが、まわりは同情気味に噂しておりました。

親娘二代斎宮としてお仕えになった例もありましたけれど……。

それは、隆子さまが薨去《こうきょ》された後を引き継いだ、規子《きし》内親王さまとそのお母上さまである徽子《ぎし》女王のことです。

後ろ立てがしっかりしない宮家は、姫君お二人を斎宮に差し上げねばならないことになるのでしょうか。

大きな声では申しあげられませんけれど、斎宮が帝のご名代とは体裁のいい云いようで、その実は、神への貢ぎもののようなもの……ではございませんか。

はっきりとそのように、わたくしなりに理解しましたのは、もっと後のことでございますけれどもね。

宮家をお守りすべき伯父さま方や父上も、できる限りのお支えはなさっていたと思うのですよ。でも、悲しいかな、当家はもはやかつての家柄ではなく、自分たちの身過ぎ世過ぎに精一杯のような有様でしたので……。

受領階級でも、世渡り上手の者が誰かいれば、何とか手立てがあったのかもしれませんけれどもねえ。

お父上の宮さまのお嘆きは、お気の毒と云うほかはありませんでした。

「娘が二人も遠い伊勢の地へ下ることになろうとは……。

宮家の娘であるばかりに、隆子にも済子にも不憫なことであった。

皇族でも男《おのこ》であれば、源氏姓を賜って臣下に下れば好むように生きられるものを……。女子《おなご》には、運にきまりというものがあって、どうにもならないものとして諦めねばならぬことがある。

主上《おかみ》にお仕えするか、臣下へ降嫁するより他に手立てがない。

私が名ばかりの、力のない宮であるばかりに、娘たちにはこのような仕儀にさせてしまった。

子の行く末をどうすることもできない、まことに情けない親である。

娘たちの母親はすでに身罷《みまか》って、いまさら、その実家を頼りにすることもできかねる。娘たちに持たせてやるべき財でもあれば、また違った道があったかもしれぬ。臣下への降嫁も引く手数多《あまた》であったろうにな。

こたびのことは、わが身の無力を世間にさらしたようなものだ。

娘たちには、かねがね、よくよく頼りになる者でなければ、うっかり口車に乗ってはいけない、お前たちは並の人たちとは違う特別な境遇のもとに生まれついた身と諦めて、この邸内で静かに生涯を終えよと諭してきた。

女人は女人らしく世間には顔出しせず、人目に立ってみっともない陰口など云われぬようにとな。

「それが、かえって、斎宮にふさわしい者とでも思われたのであろうか……」

宮さまは繰り言と涙にくれて、日々お過ごしになったのです。

済子さまは無言のまま、ただ、涙を流しておいででした。

醍醐帝のお孫さまとはいえ、何の力も持たない姫君さま方が、野心を持つ者の勝手な思惑から、政《まつりごと》の真っただ中へ引き出されてしまった。そういうことだと思います。

そのころ、わたくしは十四歳になっておりました。

宮家のこのような運命《さだめ》も理解できる年ごろになっていましたが、お慰めする術《すべ》などはまったく持たず、不運な定めに黙って従わねばならない済子さまがお気の毒で、傍らにいて、共に涙を流すよりほかはありませんでした。

慰めの言葉さえみつけることができない自分が腹立たしく、ただただ悔しくて、夜はろくに眠れなかったように思います。

その人　とをきところへいくなりけり　秋の果つる日来たるあかつき　虫の声あはれなり
　鳴きよはる　まがきの虫も　とめがたき　秋のわかれや　悲しかるらむ　——紫式部集・二

「その人は、遠い伊勢の地へ行かれることになった。秋も果てる九月末の、何の光もない薄暗い早朝に、その人の運命《さだめ》を思うと、鳴く虫の声までもあわれである。

　冬が近づき、この世と別れる時も近い籬《まがき》の虫が弱々しく鳴いている。留めることができない秋の別れが悲しいのであろう」


済子さまが野宮入りされる時（寛和元〈九八五〉年九月二十六日）、わたくしが詠んだ歌でございます。

この歌が不吉であったのかもしれないと、のちのちまで、ずいぶん悔むことになろうとは、その時は思いもしませんでしたけれど……。

寛和元年四月三日、前《さき》の斎宮、規子内親王さま（村上天皇皇女）がお役目を終えて京にお戻りになりました（小右記）。

済子さまは、卜定から一年後のその年九月二日に、内裏に初度斎院《しょどさいいん》入りをなさいました。

その初度斎院の場所が、左兵衛府《さひょうえのつかさ》（天皇とその家族を近侍護衛する者の役所）というではありませんか。

むくつけき輩の集まる所でございますよ。どうしてまた、そのような所に……。

おおかたの斎宮の場合、雅楽寮とか宮内省などでご潔斎なさると聞き及んでおりました。隆子さまの折には主水司《もいとりのつかさ》（飲料水や氷を調達また粥を調理する）でしたが。

と、申しますのも、花山帝のお父上、冷泉帝御代の斎宮輔子《ほし》内親王（村上天皇第七皇女）さまが右兵衛府に初度斎院入りなさいましたが、冷泉帝が二年に満たないうちにご退位になったため、群行をすることもなくご退下になったという経緯《いきさつ》がございました。

その短命な御代と同じように、初度斎院入りが左右違うとはいえ兵衛府というのは、何だか出だしから不吉な感じがすると、一門の者たちは眉をひそめていたのです。

わたくしも嫌な予感を抱いておりました。

済子さまは初度斎院と同じ月の二十六日に野宮入りなさいました。

この日から一年、斎宮さまは俗世から離れて身を清められ、俗人とは違う清浄なお方として、伊勢へ下って行かれるのです。

野宮のある嵯峨野へ同行した者の話によると、新しく建てられた潔斎所は、まだ完成というにはほど遠く、彼方に葬送の送り火が見えて何とも不吉であったというのです。

また、二十八日の夜には野宮に盗賊が押し入って、侍女の衣装が奪われるという前代未聞の出来事も起きました。

いったい全体、斎宮をお守りするべき滝口武士たちは何をしていたのでしょう。

斎宮さまも落ち着いて潔斎どころではないではありませんか。


順調にとはとても云える状態ではありませんでしたが、時は経ち、野宮入りの翌年の寛和二(九八六)年。秋に伊勢へ下向される日がいよいよ迫って参りました。

斎宮群行(斎宮の京から伊勢斎宮御所への下向と、宮中での斎王発遣の儀)は、帝の即位の礼・大嘗祭《だいじょうさい》(皇位継承を内外に示す最高の皇室儀礼。即位後初の五穀豊穣を祈る新嘗祭)に次ぐ国の重大行事ですから、その準備は並大抵のことではありません。

特別仕様の斎宮装束やらお供をする者の装束などの調整が、夏の初め四月ころから大騒ぎで始まっていました。

済子さまとのお別れは寂しいことではありましたけれども、二年余りの時を経るうちに、しだいに逃れようもない決まりごとは、諦めるより仕方がないのかもしれないと、周りも、そして、わたくし自身も思うようになっておりました。

円融帝の御代の斎宮は、先にも申し上げましたように、隆子女王さま（章明親王女王）と規子内親王さま（村上天皇皇女）お二人でしたが、その伊勢下向をわたくしは存じ上げません。
わたくしにとって初めて拝見する斎宮群行でしたから、どんな様子のものかと興味津々でしたし、

群行がたいそう厳かな儀式でありながら、色鮮やかなものだと聞けば、わたくしも美しいものに憧れていた年ごろ、期待は高まるばかりでした。

「斎宮さまは、群行当日、野宮を出立《しゅったつ》されてまず桂川で禊《みそぎ》をなさるのです。それから、松尾大社に奉幣したあと、建礼門から大極殿にお入りになり、帝にお別れのご挨拶をなさるのだそうですよ。

帝からは「京の方へ赴き給うな」というお言葉があって、黄楊《つげ》の櫛を前髪に挿していただく。それが別小櫛《わかれのおぐし》という儀式なのです。

お別れのご挨拶をしたあとは、決してふり向いてはならないという決まりもあって、お若い斎宮さまが何とも憐れなことですね。

そして、帝と中宮さまでさえ帝とご一緒でないと潜《くぐ》ることを許されない建礼門から内裏を出て行かれるのです。その時に、身分にふさわしい装束を凝らした文武百官が都のはずれまでお送り申し上げるのですよ」

群行をいくどかご覧になったことがあるお祖母さまから伺いましたけれど、あれこれ説明されても、わたくしは見たことがありませんもの、ただ美しいであろう情景を想像するばかりでございました。

長奉送使《ちょうぶそうし》（斎宮を伊勢まで送り届ける官人。参議・中納言以下四名）に先導された美々しい五衣唐衣裳《いつつぎぬからぎぬも》という特別なご装束とお化粧を施された斎宮さまは、葱華輦《そうかれん》（天皇及び皇后が乗る輿）の輿に担がれ、五百名もの供人《ともびと》と、伊勢へ向かって五泊六日の旅をなさるのだとか……。

「あの、人見知りをなさる済子さまが、お顔を人の視線《まみ》にさらされたまま、輿に乗って伊勢まで行かれるなんて、耐えられるのかしら。いくら常より厚めの白塗りの化粧をなさっているからといって」

と、わたくしは少なからず心配もしていました。

でも、野宮で一年、精進潔斎されているのですから、ご立派にお役目を果たされるに違いないでしょう。どんな風にお変わりになったか、お通りになる辻のどこかで、久しぶりにお姿を拝見できることが楽しみでもありました。

年中行事の賀茂祭でさえ大騒ぎする都人《みやこびと》のこと。めったに見られぬ斎宮群行ともなれば、それこそ立錐《りっすい》の余地もないほどの賑わいとなるのは当然のことでしょう。どんなお行列になるであろうかと人々の期待はいやがうえにも盛り上がっていきました。

そのころになると、わたくしも斎宮群行の華やかさだけを思い描いて、何だか心が浮き立つような気さえして、その日が来るのを待ちかねておりました。

今思えば、わたくしがこんなふうに思ったのも、やはり済子さまの事の次第が他人事だったのでしょうか。それとも、真《まこと》の理解が足りなかったのでしょうか。

実際は、斎宮さまの華やかなお姿の影には、悲しい思いが溢れるほど隠されていたはずなのですから……。


そんな矢先の、六月十九日の出来事だったのです。

済子女王さまのご退下は……。

「えっ、密通？　何、滝口武者と？」

事情がわかるにつれて、一門がお守りしてきた姫宮さまの不名誉な出来事に、恥ずかしさより、むしろ云いようのない怒りが込み上げて、体の震えが止まりませんでした。

そうしたことがあった四日後に、花山帝はご退位あそばされたのでした。斎宮さまの不始末が、帝がご退位あそばされた決断の一因でもあったと、どこからともなく聞こえてまいりました。

そんなことがあるものか。誰がそのような噂を流すのだろうか。

誰かの、とんでもない謀《はかりごと》以外に、考えようがないではありませんか。畏れ多くも、わたくしが存じ上げている高貴なお二人の若者（帝と斎宮）が、罠に嵌められ、神に仕えるべき立場から引きずり降ろされたのです。

なんて、非情で残酷なことを……。

無理やり法体《ほってい》にさせられた花山帝のお怒りと慚愧《ざんき》の念は、いかばかりでありましたことか、慟哭《どうこく》が地を這って聞こえてくるような気がいたしました。

そして、このうえない辱めを受けた斎宮さまのお辛さも。

悔しくて、悔しくて。涙が溢れ、わたくしは伏して泣きました。

何ごともなかったように平らかに装い、笑顔の奥に隠されたどす黒い大人たちの胸の内を、嫌というほど見せつけられた時でございました。

それから二年あまり後、一条帝の御代の斎宮・恭子女王（醍醐帝の孫為平親王の娘・三歳で卜定。母は源高明の娘）が、永延二（九八八）年九月二十日、五歳で乳母に抱かれて伊勢へ下向されたのです（小右記）。

なんとまあ、驚いたことに、新しい斎宮になられた恭子女王さまは、済子女王さまが斎宮候補者となられたときの、もう一人の候補者だったそうなのです。

生まれたばかりの恭子女王さまが相手では、初めから、済子女王さまに決定していたようなものではありませんか。

まったく、卜定とはどのような仕儀だったのでしょう。疑わしいことばかりでした。

この時、わたくしは初めて群行を拝見いたしました。

幼い斎宮さまのこと、いろいろと不手際もあったらしく、京中を群行されるころは戌《いぬ》の刻（午後八時頃）を過ぎておりました（小右記）。

もうひとつ驚いたことがございます。その群行の長奉送使が、なんと、花山帝を内裏から連れ出して法体にした張本人の藤原道兼《みちかね》さま（兼家の息子）、その人であったことです。

一条帝の御代に功があったとかで、権中納言に昇進しておられましたが……。

その群行を眺めた時の、わたくしの複雑な思いをご想像いただけますでしょうか。

⌘

この二つの大きな出来事が、その後の、わたくしの行く道を決めたように思います。

都に住まう者にとって、疫病の流行ほど恐ろしいものはございません。

疫病は、大きなうねりとなって二、三年おきに繰り返し都に押し寄せてきます。そのたびに、都人は得体の知れないものに取りつかれた祟りだと震え上がりました。

特に、わたくしの記憶にはっきりと残っておりますのは、永祚元(九八九)年の疫病と、正暦《しょうりゃく》五(九九四)年の正月、九州からはやり始めた赤疱瘡《あかもがさ》(麻疹《はしか》)です。

翌年の長徳元(九九五)年には全国的に広がり、暑くなり始めた四月末の都は、それはそれは酷い事態になりました。

ひとたび疫病が蔓延しはじめると、「京中《けいちゅう》の路頭には病人と死人が溢れ、往還の過客《かかく》は鼻をおおって通り過ぎた。鳥犬は食に飽き、骸骨は巷を塞いだ」という状態になるのです。

そういう時は決まって、都にはわけのわからない噂が流れました。

たとえば、「左京三条大路の南、油小路の西にある小さな井戸の水を飲むと疫病に罹らない」というのでどっと人が押し寄せる(日本紀略、本朝世紀)、また、六月十六日には厄神《やくしん》が京中を横行する(日本紀略)という妖しげな流言も飛びかって、公卿から庶民に至るまで屋敷の門戸を閉じて、誰も都大路を往く者がいないという有様になりました。

そのような世情不安なおりに、一条朝廷で十四人の公卿方のうち八人が次々とお亡くなりになったのです。

関白藤原道隆《みちたか》さま(四十三歳・四月十日没)、左大臣源重信《しげのぶ》さま(七十四歳・五月八日没)、右大臣藤原道兼《みちかね》さま(三十五歳・五月八日没)、大納言藤原朝光《あさみつ》さま(四十五歳・三月二十日没)、大納言藤原済時《なるとき》さま(五十五歳・四月二十三日没)、権大納言藤原道頼《みちより》さま(二十五歳・六月十一日没)、中納言源保光《やすみつ》さま(七十二歳・五月八日没)、権中納言源伊陟《これただ》さま(五十八歳・五月二十二日没)。なんということでしょう。高位の公卿方ばかりでございます。

残った上位の公卿方は、内大臣の藤原伊周さま（二十二歳）、次が権大納言の藤原道長さま（三十歳）、そのあとは中納言以下という有様でした。

関白藤原道隆さまは、疫病ではなく持病の飲水病（糖尿病）で偶然にも同じ時期に亡くなられたようですが、それまで、朝廷をご自分の思いのままに支配して強引な政《まつりごと》を執りおこなっておられた方でしたから、世間では、この先何が起きるであろうかと、上から下まで寄ると触るとその話で持ち切りになりました。

尾ひれが付いたありもしない噂話も流れて、ますます世情は不安に陥るばかりでした。

関白道隆さまが亡くなられて一か月も経たないうちに、弟の道兼さま（兼家三男・七日関白）が急逝。

ふたりの兄君を次々と亡くされた藤原道長さま。

何という強運の持ち主でありましょう。

その年の六月には藤原の氏長者《うじのちょうじゃ》になり、道隆さまの嫡男《ちゃくなん》、内大臣の伊周さまを一気に追い抜いて、内覧、右大臣と進み、翌長徳二（九九六）年七月二十日には、とうとう左大臣にまで上られたのでした。

まさに日の出の勢いとはこのこと。

「父君の兼家さまにも似た凄い運をお持ちであることよ」と、世間の人々はあれこれ取沙汰したものでございます。

のちに、道長さまご自身が「臣（道長）は声望が浅薄《せんぱく》であって、才能もいいかげんである。ひたすら母后《ぼこう》（詮子）の兄弟であるので、序列を超えて昇進してしまった。父母の余慶《よけい》によって、徳もないのに登用された。……二兄（道隆・道兼）は、地位の重さを載せて早夭《そうよう》した」（本朝文粋）とおっしゃったとか……。ご自身でも自覚がおありだったのでしょうか。

確かに、女院さまが息子の一条帝に直談判《じかだんぱん》なされて、甥の伊周さまではなく弟の道長さまを強く推したという話は、当時、まことしやかに囁かれていたようではありますけれどね。

まあ、噂というものは、どこまでが本当でありますことやら……。

とは申しましても、長徳元年は、一条朝廷の政権の中心が、道隆さまから弟の道長さまに移った年であったと申し上げても過言ではありません。


世の中がますます騒がしくなりましたおりもおり、わが家には明るい知らせが届きました。

父上が、長徳二年正月の除目で、十年ぶりに越前守（福井県嶺北地方と岐阜県北西部の国守）という官職に補されたのです。

無官で過ごした十年は、やはり、父上にとっては厳しい冬の季節であったことでしょう。

「いくら高い志を持って、朝廷のために、ひいては天下国家のために働きたいと願っても、このように長い散位《さんに》であっては……」と嘆く日々が続いていたことは確かでございます。

そんな辛い年月を経て、やっと春が訪れたのでした。

花山帝の御世に式部大丞《しきぶだいじょう》に任ぜられた直後、その反対派が政権を握ったとはいえ、こんなにも長く散位が続くとは父上もお考えにならなかったはずです。

そうした思いを「苦学ノ寒夜　紅涙《こうるい》襟ヲ霑《ぬら》ス　除目《じもく》ノ後朝《こうちょう》　蒼天眼《そうてんまなこ》ニアリ」（本朝麗藻）と漢詩に詠んだこともございました。

それが、どうしたことか、世間というものはまことにわけのわからぬものですね。

「あの漢詩を申文《もうしぶみ》にして、帝に奏上する伝手《つて》があったがゆえに得られた官職だ」などと噂話になったのでした。

じつは当初、この正月二十五日の除目で、父上の任国は淡路守と決まっておりました。

それが、三日後の二十八日に急遽、越前守に変更になったのです。

この慌しい任命に、世間の関心が集まったのでしょうか。もっともらしい噂が立ったようでした。

事実は、そんな物語めいたものではございませんでしたよ。

前年の九月二十四日、若狭国に宋人（権記には唐人と記載）の商団七十余人が漂着しました。

菅原道真卿《すがわらみちざね》が左大臣だったおりに遣唐使を中止にされ、それ以来、わが国と唐の国とは公式の往来がありませんでしたので、これは一条朝廷にとって大事件であったわけです。

よい解決法がなかなか見つからず、とりあえず、彼らを越前国へ移そうということになりました。

その正月の除目では、越前守に源国盛《みなもとくにもり》（道長の乳母子）さまが補任《ぶにん》されていたのですが、こうした場合、漢文の才を持つ父上の方が適任であろうと、どなたのお考えかは定かではございませんが、急ぎ交替になったようでした。

もし、父上が詠じた漢詩によって政《まつりごと》が行われたというのであれば、その思惑はもっと別のところにあったと考えた方がいいのではないでしょうか。

道長さまに政権が移った昨年の八月秋の除目以来、政治の中心になる人々が大きく入れ替わりました。それゆえ、受領階級の除目にも変化がもたらされたのだと思います。

この交替により、源国盛さまは淡路守に任ぜられることになりました。淡路国は小国ですから、源国盛さまの落胆ぶりはたいそう激しく、その上、都合のいい父上の漢詩があったものですから、意味ありげに作られた話だったのではないかと思います。

噂というものは、事実とはかけ離れることが多くて呆れるばかりです。

「為時が越前守になれた理由《わけ》」といった程度の噂話は、まだいい方なのかも知れません。時に、人の想像力は現実を超え、それに悪意が伴うと、本当にとんでもないことになりますから。そうした非情な作り話をしばしば見聞きしてきましたので、この噂など、さほど驚きもしませんでしたが。

ともかく、父上が越前守になりましたことは、世間から見てまともな朝臣となったわけですから、わが家にとっては久しぶりに明るい春となり、家内の者たちにも笑顔が溢れました。

ちゃっかりしたもので、しばらく、わが家から遠ざかっていた者たちまでも、なんやかやと理由をつけて訪れはじめました。

人の出入りがあることで活気に満ち、寂しかった屋敷内がすっかり以前とは変わって明るくなりましたね。

それから、父上はもちろんのこと、家中が出立の準備のため慌しくなりました。

父上は、すでに五十路《いそじ》に近くなっておりました。

都の冬の寒さは、底冷えがして身体に応えますけれども、越前の冬は雪が深く、尋常ではない寒さだと聞いております。十年ぶりのお役目ですから、慣れるまでの気苦労もあるはずでしょうし、父上に息災で過ごしていただくためには何を持って行くべきか、供人は誰にするかなど、ああでもない、こうでもないとわが家は気もそぞろの状態になりました。

とくに年老いたお祖母さまは、「為時が越前から戻るまで、わたくしは生きていられるかどうか……」などと心細いことをおっしゃって、父上のお側で、あれこれ気を揉んでお世話をなさるのです。お祖母さまのお身体の方が案じられ、それが心配の種になったりして、周りの者も苦労したものでした。

そのころ、のちに夫になりました藤原宣孝《のぶたか》どのが、筑前守の任務を終えて都に戻っていました。

そして、突然、わたくしを妻にと申し込んできたのです。

宣孝どのの娘とは、以前から親しく友だち付き合いをしておりましたから、わたくしという者をご存じだったのでしょうか。

「何でまた、今ごろ……」と驚きました。

世の中にはよくある話とはいえ、「父親ほど年齢の違う人が何を考えているのかしら」と呆れもしました。その好色さも気色《きしょく》が悪い。

わたくしが二十四歳にもなって独り身でおりましたから、いつまでも妻にもなれない女と憐れんだのでしょうか。馬鹿にされたような気がして腹立たしく思いました。

それに、親しくしていた宣孝どのの娘と、義理の母親と娘という間柄になどなりたくないではありませんか。

父上は、少し違う見方をしていましたね。

宣孝どのには、何か別の目論見《もくろみ》があるに違いないと……。

宣孝どののお父上さま（権中納言・藤原為輔）は、父上と従兄弟の間柄で、わが家と同じ藤原北家高藤流の同門です。

宣孝どのの一族は、花山帝の御世には、父上と同様に帝の侍従としてお仕えしていたのに、世が変われば手のひらを返すようにして、すぐさま一条帝側（道長派）についた人たちでしたから、もともと、父上とは反りが合わない人たちだったのです。

そんな相手と、わたくしが婚姻を結ぶことを父上が承諾するはずもありません。

もちろん、わたくしもその気がまったくありませんでしたから、きっぱりお断りいたしました。

いくらわたくしが薹《とう》の立った女だからといって、このような殿方に靡《なび》いたりするはずがありません。

それに、心中には密かに想う人がいたのですもの。


こうしたわが家の出来事とは別に、世間では長徳二（九九六）年の春、たいへんな騒動が持ち上がっていました。

花山院が藤原為光さま（元太政大臣）の娘のお邸へ通って行かれた際（一月十六日）に、あろうことか、藤原隆家さま（伊周の弟）の従者が、院の衣の袖に矢を射かけてしまったというのです（大鏡）。

発端は、為光さまの三の姫君の元へ通っていらっしゃった藤原伊周《これちか》さまの勘違いでした。それぞれ通っていた思い人は別の姫君だった（花山帝の相手は四の姫君）のですが、伊周さまが早合点して、弟の隆家さまに怨みごとを持ちかけ、血気盛んな隆家さまがただちに意趣返しの行動に移したというのがことの顚末です。

しかし、どちらも並のお方ではありません。

花山院と内大臣の藤原伊周さま、それに弟の中納言隆家さま。世間のもの好きにとって、これほど興味を引く面白い話はございません。寄るとさわるとその話で持ち切りになりました。

そうした世間の動きに、いち早く反応したのが左大臣道長さまでございます。道長さまが常々動きを注視していた花山院とはいえ、もとはといえば帝。天皇家に対して弓を引いた不敬と見なされて、伊周さまご兄弟お二人は検非違使に捕われ、伊周さまは大宰権帥として大宰府へ、そして隆家さまは出雲権守として出雲への勅勘を蒙りました。

ご兄弟の中宮定子さまは初めてのお子をご懐妊中で、里邸に戻っていらっしゃった折の出来事でした。兄の伊周さまが捕われの身となるのを目の当《ま》たりにして、ご自分の髪を切ってしまわれたとか（大鏡）。そのことがのちに大きな問題になるのですけれども……。常日ごろ落ち着いた方と評判であった中宮定子さまでしたが、さすがにことの成り行きに動転されたのでしょうか。

のちに、長徳《ちょうとく》の変と云われた政変の始まりでした。

道長さまと伊周さまとの政治上の確執が一挙に表面化した出来事として取沙汰されてはおりましたが、その実、藤原一族の政権争いだけではなく、水面下ではもっと複雑な動きもあったのだと聞いております。

たとえば、「伊周らの所業は、藤原氏全体を弾圧すべき口実を天皇家に与えた可能性がある」とか「院が天皇復位を企てている」などということです。

もしかしたら、父上の越前守補任の件も、そこらあたりに理由があるのかも知れませんね。院と少なからず繋がりがあった者を、できるだけ都から遠ざけようとしたのではなかったかと……。

わたくしは、かつての寛和《かんな》の政変を思い出さずにはいられませんでした。

あの時の悔しさや惨めさなどが思い出されて、心の内に抑えがたいものが膨らんでくるのです。

またまた、権力を手中にしたい一部の野心家たちの思惑によって、幾たりもの人々が嘆き悲しむことになるのかと……。

世の中が騒がしいこのようなおりに、宣孝どのからは煩《うるさ》いほどの婚姻の申し入れがありました。

為頼伯父さまや父上が不審に思うのも当然です。

「ちょうど都合がよい。騒動に巻き込まれないように、お前を越前へ連れて行こう」と父上がおっしゃいました。

お祖母さまも「寂しくなるが、それがよろしい。嫌な婿取りなどすることはありません」とすぐさまおっしゃって、その一言で決まったようなものでした。

わたくしが越前へ下ることになって、「都以外の土地を知るいい機会だよ。それに、越前は紙を豊富に産する所でもある。物語など書いているようだから、お前には都合がよいのではないか」と伯父さまも喜んでくださったのです。

内大臣・藤原伊周さまと権中納言・隆家さまが流罪になるという大騒動の後、長徳二年の五月に、わたくしたちは都を出立して越前へ向かいました。

その時、伯父さまが、お祖母さまに代わって歌を詠んでくださいました。

人の遠きところへ行く　母にかはりて
人となるほどは命ぞをしかりし　今日は別れぞ悲しかりける
——為頼朝臣集

〔息子が遠国へ旅立つ母親に代わって
子が世の中から認められるまでは命を長らえたいものと思ってきたけれども、今日、このようにお役に就いて旅立つ息子と別れるのは、まことに悲しいことです〕

わたくしも、旅の途中で歌をいくつか詠んでおります。

近江の湖にて　三尾が崎といふところに　網引くを見て
三尾《みを》の海に　網引く民《たみ》の　手間もなく　立居《たちゐ》につけて　都恋しも
——紫式部集・二〇

又　磯の浜に　鶴《たづ》の声々鳴くを
磯がくれ　おなじ心に　鶴ぞ鳴く　な《汝》に思ひ出づる　人や誰ぞも
——紫式部集・二一

〔琵琶湖の岸辺、三尾が崎というあたりに、網をひく漁民の姿を見て
三尾が崎の水辺で、手を休める隙もなく、網を引いて働く姿を見ていると、ここはもう都ではないのだと思い知らされ、都が恋しくてなりません。
又、磯の浜辺に、鶴が互いに、声を合わせて鳴くのを見て
水際の岩陰に隠れるようにして、わたくしと同じように恋しい人を思って泣いている鶴、おまえが思い出しているのは誰なの〕

そう、わたくしが恋しく思い出しておりましたのは、都にいらっしゃるお祖母さまや伯父さま、家族の人たちのこと。もっとも気がかりだったのは、いろいろと騒動の渦中にいらっしゃる方とそれを

お支えなさっているお方、お二人の殿方のことでございました。

こうして、都を出立してから、二年近く続く越前での日々が始まりました（紫式部集・二〇〜二七）。越前の暮らしは、都のそれとはまるで違うこともあって、戸惑いもいろいろありましたね。噂には聞いておりましたけれど、冬は晴れる日がほとんどなく、毎日が鈍色《にびいろ》の空。それだけでも気が重くなりますのに、北国の雪の深さは想像以上のものでございました。寒さも尋常ではなく、辺り一面雪だらけの景色。来る日も来る日も、ただ雪景色を見るだけの毎日にうんざりしました。季節ごとに行われる都の行事が懐かしく、恋しくなったこともしばしばでございました。

今にして思えば、二度とは得られない貴重な体験であったとつくづく感じておりますけれどもね。雪に閉ざされて、一日中何もすることがないという環境が、わたくしにものを考えるいい機会をつくってくれたとも云えるのです。それまでに都で出来《しゅったい》した、見たこと聞いたことが、どんな意味を持っているのだろうかと何度も反芻して……。

つれづれに、思いつくまま物語をいくつか書き始めたのも、このころからでございました。都では手に入りにくい紙も、越前ではいつでもいくらでも手に入れることができましたのでね。

長徳四（九九八）年、二度目の春を越前で迎えました。

そのころ、疱瘡《もがさ》（天然痘）が都中に蔓延しているとの噂が、越前にも流れて来ました。

晩春のころでした。

弟の惟規《のぶのり》から急ぎの文が届いたのです。

「お祖母様が疱瘡に罹り重篤である。その看病をなさっている為頼伯父様にもうつったようだ。今、疫病は宮中にも広がりはじめ、世間は不穏な有様である」というのです。

父上もわたくしも驚きました。

お祖母さまが重篤とは……。お元気な方とはいえ、お年です。

それに、伯父さままで病に罹られたとは、わが家にとって一大事ではありませんか。

父上は真顔でおっしゃいました。

「私は大丈夫だ。不穏な都へお前を帰すのは心配であるが、母上や兄上のことがとにかく気がかりである。これまで、お二人が家を守ってくださってきたのだ。知っての通り、あの屋敷はわが一門にとって大切な拠り所である。

惟規ひとりでは心もとない。若い男は何かと屋敷を離れることも多いのでな。

お前が急いで都へ戻って、様子をしっかり見届けてくれまいか」

父上の言葉に従って、取るものも取りあえず、わたくしは春の終りに都へ戻ったのでした（紫式部集・岩波文庫版八一～八三）。

都を立って、ちょうど二年ぶりの帰京でした。

まわりの者の祈りや看病も空しく、長徳四年夏の初めにお祖母さまが、続いて、盛夏に為頼伯父さまが亡くなられました。

お二人はわが一族の大黒柱ともいうべき方々で、お祖母さまは家刀自《いえとじ》（古代の家を主宰する女主人の呼称。一家の主婦）として内々のことを、外向きは伯父さまが仕切っておいででした。

お祖母さまは醍醐帝、朱雀帝《すざく》御代の右大臣（藤原定方）の娘。しっかりしたお方でそれなりの見識と品格を備えておられました。

亡くなった姉やわたくしが、母のない子であっても恥ずかしくないようにと、女としての嗜《たしな》みや作法、季節ごとに変わる室礼《しつらい》（寝殿の母屋及び廂に調度品を整え室内を装飾すること）や装束の色の合わせ方、染物縫い物のこと、箏の琴や手習いなどを仕付けてくださったのはお祖母さまでした。

為頼伯父さまは、朱雀帝のただひとりのお子で、後に冷泉帝の皇后となられた太皇太后宮・昌子内親王の家司を長く務めておられ、歌人としても知られたお方でした。

一族の者は、為頼伯父さまを頼りにもし心からお慕いもしておりましたから、皆の悲しみは喩えようもありませんでした。

学者肌の生真面目な父上とは違って、気さくで明るいお人柄の、あまりものごとを固くお考えにならない伯父さまのことが、わたくしも大好きでした。

「お前の歌は理《ことわり》が勝ち過ぎて、もうひとつだね。歌は素直な自分の気持ちを、さらっと自然に詠んだほうがいいのだよ」といつも笑顔でおっしゃっていました。その柔らかなお声が今でも聞こえてくるような気がいたします。

お二人がお住まいであった北の対と東の対は、灯が消えたようにひっそりとなり、ただでさえ、古びた屋敷は支えを失って、今にも崩れ去るのではと感じられたほどでございます。
ただただ寂しく悲しいことでした。

同じ年の七月の初めには、女院さま（一条帝の母・詮子）も疫病に罹り、一時重篤になられたようでした。帝が「院へ行幸をしたい」と仰せになったようですが、周りの公卿方が「帝に伝染するようなことがあっては……」とお止めしたとか。その実、病のため出仕できない役人が続出して、行幸に供奉《ぐぶ》する駕輿丁《かよちょう》（輿を担ぐ下級職員）さえ揃わないという事情があったゆえの中止であったとも聞きました（権記）。

わたくしには密かな心配ごとがほかにありました。

頭弁になられたあの方が、帝のお使いとして、罹病した公卿の方々のお見舞いにあちこち出歩かれるうちに病がうつりはしないかという心配です。

弟の惟規は、幼いころからあの方の従者である橘惟弘《これひろ》どのと親しくしておりましたので、何かと様子が伝わってきていたのです。

七月十日過ぎのこと、弟からの知らせがありました。

「姉上、惟弘から聞いたよ。相当具合が悪いらしい。それでも務めを果たして無理をしているようだ」

宮中は病悩の者ばかりで、帝のお世話をする人さえ数少ないという有様。生来、真面目なあの方は、病躯を惟弘どのに支えられながら、お役目を果たしておられるようでした。

七月半ばには、ついに悶絶するほど重くなり、生死の境をさまよったご様子。惟弘どのも同時に病悩したというのです（権記）。

「そんなにしてまでも……。触《さわ》りがあれば、すぐさま欠勤の届をして休む者が多いというのに。もしものことがあったら……」と驚き、わたくしは「妻でもないのにこの動転ぶりは」と内心思いながらも慄《おのの》いていました。

八月初秋になって、ようやく快癒されたと聞いた時は、どれほどほっとしましたことでしょう。それでも、体が弱って独りで牛車にも乗ることができず、従者に支えられながらの宮中参入であったと聞きました。

不穏な夏が過ぎ、わたくしの心は悲しみと憂いを抱えたまま、秋になりました。あれほど、恋しく思った二年ぶりの都の秋でしたが、弾むような気持ちになど、どうしてなれましょう。

広い邸に、わたくしと仕えてくれるわずかな者たちだけがひっそりと、ただでさえ侘しい秋を気が抜けたようにぼんやりと過ごしておりました。

父上も遠い越前でどんなお気持ちで過ごしておられることか、それも気にかかりましたが、父上の云われたとおり、お祖母様のようにとはいかないまでも、わたくしはこの大きくて古い屋敷を守っていかねばなりません。

当節は家屋敷を伝領する女子《おなご》も多く、女は生まれた家に居ついておりました。わたくしもその例外ではなく、それにいい年になっておりますから、家刀自のような役目を果たすことは当然だったかも知れません。

思い起こせば、あの頃から、わたくしの運命はまるで想像もしていなかった方へ向かい始めたようでした。

越前に赴く前に婚姻を申し込んできた宣孝どのが、あらためて、わたくしを妻にと云ってきたのです。わたくしが京に戻った当座はお静かだったのですけれど。

夏場は宣孝どのご自身が疫病に罹り内に籠りきりだったと後で知りました（権記）。それどころではなかったのでしょうね、ご自身が。

秋になって、また、その気になられたのか……。父上がお留守中であることが宣孝どのにとってことさら好都合だったのかも知れません。

「この年の秋の除目で、従五位上右衛門権佐《うえもんごんすけ》兼山城守《やましろのかみ》に補任もされた」と自慢げに文を送ってきて、「このような機会にぜひ、あなたを妻に」というわけなのです。

わたくしに、そんな思いは毛頭ありませんでした。

山城守の妻の座といっても、すでにあちらには正妻がおいでなのですから、わたくしに何の価値がありましょう。何人も妻を持てる男というご自身の満足だけではありませんか。

そのようなこと、わたくしは望んでもおりませんでしたから、軽くいなすようなお返事だけはしておきました。

越前におりました時にも、時々文が届いていましたね。

「唐人を見に越前へ行くつもりです。あなたの気持ちも春になれば、打ち解けて下さるでしょうから、いつお訪ねしてよろしいでしょうか」などとね。

越前へ来るつもりなどあろうはずもないのに、「ぬけぬけとよく云うわ」と思ったものです。
まったく、どういうおつもりなのでしょう。

春なれど　白嶺《しらね》の深雪いや積り　解くべきほどの　いつとなきかな　――紫式部集・二八

〔春とはいえ、白嶺山の雪はまだまだ降り積もっていますから、解けるのはいったい、いつのことになるでしょうか。わたくしの気持ちも同じです〕

と、云ってやりました。

そのころ、宣孝どのは、わが家と同じ受領階級とはいえ一等国山城国守《やましろこくのかみ》という、まあ恵まれた地位にありました。道長さまをはじめ、側近の公卿方にも何かと気に入られていたご様子。それに、兄上の説孝《ときたか》さま（当時は右中弁、太政官左弁官局の次官）は、朝廷でかなり有能な官吏として重用されておいでで、その妻は典侍《ないしのすけ》（源明子）でしたから、受領階級貴族の中でも羽振りがいいのは当然のお家柄でした。長徳四年三月の石清水《いわしみず》臨時祭（将門・純友の乱平定の臨時祭が端緒。賀茂祭の北祭に対し南祭と呼ぶ）では五人の舞人《まいびと》のうちの一人を務めるなど、人目に立つお役目も多く、世間的に知られた方ではありました。

しかし、わたくしは父上のお留守の最中に面倒なことを起こしてはならないと、固く心に思っていたのです。

とはいえ、軽いあしらいなどしようものなら、後でどんな陰口を囁かれるか知れたものではありません。何と情のきつい、身のほどを知らない女だとか、いい年をして男女のつきあいの機微も知らない……など、噂はあっという間に広まるでしょうしね。ですから、適当にお返事はさし上げておりましたよ。

それにしても、どういうことなのでしょう、宣孝どののご執心は……。あれほど、お断りしておりましたのに。

逃げるものは追いかけたくなるという男心なのか。

「嫌いも好ましいのうち」と、女がよく使う手立てと勘違いなさったのか。

世間では、わたくしが真字《まな》(仮名に対する漢字)が読める変わった女子《おなご》と噂されていたようですから、興味本位か。まるで訳がわかりませんでした。

それとも、父上がおっしゃったように何かほかに、目論見でもあったのでしょうか。あちらからは間をおくこともなく文が届いていました。

中には、なかなか面白いこともなさっていたこともあったのですよ。

文の上にポタポタと朱の色を落として「私の涙の色です」などと書いたりしてね。ほら、「伊勢物語」にも業平が斎宮を慕って血の涙を流すとありますでしょ。当節、使い古されたありきたりのいいまわしですけれど、「まあ、いい年をして、何と若者ぶった言い様」と、本当に可笑しくてなりませんでした。

紅の　涙ぞいとど　うとまるる　移る心の　色に見ゆれば
——紫式部集・三一
〔紅の涙なんて、いっそう疎ましく思われますわ。紅は褪せ易い色、移ろっていくあなたの心が見えるようです〕

などと面白半分もあって、お返事はいたしました。

宣孝どのは、声もよく、なかなかの歌い上手との評判も聞いておりましたが、文には、流行《はや》りものの催馬楽《さいばら》(当時の流行歌謡)がしばしば登場しましたね。歌などより、たいそう面白い書きぶりで、おそらく、別の女の方にも歌っておられたのでしょうが。「貫河」などね。

貫河《ぬきかは》の　瀬々のやはら　手枕やはらかに　寝る夜はなくて　親さくる妻
〔貫河の逢瀬のたびに、柔らかな手枕で寝る夜もない、親が恋しい人を遠ざけてしまうから〕

うふっ、云い得て妙というべきか。確かに、宣孝どののことを心よく思っていない父上のことが煙たかったのでしょう。

わたくしに、宣孝どのに対する好奇心がなかったといえば、それは嘘になります。いくつかの催馬楽の面白さは、宣孝どのとの文のやり取りで教えられたようなものです。書き始めた物語の中で使うといいかもしれないという考えも浮かんでおりました。

わたくしには、風変わりなこと、普通の人があまり関心を持たないようなことを好むという、困った癖があります。

ですから、宣孝どのに対しても「周りにはいない変わった人」くらいの興味はあったような気がします。

このちょっとしたことを面白がる性質がのちに仇《あだ》になろうとは、そのころは考えもしなかったことでした。高《たか》を括っていたのかと云われれば……そうかもしれません。

油断をし、調子に乗り過ぎていました。

同じころ、宣孝どのは近江守《おうみのかみ》さまの娘にも懸想しているという噂が漏れ聞こえてきました。

「そうだったのか、やはり」と宣孝どのの心の内が読めた気がいたしました。

近江守源《みなもとのりただ》則忠さまとその息子道成《みちなり》さまは漢詩人としても知られた方々、その娘、兄弟であれば漢詩の教養ありと見込んだのでしょう。宣孝どのご自身にその素養がありませんでしたから、どうしてもそうした女を傍におきたかったに違いありません。

だって、あの兼家さまの妻、道綱さまの母君は、兼家さまのお歌をしばしば代作されていたと聞いたことがありますからね。

それに、もうひとつ、源則忠さまは醍醐帝の皇子盛明《もりあきら》親王さまのお子で、二条大路に面した、冷泉院はす向かいの堀川院という大邸宅を伝領されていました。

野心家の宣孝どののこと、*堀川院の婿ともなれば屋敷もいずれ手に入る……、といったことではありませんかしら。

今上帝は、歌より漢詩を好まれるようです。

宮廷での催しは歌会より作文会《さくもんかい》の方が多いと聞いていました。

酒宴には楽《がく》と詩《うた》は付きもの。さぞや、漢詩の素養がない方はおつきあいが大変なことでしょうね。

帝、あるいは上位の公卿方が主催する作文会で力を発揮する機会がなければ出世にも響くでしょうし、それに、目立ちたがりやの宣孝どのとしては、そういう機会を失することは我慢ならないはずであったと思います。

とにかく、漢詩のわかる女を妻にしたかったのですよ。何も、わたくしでなくてもよかったのです。

おそらく近江女《おうみのひと》からは色よい返事がもらえなかったのかもしれませんわね。で、わたくしに乗り換えたのか。

だとしたら、わたくしは二番手ということ。まったく、馬鹿にしているじゃありませんか。腹立ち紛れに、その旨を文にしてやりますと、「二心《ふたごころ》は決してありません」と相変わらずのおとぼけです。

だから、わたくしも云い返してやりました。

水うみに　友よぶ千鳥　ことならば　八十《やそ》の湊に　声絶えなせそ
——紫式部集・二九

〔湖の上で友を呼ぶ千鳥さん、いっそのこと、いろんな湊で声絶えしないように、あちこちの女に声をおかけなさいな〕

えっ、何てはしたない云いようですって。

わたくしも小娘ではありませんもの、このぐらいのことは云いますよ。相手が相手でしたから……。


春から秋の初めまで蔓延した疫病の騒動がようやく鎮まって、賀茂臨時祭《かものりんじさい》（天皇発願による臨時祭。平安中期以来朝廷の年中行事）が十一月三十日に通例のとおり行われました。

還遊《かえりあそび》（賀茂社から帰参して清涼殿東庭で設けられる饗宴）が帝の御前であり、宣孝どのと昇殿を聴《ゆる》されたばかりの若人、藤原経通《つねみち》（藤原懐平の嫡男）どのが、東遊の一の舞、駿河舞を舞われたと聞きました。さぞかし、年若い経通どのは、天女が舞い降りた駿河舞にふさわしかったことでしょう。

越前から帰って、何やかやありましたが、わたくしの心も、やっと落ち着きを取り戻しておりました。

越前に滞在している二年足らずの間に、都ではいろんなことがあったようです。道長さまと伊周さまの確執も、相変わらず水面下ではいろいろあるようでしたが、道長さまの力はますます大きくなっているように感じられました。
そうこうしている間に一年が過ぎてゆきました。

忘れもしない、越前から戻った翌年の長保元(九九九)年十一月十一日の深夜。
賀茂臨時祭の調楽(臨時祭舞楽の楽所での予行練習)が宮中において行われ、右衛門権佐《うえもんごんすけ》の宣孝どのが人長《にんじょう》(宮中御神楽の舞人の長。行事進行を司り舞も舞う)を務められました。

もともと舞など、人の前に立つことに優れた人と聞いてはおりましたが、そのおりの評判は「甚だ絶妙であった」と評されたようにございます(権記)。

後に聞いたことですけれども、宮中のあちこちで盃酒《はいしゅ》の饗宴《きょうえん》があったとか。宣孝どのはお褒めの言葉と盃をいろんな方から頂戴されたのでしょう。相当お酒をすごされたようでした。

その夜も更けたころ、急に北風が強くなって一段と冷え込んできました。

中川の古い屋敷は時おり強い風に軋み、どこかの格子の錠を差し忘れたのか、バタバタと音を立てます。

家人が少なくなった邸。風の音以外、人の声もいたしません。

頼りにしている乳母の真砂も、近頃ではすっかり年老いた様子で、廂の間のどこかで早々と眠り込んでしまったようでした。

「火の始末は大丈夫かしら。こんな夜に火事にでもなったら大変。それにしても寒くなってきたこと」

わたくしは衾《ふすま》(掛布団)の上に掻巻を重ねて、少しでも風の音から遠ざかろうと頭からすっぽり被り、

「北国はもう雪の中だろう、父上はお元気かしら。こんな時、惟規でもいてくれたら心強いのに」などと思い巡らすうちに、いつのまにか寝入っていたのです。

どれほどの時が経っていたのでしょう。

身体に圧迫されるような重さと息苦しさを感じました。起き上がろうとしましたが、上からしっかり押し付けられているようで思うように動くことができません。やっとの思いで掻巻から顔を出すと、酒臭い息を吹きかけられました。

事態が飲み込めて、「あっ、ま」と声を上げて真砂を呼ぼうとした時、口はぼってりと肉厚の汗ばんだ手の平で押さえられてしまいました。

「お静かに。人を呼ぼうとなさっても無駄なことですよ。おわかりになりませんか。以前から、お慕い申し上げている私ですよ。宣孝です。知らぬ仲ではないでしょう」

できるだけの力を振り絞って抗いましたが、寝ている間に押さえつけられては、女の力ではどうしようもありません。

よもやこのような夜に……。油断していた後悔と、人からは「頑《かたく》な」といわれようと、これまでずっと守り通してきた大切なものが崩れていく悲しさで、涙が流れました。

どうやら夜が明けたようでした。

猛々しい音をたてて吹き荒れた木枯しは、いつの間にか去り、一段と冷え冷えとした静寂が辺りを支配していました。

ことの成り行きに、わたくしは一睡もできず、沈黙したまま身を固くして茫然と横たわっていると、宣孝どのはさっさと起き上がり、もの慣れた様子で装束を整え、そして、自ら格子を上げに立って行きました。

さすがに、少々バツが悪そうな顔つきでいらっしゃいましたが、「こちらへいらっしゃい。誰もいないようですよ。辺り一面に霜が降りている。あなたも小娘じゃないのだから、いつまでも、そう不機嫌な顔ばかりしていないで」などと云うではありませんか。

くどくどとすかすような宣孝どのの口説きに、恥ずかしさとわけのわからない怒りがこみ上げて、わたくしは再び搔巻をひっ被《かぶ》ったまま一言も口をききませんでした。

こうしたことに世慣れたはずの宣孝どのも、取りつく島がないと諦めた様子でした。わたくしは帰って行かれるのを、ひたすら待つより手立てはありませんでした。


十一月二十七日、宣孝どのは、三年ごとに勅使として送られる宇佐使(宇佐八幡宮へ奉幣に使わされる)に発遣されて、出立して往かれました(権記)。

帝から御下襲《したがさね》と表御袴《うえのおんはかま》を下賜され、さぞかし晴れがましいことだったでしょう。意気揚々と西国へ旅立っていく姿が目に浮かぶようでした。翌年の二月に帰京するまで、わが家へお出でになることはありませんでした。

父上がお留守の間にこのようなことになってしまって……。

あの夜から、わたくしは曹司に籠って、重苦しく、うっとうしい冬空のような毎日を過ごしていたというのに……。どうして、男と女にはこのような明暗の差があるのでしょう。寝込みを襲い力づくで、と許しがたい思いでした。

長保元年師走、わたくしの心は陰々滅々としたまま暮れてゆきました。

⌘

「瑠璃君《るりぎみ》が越前から戻ってきた」と伝え聞いた夏の頃、私は疲労困憊しておりました。都には、長徳四(九九八)年の賀茂祭が終わったあたりから、またもや疫病が流行の兆しをみせていたのです。

源家の祖母（源保光室）が重篤になり、内裏の危急のお召などに、私は参入できない旨を伝えることが多くなりました。祖父（源保光）とともに私を育んでくれた、母方の祖母ですから、許されるかぎり見舞っていたのです。

四月二十六日には、中宮定子様から祖母へお見舞いを頂きました。

その行き届いたお心配りがまことに有難く、主上《おかみ》（一条帝）が最も信頼を寄せられ大切に思われているお方であるのも、当然のことと実感いたしました。

中宮様は、第一子ご懐妊中、里邸にお戻りのおりに、後ろ盾となるべきご兄弟の伊周《これちか》様、道隆様が流罪となる不幸（長徳の変・九九六年）に遭遇され、髪をほんの少し切られたと伝え聞きました。

その事態に、主上は甚《いた》くご心痛のご様子でした。

今や政《まつりごと》の中心である叔父の道長様と敵対する、中宮様のご兄弟に対して世間の風当たりは相当なものでしたから、その間《はざま》にあって主上はお悩みでした。しかし、中宮様に対するお気持ちは少しも変わることなく、あれこれ目立たぬようにご配慮されたのでした。

役目柄、私はそのお使いをたびたびさせていただきましたが、お二人が、帝、中宮というお立場でなければ、このようなご苦労などあるはずもなく、まことに佳き夫婦《めおと》であったろうにと幾度も思ったことです。

主上は心の内をしばしば吐露なさいました。私が宿直《とのい》で主上のお側に侍っておりました夜などにです。

中宮様に対する左大臣のなさりようが目に余ることが多くなったせいか、「中宮が哀れでならぬ」とたびたび嘆かれました。その他にもいろいろお伺いしましたが、密々のことゆえ、お話しすることは憚られます。

そのような折には主従を超え、私は畏れ多くも兄になったような親しみさえ覚えました。この率直で英明なお方の御世《みよ》が、どうしてこのように騒々しくも乱れるのであろうかと、まことに残念に思ったことです。

中宮様は主上の私に対するお気持ちを、よくご存じだったのでしょう。

祖母に対するお見舞いのお心遣いは、そのような意味があったと存じます。

私が頭弁の役に就いてから、三年余りが過ぎていました。

あまりに激務の連続でありましたから、頭弁を辞任したいと幾度も願い出ていたのですが、主上も、また左大臣様もお許しになりません。お二人が私を蔵人頭にしておきたいとお考えになっている理由は、まったく異なるものと承知しておりましたが……。相変わらず、一条帝、東三条院（詮子）、花山院、左大臣道長様を中心に公家の間をあちこち飛び歩いておりました。

藤原氏の氏長者として左大臣に昇られた道長様の野望は、ますます大きくなっていくようでした。さらにその上の権力を望まれてか、虎視眈々と狙っておいでのようでした。お側で仕えておりますと、お父上の兼家様がかつてなされたやり方にじつに似ていると思ったものです。

運を味方につけた方とはいえ、それなりの修羅場を乗り越えてこられたのでしょう、周囲に向ける眼差《まなざ》しは、恐ろしいほど厳しく冷静なものでした。

ことさらに、花山院の動静を気にしておいででした。

花山院と縁戚である私の立場は微妙なものですから、道長様から決して疑いの目が向けられぬように細心の気を配っておりました。私には院のご様子を常にお伺いして、道長様に必ず報告をせねばならないという役目がありました。

長徳の政変を乗り切られた左大臣、道長様でしたが、常に、政敵はあちこちに存在しましたから、気を緩めることができなかったのだと存じます。

また、伊周様に対する警戒心も尋常ではありませんでした。

その警戒心は、当然、中宮様にも向けられていました。

それは、主上に皇子、特に中宮様のお子に皇子がお出来になれば、伊周様との立場がたちまち逆転するという危うさの上に道長様が居られたからに他なりません。

中宮様の第一子が女宮様（九九六年十二月誕生）だったことに、内心一番ほっとされたのは、道長様ではなかったでしょうか。

そんな情勢の中でのことです。長徳四（九九八）年三月に道長様が病を患ったと耳にいたしましたのは。腰痛が酷くなったというのが真相で疫病と関係はありませんでしたが、歩くことも困難になったため、仏門に入りたいなどとたびたび申し出られて、大騒ぎになりました。

私は主上のお使いとして、内裏と左大臣邸を幾度往ったり来たりしたことか……。道長様のご意向を、主上も頑にお許しにならなかったからです。

主上と道長様の対立が激しくなり、もちろん、それは主上が中宮様を庇護なさるがゆえで、表面上は、帝と臣下、叔父、甥の関係で均衡が保たれていましたが、あの腰病《ようびょう》騒ぎはどれほどのものであったのか、たんなる道長様の嫌がらせのような気もします……。よくそうしたことをなさる方でしたから、未だに私には判然としておりません。

四月に入って、やっと左大臣が内裏に参入され、朝廷は平静を取り戻すかに見えたのですが、その頃から疫病は京中に蔓延し始めました。

この年の疫病は二通りの様相を見せていました。

一つは例年のように初夏からはやり始める赤疱瘡《あかもがさ》（麻疹）と、もう一つは高い熱が出て酷い腹痛症状と下痢が伴い衰弱していく血屎《ちぐそ》（細菌性赤痢菌か）でした。

宮中においてしだいに上位の殿上人に広がりをみせ、夏の盛りの七月初めには東三条院様（詮子）が重篤に、続いて花山院様、弾正《だんじょう》宮様（為尊親王・花山院の弟）、中宮様（定子）が罹り、私は三月二十日に祖母（源保光室）を亡くして服喪中だったのですが、所々にお見舞いに参上していたのです。

一日に十余人を見舞うこともありました。

七月五日、あまりの情勢に、主上は「相撲《すまひ》の停止《ちょうじ》、及び封戸《ふこ》（古代の給与制度で食封という禄の対象となった戸）の有る諸寺において仁王経《にんのうぎょう》（鎮護国家を説く大乗仏教の経典）を転読する事を左大臣に伝えるように。諸国に命じて疫神《えきしん》を祭らせよ。大般若経《だいはんにゃきょう》を転読するという事を泰通《やすみち》（蔵人主殿助《くろうどとのものすけ》）を介して内大臣（藤原公季《きんすえ》）に伝えるように」と宣旨されました（権記）。

この日、紫宸殿、建礼門、朱雀門の前で疫病を除くための大祓も執り行われています。左衛門府南門《なんもん》のわきにある樗木《ちょぼく》が倒れたとか、建春門の外で馬が斃《たお》れたとか、常なら見逃されるようなことまで、何かの因縁ゆえではないかと大騒ぎになったりしました。

多くの官人が罹病し、亡くなったりしましたから、主上のご日常のお世話をする者も数少なくなってしまったほどです。

十日には、前《さき》の大納言・源朝臣重光様（代明親王の長男。母は右大臣定方の娘。行成の祖父保光の兄）が七十六歳で薨去《こうきょ》されました。

このころ、瑠璃君のお祖母様（右大臣定方の娘）や伯父の為頼様も卒去されたと伝え聞きました。おふたりも、少なからず私に関係がある方々でした。

都に戻っている瑠璃君の嘆きが思われました。

十二日、左大臣が病悩とのこと、主上の勅により私は左大臣邸へ向かいました。朝から私も気分が悪く、身体がいつものようではありませんでしたが、無理をして内裏に伺候していたのです。

この日はことさらに暑さが厳しく、左大臣邸への往き帰りの熱暑にますます気分が悪くなりました。やっとの思いで内裏に戻りますと、重ねての勅命があり退出するわけには参りません。

身体はどうすることもできないほどの倦怠感に襲われていました。とても堪えられそうにもないので、束帯を解いて宿衣《しゅくえ》（内裏に宿直する時の略装。直衣・衣冠・狩衣・水干の類）に着替え、涼気を求めて弓場殿《ゆばどの》（内裏校書殿の異称。清涼殿南・安福殿北にある歴代の書物保管場所）で一刻《いっとき》休息しましたが、やはり、そのまま内裏にとどまることになり、その夜も宿直《とのい》をしたのです。今にも気を失いそうでした。

心配そうな面持ちで、惟弘《これひろ》が宿直所へやって来ました。

十三日。雑事を捌《さば》いて、やっと退出できたのですが、その頃には、私の心神は不覚の状態になり、惟弘が車後《くるまじり》に控えて居たこともあまり記憶に残っておりません。

私宅に戻った後も朦朧とする意識の中で、近々、主上に奏上すべき懸案の覚書をいたしました。

一、明日、十四日に諸司に命じて御盆供《ぼんぐ》を寺に遣わさせる事（明後日は奉幣である）。
一、臨時仁王会の行事については、ほぼ事情を右中弁に伝えてある。
一、大宰府に安置している商客《しょうきゃく》曾令文《それいぶん》の事。
一、延喜・天暦（村上天皇）御記は欠巻が甚だ多い。必ず在り所を探して書写されなければならないという事
一、改元・改銭の事。この両事は今になるまで遅引して、人々は鬱としている。
一、女房や侍臣が天皇に伺候していない事。皆、病悩と称して参入しない。陪膳の人たちも伺候していない。まったくどうしようもない。
一、近江日次《ひつぎ》の専当《せんとう》の事。
一、故（藤原）高節《たかとき》朝臣の後家と（惟宗）成親《なりちか》の愁文《うれえぶみ》（農民や地方官が中央政府へ国司等の不法に善処を求め提出した訴状）の事。

一、(藤原)公任朝臣が奏上させた、検非違使庁が定めた明子の宅の事、及び正子の愁文の事。
一、東大寺と元興寺《がんごう》の、全損の実録の事。

等々。これらのことは、たとえ私が病で心神不覚であるにしても、ことの次第を主上に奏上しなければならないことなので、もしもの時のために書き出したのです。私が役目として為すべきことはいつもこのように煩雑でした。

前々から、事情を承っていたことではありましたが、いまだに事が決定しないまま、ここに至ってしまったことも多くありました。私が病に罹るとこのように滞ることがあるのです。まったく、どうしたらいいのだろうか。見当も付かない状態になりました。

その翌日の十四日、右兵衛佐《みぎひょうえのすけ》(右兵衛府次官で律令制の四等官。公卿の昇進コースで上位貴族の子弟を補任)時方《ときかた》が邸に来て、「内裏には、ただ今、伺候している者がおりません」と困惑の態《てい》で云うのです。

これは一大事です。

私は朝臣ですから、何があろうと、主上一条帝にお仕えするのが第一。決して懈怠《けたい》があってはならぬというのが、源家《げんけ》の祖父保光様と瑠璃君のお父上為時様の教えでした。

私自身も、その通りだと存じております。

危急を要することなので、体調は甚だよろしくなかったのですが左大臣邸へ急ぎ参りました。

伺候すべき者がいないとならば、然るべき人に急ぎ昇殿を聴《ゆる》し、その役目をさせなければなりません。左大臣にお考えを伺うためでした。

左大臣も酷く気分がすぐれないご様子で、権中将（源経房《つねふさ》）を通してあれこれご指示がありました。

十五日。私は激務に耐えられそうもなくて、ついに辞書（辞表）を上表することを決意。式部権大輔《しきぶごんたいふ》（大江匡衡）を招いて、私が「蔵人頭と左中弁を辞する」ための状を作成することを命じました。そして、左大臣に「病が耐え難いので官職を辞し申す」と申し上げたのです。

もう、自ら名字を加書できないほど、身体は弱っておりました。

内裏に遣わした小舎人《こどねり》（蔵人所に属して殿上の雑事に使われた者。殿上童）の貞正《さだまさ》が、深夜になって戻り云うには「蔵人が伺候していなかったので、讃岐介《さぬきのすけ》に（辞書を）託して奏上させました」。

十六日になると、「私ももうこれまでか」と感じるところに至りました。

後に、日記に次のように記しています。


「昨夜、惟弘一人が私の看病をしていた（惟弘も、この何日か、病を煩っている者である）。この暁方、十六夜の月を見る為に東簀子《すのこ》に出た。還り入って、しばらく脇息《きょうそく》に寄りかかっていた時、心神が不覚となった。惟弘を引き寄せて膝枕《ひざまくら》をしていたが、すでに悶絶《もんぜつ》した。夢のようであり、また覚めていたのでもなかった。心中に思うに、強力《ごうりき》の者がいて、私の臍《へそ》の下二寸の所から腸を引き出した。腸の遺《のこ》った所は腹中にわずか二寸だけとなった。この腸を引き出されてしまったならば、命は絶えてしまうに違いない。その時、「不動尊《ふどうそん》」の三字が、この二寸の腸の中に現れた。この字は、初めは最小ではあっても、段々と増長して腹中に満ちた。すぐにこの腸は、また還り入った。思わず心中に不動尊を念じ奉った。悲泣《ひきゅう》は極まり無かった。強力の者は、すでに去った。年少の時から、この不動明王を憑《たの》み奉ってきた（その画像は、とっさに座の側に安置した。これは母堂《ぼどう》〈源保光《やすみつの》女《むすめ》〉が顕現《けんげん》し奉って相伝《そうでん》させ、念持《ねんじ》し奉ったものである）。それを身から捨て離してはいない。本願《ほんがん》は欺《あざむ》くことはない。その効験《こうげん》を授けたのである。その頃、宅中で起きていた者は、惟弘ただ一人、及び猛光《もうこう》（藤原行成《ゆきなり》室）だけであった。……」

——藤原行成（倉本一宏訳）『権記』長徳四年七月十六日

八月の中ごろ、涼しくなって、やっと内裏に参入することができました。

辞書は返却され、辞意は認められませんでした。

生還できたとはいえ私事ながら、このことは天下の一大事のように思われました。

左大臣の許《もと》に来ていた観修大僧都《かんしゅうだいそうず》（九四五〜一〇〇八、平安中期の天台宗僧・一〇〇〇年に大僧正）の有難い十戒を受け、私は蘇生したのです。

私は蔵人頭として公私にわたり諸事を記録してきましたが、この後二、三年に起きたことは史実としても重大なことであったと考えます。私事はともかくとして、立后の儀についてはどうしても申し上げておかねばなりません。

次の年（九九九年）の正月十三日、以前から懸案であった改元が左大臣道長様の提案で行われ、長《ちょう》保《ほう》とされました。大江匡衡《おおえまさひら》朝臣（一条帝侍読。従四位下・式部権少大輔）が選び出したということです。

この年の六月一日に内裏が焼亡し、主上《おかみ》は一条院に遷御《せんぎょ》、里内裏となりました。

八月、中宮定子様には第二子ご懐妊の兆しがあり、竹三条の平生昌《なりまさ》宅へ行啓《ぎょうけい》（太皇太后、皇太后、皇后、皇太子、皇太子妃、皇太孫などの出御）

されました。

中宮大夫・平惟仲《たいらのこれなか》中納言が七月三日に職を辞したため、弟で前《さき》の中宮大進であった平生昌宅へお移りになることに決まったのです（権記、枕草子）。

このころより、主上と左大臣の間には、ますます穏やかならぬ気配が漂い始めました。

平生昌宅へ中宮様が行啓される日（八月九日）に、突然のように道長様は大勢の公卿方を引き連れて宇治遊覧をなさったのです。そのため、中宮様にお供する者が誰もいないという有様になりました。

主上は「今日の行啓については、上卿（公卿が関わる行事の役目筆頭者。ここは右大将藤原道綱か）が参らないからといって延引するわけにはいかない。外記《げき》（太政官の上卿の指示で朝廷の儀式・公事を司る）に命じて誡《いまし》めさせ、重ねて上卿を召し遣わすように」と勅許を出される始末です。その御心の内はいかばかりであったかと、ご推察申し上げました。

結局、中納言・藤原時光《ときみつ》朝臣にお命じになって、事はやっと定まったのでした。

勅を賜った時光が中宮様に参入した頃、太皇太后宮大夫（藤原実資《さねすけ》）も内裏に急ぎ参入されましたが、すぐに退出されました。

道長様のなさり方はまことに目にあまるものがあります。

何も中宮行啓の同日に、わざわざ宇治遊覧をなさらなくてもよいものを……。

秋も深まりゆく八月の末、宿直のおりに、主上はいろいろとご自分の心情を私に仰せになりました。

私などに吐露なさるほど、主上は悩んでいらっしゃったのです。

昔、孔光《こうこう》（前漢後期の孔子の子孫。経書に明るく、父は元帝の師弘覇）という人は、宮廷の温室殿の前に植わっている樹についてさえ語らなかったというのですから、まして私のような者が主上の仰せごとをここに語るわけには参りませんが、ご心中のお辛さは計り知れないものであったと拝察いたしております。

十月、中宮様のお産が近づき、宮中はいっそう騒がしくなりました。

というのも、道長様が姫君（藤原彰子《しょうし》）を入内させるための準備を始められたからです。

十一月一日。左大臣の姫君は亥《い》の刻（午後十時頃）に入内されました（内裏は一条院）。

この時、主上は二十歳、彰子様十二歳でいらっしゃいます。

年が明ければ、彰子様はすぐにも十三歳になるとはいえ、戸令《こりょう》（律令制の令の一編目で戸に関する行政規則を定める）には「男子十五歳、女子十三歳以上」という婚姻の定めがありますのに、道長様は、何故これほどまでにことを急がれるのか。中宮様のお産が迫って、もし次なる御子が皇子であったならば……と、焦りを感じられていたとしか考えられません。

まだ幼げで少女《おとめ》のような姫君。入内の意味がおわかりなのであろうか。

さすがに母君の倫子様は気がかりに思われたのでしょう。さっそく、内裏に参られました。主上は輦車《てぐるま》（大内裏の中を移動する貴人を乗せて人力で引く車）をお聴《ゆる》しになりましたが、倫子様も懐妊中で、すぐさま退出されたようでした。

その七日後、中宮定子様が男子（敦康親王）をご出産になりました。

主上は「私の気分は爽快である。七夜の産養《うぶやしない》に物を遣わすについては、通例によって奉仕させるように」とたいそう嬉しそうに仰せになりました。

そして、主上は「従三位藤原彰子を女御とせよ」ともお命じになったのです。

その日の申《さる》の刻（午後四時頃）に、左大臣以下公卿が御所（一条院）の南廊《なんろう》の西廂《にしびさし》に列し、左大臣は蔵人頭、大蔵卿を介して新女御の慶賀を奏上なさいました。

その後、主上は女御の御在所《ございしょ》へ渡御《とぎょ》あそばされましたが、秉燭《へいしょく》（火ともしごろ）の頃には還御あそばされました。

中宮様には、右近権中将成信《なるのぶ》をお遣わしになり、御釼《みはかし》を下賜されました。この釼は院（東三条院・詮子）から奉られたものと聞いております。

このように、中宮定子様と道長様親子に対する主上のお気遣いは、これ以後ずっと続くことになるのです。


もろもろのことは、慶賀なことではありましたが、私は何か起きそうな不安な気持ちにもなりました。

中宮様が内裏を退出なさって、しばらくした頃、江学士（大江匡衡）が私の所へ来て云ったのです。

「白馬寺《はくばじ》の尼（則天武后）が宮中に入って唐が亡んだということです。皇后（定子）が内裏に入ったことを思うと、内裏の火事（六月一日の火災）は旧例を引いたものでしょうか」と。

主上が懸命に「皇后は、ほんの少し前髪を切っただけのことである」とおっしゃられても、世人はやはり、そのようには考えていないということです。

その定子様が皇子をお産みになりました。

この先、どのようなことになるのかと、思いやられてなりません。


その年（長保元年）の十二月二日。私は日記に次のように書き留めています。

「左府（左大臣）の許に参った。弾正宮《だんじょうのみや》（為尊親王《ためたか》・花山院の弟）の許に参って、糟毛《かすげ》の馬を奉献した

〈左府から下給されたものである〉。東三条院（藤原詮子）の許に参った。（藤原）輔公《すけきみ》と同車して紅梅宅《こうばいたく》（菅原道真の屋敷の紅梅亭かあるいは具平親王の別邸か）に到り、女人と逢った」（権記）

この記述は、少なからず意味があるものだったと、後に気付きました。

長徳元（九九五）年八月に、私が蔵人頭に任命されて、堤中納言邸にご挨拶に上がった十月以来、また時々お訪ねして、瑠璃君のお父上為時様と歓談するようになりました。

一条帝は特に漢詩文を好まれましたので、主上はもちろんのこと、臣下の間でもしばしば作文会《さくもんかい》が開かれていたのです。

私自身も何度か作文会をいたしました。

激務の日常において、唯一の愉しみの場でもありましたね。

為時様の詩文の巧みさは評判でしたので、作文会にお誘いするということもたびたびあったのです。

歌合の会と同じく作文会も、夜を通して漢詩文を作ることの他に、酒を酌み交わし歓談する愉しさがありました。翌朝披講して優劣を競い合うのですが、じつは「酒を酌み交わして歓談すること」の方が重要な意味を持っていたとも云えるのです。

有体《ありてい》に申せば、お互いの腹を探り合う場でもあり、政《まつりごと》の話がしばしばなされたのも事実です。

ですから、密々の作文会も多々あったと思いますよ。

作文会には、女人ながらも漢詩を能《よ》くした瑠璃君がお父上に同道して来ていました。もう年若い頃の私たちのように親しく二人で話すことはできませんでしたが、それでも瑠璃君は私の役目上の気苦労を気遣ってくれたりして内心嬉しく思いましたね。

わが妻の猛光《もうこう》は（猛光とは私が付けた渾名ですが）、よくできた女人で、家刀自としては申し分のない人でしたが、やはり、私の複雑な立場を理解した思いやりという点では、幼い頃から私をよく知っている瑠璃君ならばこそということがありました。

二日のその夜は、かつての花山帝に繋がる親しい者だけが集まる作文会が紅梅宅でありました。

この時はお父上が越前守としてご不在の折なので、瑠璃君はひっそりと隠れるようにして来ていました。何となくいつもと違う様子で声が硬い感じでした。

几帳の陰にいたのでわからないこともありましたが、ふと、何かあったのかと不審に思わせるものがあったのです。

その意味がわかったのは次の年の夏の頃でした。

それは、私にとっても、驚くべきことでしたが……。


七日。左大臣の許に参って諸事を申し上げていると、それらに対するお応えの後で、「院（東三条院）が帝に申しあげたいことがあるそうだ」とおっしゃいます。

私は内心、「来るべき時がきたか」と思いながら、東三条院（一条帝の母・詮子）の許へ参りました。

そこには、すでに左大臣の書状が用意してあり、その上、東三条院の書状も賜って内裏に参ったのです。昼御座《ひのおまし》にいらっしゃる主上に奏覧いたしました。

そして、左大臣のおっしゃった趣旨を申し上げたのです。

女御彰子様の立后《りつごう》の儀でした。

主上は、「この事は、如何すべきであろうか」とまことに困惑気味にお尋ねになります。主上のお気持ちは痛いほどわかっておりましたが、私は次のように申しあげるより他はありませんでした。

「このような大事に、私ごときの愚意を申しあげるべきではないと存じますけれども、左大臣の申し上げたことの趣旨は、当然のことと考えております。

ただ、立后についての期日を、ただちに今日お命じになることはありません。左大臣が参入された日に、直接、先日仰せられた主上のお考えをお伝えになられてはいかがでしょうか」

「そのようにせよ」と主上は仰せになっただけでした。

お返事を持って左大臣の許に参りますと、

「このことは、特に期日を承っていないけれども、決定した旨を承ったようなものだ。汝《なれ》のお陰である。汝が蔵人頭に補されて以来、事に触れて芳意の深いことは承知していたが、よくそれに対する悦びを伝えてこなかった。今こそ、汝の厚恩《こうおん》を感謝したいと思う。汝一身の事については心配することは無い。我には数人の幼い子がいる。汝にも数人の子がある。もし、天命があって、このような事が有った場合には、必ず恩に報いることにしよう……」

などと、満面の笑みで涙さえ浮かべて大喜びの態でおっしゃったのでした（権記）。

主上と左大臣の間に立って、何とも複雑な思いであったのは、この私です。

九日。心のお悩みのせいでしょうか、主上はお目を煩われました。

十日。雪まじりの雨が降る寒い一日でした。（一条帝の）御体《ごたい》の御卜《みうら》が行われました。

東三条院様から御祈祷をしっかりするようにとご指示がありました。「御目《おめ》を悩まれて、すでに何日も経ったけれども、一向に平癒される様子がない。それを承って嘆いています。すぐに、御祈祷を念入りに奉仕させなさい」と。

主上の憂いの深さがお目に顕れたのだと、母君の東三条院様は理解されていたのかどうか……。

二十七日。主上の眼病に改善がみられないので、翌年正月の節会（小朝拝など正月の祝賀）は停止《ちょうじ》となり、慣例に従って白馬《あおうま》ご覧（神事）のみをなさることになりました。

東三条院様は、このところしばしば内裏においでになっていましたが、この日、女院様の御在所に参りますと、「明年の主上の御慎みについて申し上げたところです。立后については許すようにという御意向がありました」と明言されたのです。

院がご退出なされた後、私は左大臣にこのことを申し上げました。

ところが、主上の御前に伺候すると、「立后については先日院に申したが、しばらくは披露してはならない」と仰せになるのです。大晦日の日でした。

やはり、主上には思うことが少なくなかったのでしょう。

若君をご出産なされたばかりの中宮様を気遣っていらっしゃるのだとご推察申しあげました。

年が明けて、長保二(一〇〇〇)年一月、私は二十九歳になりましたが、相変わらず、蔵人頭。右大弁で従四位上、大和権守としてお仕えしております。

一月二十八日。主上はやっと「立后宣命《せんみょう》の日を選ぶように」とおっしゃったのでした。

このことについては、昨年末以来、私はたびたび奏上していたことがありました。

「女院様と左大臣が結束してこのことを推し進めようとなされて、ことがここに至った今は、もはや主上が中宮を庇われるのも限度があると存じます。

現在、藤原氏の皇后は東三条院（藤原詮子）様、皇后宮（藤原遵子）様、中宮（藤原定子）様の御三方でいらっしゃいますが、皆、ご出家あそばされましたので、氏の祭祀をお勤めになられる方がいらっしゃいません。

神事を勤めることができないというのは、朝政で云えば、何の益もないのに国費を費やしているようなものです。

我が朝《ちょう》は神国にございます。ですから、神事を最も優先すべきことと考えます。

中宮様は正后《せいひ》といっても、すでに入道（仏門に入る）されています。したがって、神事をなさることがありません。

主上の特別な私恩によって、中宮職の号を停止《ちょうじ》されることなく、朝《ちょう》は封戸《ふこ》（貴族への俸禄。決まった数の公民の戸を与える）を納めております。

大原野祭《おおはらのまつり》（京都市西京区の大原野神社例祭藤原氏の氏神春日明神を勧請）はその由緒を調べますと、后宮《きさいのみや》が祈請《きしょう》されるものである、ということです。

ところが、今、二后（遵子と定子）は共にお勤めになりません。

左大臣が氏長者であるというので、独りでその祭祀を勤行《ごんぎょう》されていますから欠怠《けったい》を犯すということはないにしても、おそらく、神明の本意《ほい》ではないのではないでしょうか。これは、神事の違令であると存じます。

私は藤原氏の末葉であり、氏の院別当（東三条院の別当）として様々な氏の祭祀に関与しております由に、詳しくその事情を承知しているので申し上げるのです。

このことについては、主上のご聖択があるのみと存じます……」と。

この他にも、奏上したことは多々ありますが、すべてを明らかにすることはできません。

主上と左大臣が詳しくご存じのことです（権記）。


こうして、長保二年二月二十五日、「皇后（遵子）を皇太后とし、女御従三位・藤原朝臣彰子を皇后とすることを命じるように」と宣命が下されたのでした。

御年十三歳の皇后が誕生した日は、二人の后が存在することになった日でもあります。

主上にとっては苦渋のご決断であったに違いありません。

「神事をただ行うに、十三歳の后に何の不足がありましょうか。主上は二人のお子様方を何者からもお守りになるべきではないでしょうか」

という、私の奏上に深慮なされた上でのご決断ではなかったかと思います。

東三条院様はわが子を帝位に就けるためなら何でもなさった方、左大臣は己の野望を遂げるために帝を引きずり下ろした兼家様のご子息でありますから、何をお考えになることやらとは、さすがに私には奏上できかねました……。

定子様のお立場は、ますます複雑なものとなりましたが、お二人の御仲は、以前に増して御睦まじく、それがまた、定子様のご不運をさらに呼ぶことになろうとは、この時、誰が予知し得たでしょうか。

そして、瑠璃君《るりぎみ》の身にも、私が想像すらしていなかったことが、その年の夏ごろ明らかになっていったのです。

⌘

わたくしは、あのようなことがあった翌長保二(一〇〇〇)年、女の子を産みました。

子ができたことが分かった時の愕然とした心の内は、思い出したくもありません。

生まれてくる子に罪があるわけではないけれども……。

けれど、子が生まれたことによって、わたくしが思い描いていた行く末とは、まったく違ったものになったことは確かでございました。

このことを知ったら、越前におられる父上はなんと思われるだろう。

お祖母さまと伯父さまがご存命であったら、なんと云われるであろう。

もちろんおふたりがご存命であれば、こうしたことは起きなかったかもしれないけれど……。

わたくしは独り悩み続けました。

子ができたと判れば、宣孝どのを夫としないわけにはまいりません。

生まれてくる子が誰の子であるか、それは、その子の行く末を決める重大な事でありましたから……。

志したことを、諦め切れない。でも、諦めなければならないのか……

諦めるべきか。

繰り返し、繰り返し、同じことを思い悩みました。

けれど、事実は認めるより仕方がないではありませんか。

もう、こうなれば、受領階級の、しかも正室ではない、父上ほどの年齢の男の妻になるほかはありません。そして、宣孝どのとの婚姻を受け入れたのでした。

夏の終りに子が生まれました。

　世を常なしなど思ふ人の　おさなき人の悩みけるに
　から竹といふもの瓶《かめ》に挿したる　女ばらの祈りけるを見て
　若竹の　おいゆく末を　祈るかな　この世を憂しと　厭ふものから　――紫式部集・五四

〔この世を無常だと思っているわたくしが、幼いわが子が病に苦しんでいる傍らで、唐竹を瓶に挿して、侍女たちが本復祈願をしているのを見て
若竹のように健やかな娘に成長する未来を祈っている、わたくしはこの世を憂きものだと厭うているのに〕

あの方は、ご自分もよく見知っている宣孝どのがわたくしの夫になったと知って、どのように思われるでしょうか。

あの方の書きものの十一月二十七日の条に、

「例年のごとく宇佐使《うさし》発遣の儀があり、使は右衛門権佐兼山城守藤原宣孝となりました。主上のお召があって宣孝は伺候し、御下襲と表御袴を禄として下賜されました。私は母屋（内裏は一条院でその主殿）の西第一間から出て宣孝に下給しました。宣孝は長橋《ながはし》（宮中の清涼殿から紫宸殿に通じる廊下）の西から庭に降りて、拝舞《はいぶ》（叙位、任官、賜禄等に謝意を示して左右左を行う礼）して退出して行きました」

と書いてあります。わたくしのその時分の悩みごとを聞いていただけたらと、なんど思いましたこと

か……。

あの方が頭弁に就かれてから、再びお目にかかることになりました。もちろんそれは、花山院さまを囲む人たちとの芸術的な交流ではありましたけれど、わたくしがものを書き始めたことをお話しする機会も少なからずありました。それさえ、また途絶えてしまったのです。

けれど、あの方は宮中であった事柄を細かく書き留めて弟の惟規に写させ、それらを送ってくださいました。わたくしが書きたいと思うことを、陰ながら手伝ってくださるおつもりだったのだと思っています。

わたくしは、子を身ごもったと知った晩春のころ、中川の屋敷を出て三条の小宅へ移りました。しばらく経った三月二十七日、皇后定子さまが、当家の北隣、平生昌さまのお邸へ、内裏から退出していらっしゃいました（栄花物語・巻六）。

この年（長保二年）、皇后定子さまは三度《みたび》ご懐妊なさっていらっしゃったのです。

そして、十二月十六日未明、女宮さまをご出産になられてまもなく崩御されました。

それは、わたくしが女の子を産んでからまだそれほど日数がたたないうちの出来事で、しかも、すぐお隣のお邸でお亡くなりになったのですから、ことの次第は手に取るように伝わってきて、わが身にも迫ってくるような哀しみと衝撃を覚えました。

皇后定子さまとお生まれになったばかりの幼子のお身の憐れが、まことに悲痛なことでした。

定子さまはお歌を三首、ご自分の御帳台のとばりの紐に結び付けて遺されたと伝え聞きました（栄花物語・巻七、後拾遺和歌集）。

よもすがら　契りしことを忘れずは　恋ひん涙の色ぞゆかしき

〔夜を通して、あなたは、わたくしに愛の言葉をくださいました。そのお言葉をお忘れにならないなら、きっとわたくしのことを恋しがって、血の色の涙を流してくださるでしょうね。その涙の色を、わたくしは見とうございました〕

知る人もなき別れ路に今はとて　心細くも急ぎたつかな

〔この世とお別れして、知る人もいないあの世へ、心細いけれど、急いで旅立たなければなりません〕

煙とも雲ともならぬ身なりとも　草葉の露をそれと眺めよ

〔わたくしの身は、煙になって空に上ることも、また雲になって漂うこともありません。どうか草葉の上の露をご覧になって。それがわたくしです〕

このようなお歌を贈られた一条帝のお心の内はいかばかりでありましたでしょうか。

あの方が書き送ってくださったものによりますと、「皇后の宮、すでに頓逝すと。甚だ悲し」とだけ主上は仰せになったようでした（権記）。

帝と皇后定子さまは、彰子さまが中宮になられた後はご遠慮なさることが多く、彰子さまが内裏を退出されたほんのわずかな間を縫ってお逢いになられていたようでした。

帝のお返しのお歌は

野辺までに　心ばかりは通えども　我が御幸とも知らずやあるらん

〔帝であるが故に、私は鳥辺野まで行くことができないのです。でも私の心は鳥辺野までついていっている。あなたの霊屋《たまや》を包む深雪は、まさに私の行幸の「みゆき」なのだよ。あなたは、それさえも、もうわからないのだね〕

これほどまでに、帝がお慕いになった皇后定子さま。

ある意味、定子さまはお幸せな女人であられたとも云えるのではないでしょうか。

よくよく考えてみれば、憐れなのは一条帝でいらっしゃったかもしれませんね。

「草葉の露がわたくしです」なんて。これでは、忘れようとしても忘れられないではありませんか。

実際、あの方の書き物によれば、一条帝は定子さまをお忘れになったことはなかったようです。

今も、このように生きながらえているわたくしなぞより、よほどお幸せなお方でしたね、皇后さまは。

皇后定子さまの死に、世を儚んだ若い公達が何人も出家してしまったと、その後、聞きおよびました。

⌘

長保三(一〇〇一)年四月、その年の賀茂祭は静かなものでした。

ある人が、「斎院御禊の日の見物の車はわずか百両であった。行き来する者も少なかった。疫病が流行って亡くなった者が多いせいであろうか。何ごとにつけても無常の観がある」というので、それを確かめるために、私は祭を観に出かけたのでした。

やはり見物の車は少なく、いつもの立錐の余地もない賀茂祭の人出が信じられないほどです。

昨年末、皇后定子様が崩御されて以来、世間に無常な思いが漂っているのも無理からぬことかも知れません。

祭が終わった直後、私は蔵人頭と右大弁を辞任したい旨を申し出ましたが、またしても、左大臣の許から辞書が返されました。

これは、いったいどういうことなのだろう。一度や二度の辞表は返すという慣例があるとはいえ……。蔵人頭になって五年余りが過ぎました。どうして、辞意を認めてくださらないのだろうか。只今の大宮大夫（藤原実資）が、かつて、八年蔵人頭をお勤めになった例があるにしても……。私を昇進させてはならぬと、左大臣は内心お考えなのではないだろうかと疑いたくもなるではありませんか。私だって、昇進を夢にまで見るほど願っているのです。憂いは深くなるばかりでした。

惟弘《これひろ》がやってきて「昨夜いい夢を見ました。私が金峯山《きんぷせん》に参って金の帯と金の釼《たち》を頂きました。吉想です。きっとそのうちご昇進になります」と慰めてくれましたが……。

その翌日（四月二十五日）に藤原宣孝朝臣が亡くなったと、後に聞きました。

あの宣孝が、死んだのか……。

この年八月二十五日の秋の除目で、私はやっと正四位下参議（太政官で四等官中の次官相当の令外官・唐名は宰相）に昇進しました。侍従、東三条院別当も兼務することになりました。

長い間、願っていた昇進です。私の心は抑えても喜色満面、曇りがちの天も晴れる思いでした。参議は納言に準じ、朝政に列します。

公卿（参議以上及び三位以上の者）と称され、朝廷からも幾人かの従者が派遣されます。また、公卿は大路に面した屋敷を持つことも許されるのですから、世人の見る目が明らかに違うのです。

除目があってから、新しく大納言（藤原懐忠《かねただ》）、中納言（藤原公任《きんとう》）、宰相中将（源俊賢《としかた》）、左中将（源頼定《よりさだ》）、右中弁（藤原朝経《あさつね》）、参議に就いた私と、六人は慶賀を奏上致しました。

私は隠文白玉の帯を宿所で着しました。

左大臣からは御車と牛、それに笏《しゃく》を賜りました。

饗宴があり、私の屋敷へ祝いに来る者あり、その返礼に参上したりして、内裏に新参（九月七日）するまでの十日余りの間、諸事に忙殺されました。

その間の五日の夜のことです。

その日も所用で、東三条院（女院詮子）、弾正宮（為尊親王《ためたか》）から左大臣邸、右将軍（藤原実資）邸を回って、三条へ帰宅する途中、惟規《のぶのり》が付き添う質素な女車に出逢いました。

「瑠璃君《るりき》……」

向こうも私の車だと気が付いたようです。

惟規がさっと近づいて来て、「ただ今は夫の喪中にて、慶賀のご挨拶は控えさせて頂くと申しております」。

私はただ黙って肯くより他はありませんでした。

車がすれ違う時、かすかに瑠璃君の気配がしたように感じました。

私は、日記の九月五日の条に、「女院の許《もと》に参った。弁内侍《べんのないし》に逢った。……帰宅した。途中で或る女人《にょにん》に逢った。新中将と逢った。深夜に帰去した」と密かに書き留めています。

内裏に参議として初参したおりに、主上から「蔵人頭の職を去ったとはいっても、これからも聞き得たことは奏上するように」と恩勅を賜ったのです。

主上の私に対するお心の内が感じられて、胸が詰まる思いがいたしました。

たびたび病悩のために延期されていた東三条院の四十の算賀が、十月九日に土御門第にて執り行われました。

主上の行幸があり、その翌日、私は従三位に加階しました。

女院は四十賀の後、石山寺に参籠されて左大臣以下の公卿が供奉しましたが、私も公卿の一人として晴れがましくお供しております。

好事の後にはどうしてこのようなことが起きるのでしょう。

十一月十八日亥の刻(午後十時頃)に、内裏がまたもや焼亡し、大変な騒ぎになりました。

今上帝が内裏焼亡のため還御されるのは、二年前の六月に続き二度目のことです。また一条院が里内裏となりました。

すべての神事が停止《ちょうじ》になったのはいうまでもありません。

この年は閏十二月があり、かねて病悩であった東三条院が二十二日に崩御され、二十四日に葬送の儀が執り行われました。

私は次から次へと雑事に追われ、やっと一息つくことができたのは、国を挙げて喪に服することになった翌年（長保四年）の正月のことでした。

花山院の許にしばしば参り、院の仰せもあって、「摩訶止観《まかしかん》」（天台宗法華三大部の一つ）の書写を始めたのも、この頃のことです。

私はずっと瑠璃君《るりき》のことが気にかかっていました。

特に、あの夜、あの小路ですれ違って以来、いつも忘れることがなかった……。しかし、どうすればいいのか、なかなかよい考えも浮かばなくて……。

春めいた夕暮れ、私は思い切って、歌のみを小舎人《こどねり》の苔雄丸《こけおまる》に持たせてやりました。

　なにかこの　ほどなき袖を　濡らすらん　霞の衣　なべて着る世に

——紫式部集・四一

これが、瑠璃君からの返歌でした。

それから、折々の季節には短い文を交わすようになったのです。

九月の末の頃、苔雄丸に持たせてやった文の返しとして瑠璃君から歌が送られてきました。

　さを鹿の　しかならわせる　萩なれや　立ち寄るからに　をのれおれふす

——紫式部集・四七

〔鹿がそうするように、慣れさせた萩であろうか、鹿が寄っていくそばから倒れ伏して行くことだ〕

さる絵の詞書に「嵯峨野で花を見る女車がある。物馴れた童が萩の花に立ち寄って枝を折っているところを見て」とありましたが、それにしても、何と色めいた歌でありましょう。

鹿は私か……。

その夜、私は淫らな夢を見たと日記に記しています。それは、かつて桃園に居た頃、密かに願ったことでもありました。だからきっと、瑠璃君の歌に甚だ感応したに違いありません。

⌘

晩秋の風の音が身に滲みる長保四(一〇〇二)年十月十六日のこと、あの方の妻が亡くなったと人伝てに聞きました。

妻なる人は出産まぢかに赤痢を煩い、生まれた女児もまもなく亡くなりました。

その方は日ごろから仏門に入ることを願っていたので、あの方はそれをお許しになったようです。尼になったあと、丑《うし》の刻(午前二時頃)に空しくなられたとのこと。

心静かに旅立たれたそうにございます。

永延三年(永祚元〈九八九〉年)八月十一日以来十四年、あの方の妻になられた方はたくさんのお子を産み、家刀自《いえとじ》としても立派に務められたと聞いております。

あの方が妻を娶られたころのことは、わたくしだって、どうして忘れることができましょうか。

その二日あとに永祚《えいそ》の大嵐が到来しました。あの荒れ狂う嵐の夜は、わたくしの心の内そのままでございました。

それにしても、どういう運命《さだめ》のめぐり合わせなのでしょうか。

わたくしの夫が亡くなり、そして、またあの方の妻まで世を去るなんて……。

あれこれと思いを辿ってみましても、わが身のつたなさを嘆くことはあれど、他人の身にまでも不幸が訪れるようにと願ったことなどありませんでしたのに。

けれど、わたくしの深い物思いや心の傷ゆえに、人の身体から抜け出してさまよい出るという魂が、あの方の運命にも執り付いてしまったのでしょうか。

そんなこと、あるはずがございませんよね……。

あの方が鳥辺野《とりべの》で妻なる人を火葬にしたあと、その骨粉《こっぷん》を白河に流したと、京中でたいへんな噂になりました。

どういうお考えでそうなさったのか知る由もございませんが、亡くなられた方は自らの意志で仏の道に入られたのですから、そうしたこともご遺言だったのでしょうか。

十二月四日、亡くなった方の四十九日の法要のあと、あの方は五日から石山寺参詣をなさったようでございます。その折、詠じた歌も伝わって参りました。

女の思ひに侍りける頃　石山に詣でて詠み侍りける
都にて待つべき人も思ほえず　山より深く入りやしなまし
——続古今和歌集・哀傷歌　藤原行成

〔妻が亡くなり喪に服している時に、石山寺へ詣でて詠みました。
都で待っていてくれる人もいるとも思えない。いっそ、山の奥深く入って出家でもしてしまおうか〕

しばらくして、霧が立ち込める朝ぼらけ、濃い青鈍《あおにび》の紙に短い文を書き、前栽《せんざい》に咲き始めていた白い菊にその文をつけて、使いの者に「そっと置いてくるように」と持たせてやりました。

聞えぬほどは思し知るらむや

人の世を　あはれと聞くも露けきに　おくるる袖を　思ひこそやれ

――源氏物語・葵

〔ご無沙汰申しあげております間の、わたくしの気持ちをお察しくださいませ。人の世は悲しく無常なものと聞くだけでも涙がこぼれますのに、ましてや、最愛の方に先立たれてのお悲しみの涙は、あなたのお袖をどんなに濡らしていることかと思いやっております〕

「あなたがわたくしと同じように、命の儚さを嘆くことになろうとは思ってもおりませんでした。大切な方を喪われて、さぞお嘆きのことでしょう。お悔やみ申しあげます。これからは、わたくしが都で待ちますからあなたまで仏門に入らないでください」

そんな心持ちを、ひそかに込めました。

だからといって、あの方とわたくしの間が、若いころのように近しいものになろうはずもなく、かえって遠のいていったように思われました。

のちに、わたくしの歌集に、

さしあはせて　物思はしげなりと聞く人を　人につたへてとぶらひける

本にやれてかたなしと

――紫式部集・古本系（用明文庫蔵）五一と五二の間

（定家本系は欠歌）

〔わたくしと同じように喪に服して、もの思いに耽っていると伝え聞いた人に、人を遣って文を出しました。もとから破損して歌がないということです〕

あえて「人の世を……」の歌を、載せませんでした。

五章

二〇〇八年の十月十五日にスタートした、I大学ウェブサイトの《研究室の窓から「源氏物語」の時代にタイムスリップしてみると……》は、二〇一三年六月に最終を迎えた。

四年と九か月、「源氏物語」の桐壺の帖から夢浮橋の帖まで、安紗子はほぼその流れに沿って毎月一本のペースで書き続けた。

当初は、これほど長い掲載になるとは思いもしなかったが、よくもまあ、ここまで書き終えられたものだと、安紗子自身も、また関係者も少なからず驚いている。

途中、東日本大震災が起きた直後は、安紗子が自信を失い、このまま続けられるのかと危ぶまれる時期もあったが、それもどうにか乗り切ることができた。

安紗子が書いた文章に対する世間の反響は予想外に大きく、またI大学内での評判もなかなか良かったことが、安紗子の力になった。

梶田教授の協力も大きかった。

紫式部が生きた一条朝期前後の時代を、現代の歴史学者がどのように捉えているかという、一般的な見解や問題点などを、しばしば教示してもらえたことである。

さらに、「藤原実資《さねすけ》の「小右記《しょうゆうき》」、藤原行成《ゆきなり》の「権記《ごんき》」、藤原道長《みちなが》の「御堂関白記《みどうかんぱくき》」は、すべて、ぜひ読んでおくべきです」という梶田教授のアドバイスも、安紗子にとってありがたいものだった。

実際、この三冊を読んだ後には、「源氏物語」がまったく違った姿となって、安紗子の前に現れてきたのだった。

そうして、書き上げた「源氏物語ガイド」は、一般的に知られている解説書とは一味も二味も違ったものになり、面白いという評判になった。

書き進めるにつれて「源氏物語」の大きさと奥深さに、安紗子自身が魅了されていったことが、長期連載を完走する原動力になったといえる。

自身の専門である「平安朝の物流経済」の研究以外の時間にこなさねばならない仕事だったので、それなりの苦労もしてきた。

しかし、「源氏物語ガイド」を書くために集めた資料から、「花山朝期から一条朝期における荘園所有の変遷」や「一条朝時代の邸宅伝領における不動産流通状況について」また、「平安中期における別業の意味とその伝領について」など、専門分野の論文を何本か書き上げることができたのは、好都合であった。

努力が報われたのであろう。「松風」の巻を書き上げた二〇一〇年春に、安紗子はI大学文学部准教授になっている。


「源氏物語ガイド」の連載期間中、世の中は激しく変化していた。

二〇〇九年七月の衆議院議員選挙で、三〇八議席を獲得した民主党が、自民党に代わって政権に就いた。

直ちに、鳩山由紀夫内閣が発足、自民党以外の政党が国政を担うのは十五年ぶりのことだ。しかし、政策上の混乱や、民主党内の政権争いもあって、二〇一〇年六月に菅直人内閣に交代。

その菅内閣も東日本大震災後、「脱原発」を掲げたが、内政、外交に成果がないまま総辞職し、二〇一一年九月、民主党三人目の野田佳彦首相が誕生した。

翌年の「税と社会保障の一体改革をめぐる消費増税法案」の採決に際して、「近いうちに国民の信を問う」と約束した上で、野党(自民党、公明党)に協力を求めて法案を通したという経緯があって、二〇一二年十一月衆議院を解散、十二月十六日第四十六回衆議院議員総選挙となる。

その結果、民主党は大幅に議席を失い惨敗した。

三年余り前の大量議席獲得は、昔日の夢幻《ゆめまぼろし》ということになるのであろうか。

再び、自民党・公明党が政権を執り、安倍晋三《あべしんぞう》第九十六代内閣総理大臣が再生した。

明けて二〇一三年二月十九日、ロシアに巨大隕石が落下、強烈な光の尾に世界中が驚く。同二十五日、韓国に初の女性大統領誕生(朴槿恵氏)。四月、中国四川省でマグニチュード七・〇の地震被害甚大。五月、米国オクラホマで巨大竜巻発生。世界にも不穏な空気が流れている。

東日本大震災から被災地は丸二年を迎えた。

だが、復旧、復興は遅々として進まない。仮設住宅避難者は十一万人余り、公共インフラの復旧の着工は予定の約半分、完了したのは二パーセント未満という状況だ。

福島原発*の原子炉は停止に至り、さらに悪化するという状態は免れたが、未だコントロールができず、温度や圧力の監視は現場作業員頼みという有様だ。立ち入り禁止区域は未だ解除されていない。

⌘

「なんだ、浮かない顔だね」長柄は席に着くなり云った。

「まあ、ねえ」安紗子は曖昧に応える。

六月半ばの土曜の午後、安紗子と長柄はいつものレストランの片隅で向かい合っていた。

今年は平年より十日ほど早く梅雨入りしている。

シトシトと何日も降り続ける長雨にはならないが、今日も朝から湿度が高く蒸し暑い。今にも降り出すかという空模様だ。

夕刻に近いということもあって、店内は家族連れで程よくにぎわっている。

大通りから小道を通って住宅街に入った、この辺りでも古くから知られた日本料理屋を今風に改装したこの店は、落ち着いた雰囲気と工夫された創作料理とで、若い世代にも人気があった。

クーラーがほどよく効いていて、心地がよい。

汗ばんでいた肌が乾いていく。

いつものように、まずは本日のおすすめの季節の前菜とビールを注文した後、長柄はちょっと姿勢を正して云った。


「『源氏物語ガイド』、長い間、ご苦労でした。もっとすっきりした顔をしているかと思ったよ」

「ありがとう。昨日、最終章の原稿がアップされて、ぼつぼつ読まれていると思うけど……」

「うん、来る前に読んできた。いいんじゃあないの」

「いいのか、どうか……ねえ」

安紗子は憂い顔で云う。

「どこか、気になるところがあるの？」

「特に問題があるとは思えないけれどね。五年近く、時間のある限り目につく資料は調べたし、関連書籍も読めるだけ読んだもの。膨大な資料に茫然となったこともあるわ。自分の専門は何だったかと自問自答したこともあった」

「周りの評判、かなり良かったんだろ」

「まあね。個人の見解の相違はあるにしても、糾弾されるほどの間違いはなかったと思う。私の独断というか、個性的且つ偏見のある持論は、なるべく書かないように注意したからね」

「『源氏物語』と云えば、主人公の名前と平安王朝の恋愛絵巻ぐらいにしか知らない僕でさえ、面白いと思ったよ。こういう物語だったのかと初めてわかって、興味も持ったし。まあ、君が書いたということもあるけどさ」

「他の書き手だったら読まなかったわけね」

「まあ、そうだろうなあ。仕方がないよ。僕からすればまったく分野が違うもの」

「理系の人にわかってもらおうっていうのが無理な話ですかね。むしろ、わざわざ読んでもらってありがとうございましたって、お礼を云うべきかしらん」

「変に絡むね。いつもの君らしくないな」

「ごめん。こうして、ご馳走してもらっているというのにね。でもさ、これで連載も終わりかと思うと、ちょっと気が抜けてしまう」

「一仕事終えた後は、まあ、そんなものだろ。何ひとつ問題点がない完璧な仕事なんて無いよ」

「うん。ただね。もし、私が書いたガイドを紫式部が読んだとしたら……。もちろんそんなことあり得ないけれど、「もっと、違う読み方をして欲しかったのに」と云われるのじゃないかと思ってね。本当に書かなければならなかったことは、もっと別のことだったようなそんな気がだんだんしてきた。今になって、もの凄くもやもやしているの」

その時、夏野菜をふんだんに使った彩《いろどり》もあざやかな前菜が運ばれてきて、ふたりの会話は中断した。

「では、もう一度始めからね。先ずは、一仕事終えておめでとう」

長柄の簡単な労《ねぎら》いの言葉に、ふたりはグラスを上げた。一刻《いっとき》、沈黙が流れる。

「これまでも、たびたびアドバイス、ありがとう。あらためて聞いてもいい？　長柄君の感想を聞かせてください」

「そうだねえ。全体としては、君の軽妙な語り口が気取りがなくてよかったと思う。一般人も気楽に読めてさ。僕なんかその代表だけど……。

もう少し、細かく云うと、僕の仕事にも多少関係ある部分でね。

夕顔の帖に書いてある中秋八月十五日が、現代の太陽暦ではいつに当たるかという話。あれは面白かったね。

旧暦の中秋は、年によって太陽暦の九月の半ばから十月十日くらいまで一か月近い幅がある。「源氏」に書かれた十五夜は、隣近所の男たちが明け方に寒い、寒いと云っているから、九月ではない。おそらく、十月に入った十五夜に違いないという、君のあの推察は興味深かった。

どうして気がついた？」

「偶然ね。夕顔の帖の原稿を書いていたのが、二〇〇八年の暮れのころね。その年のお月見のことをふと思い出したの。お月見のお供えをしようと思って、ススキを買いに花屋へ行ったときのことを。九月十四日だった」

「忙しいというのに、まめな人だね」

「季節ごとの行事はできるだけしているのよ。実家の習慣だったんだもん。

それで、花屋へ行ったら、いつものススキ、ほら、秋のススキが売ってないじゃないの。生け花用の斑入りススキが少しだけあって、仕方がないからそれを買ったけど」

「あの年は九月半ばまで、気温が高かったからな。予想不可能な局地的集中豪雨が都市に降るようになったのも、あの年のころからだね。マスコミが盛んにゲリラ豪雨という言葉を使い始めた」

「そうね。こんなにいつまでも暑いようじゃ、ススキも穂を出せるわけがないと思ったことを思い出したの。次の年のカレンダーがあったから二〇〇九年の中秋はいつかなと思って調べてみた。そうしたら、なんと十月三日。びっくり……こんなに差があるなんて」

「なるほど」

「それで、過去何年か調べたのよ。二〇〇六年は十月六日だった。夕顔の巻に書かれた八月十五日って、きっと十月のころだったのね。太陰暦と太陽暦の関係を詳しく調べれば、夕顔の帖の月が、西暦の何年何月何日に当たるか分かるはずと考えた」

「日付がしっかりしている歴史的事実を太陽暦（ユリウス暦）に直すことは、今ではそうむずかしくはないからな。千年前の作品でもリアルな描写があれば、いつのことか特定は可能だろうね」

「式部はリアルな描写をする人でしょ。きっと、あの十五夜の月も実際に見た月を書いたはずよ。夕顔の帖が何年に書かれたかわかったら面白いわね」

「うん。わかる時が来るかもしれない。それと、野分の帖の記述も面白かった」

「あら、そう」

「うん。台風が都に近付いて来たのが、昼過ぎだろ。夕方になるとしだいに風雨が激しくなり、夜半には凄い暴風雨になっていく。台風が吹き荒れる中、光源氏の息子の夕霧があっちこっちの屋敷を牛車で駆け回るシーンね。君のコメントがよかった。まるでテレビの台風中継みたいで今時のイケメンアナウンサーが、マイクを握って中継する姿にそっくりだとね。ははは」

「式部って凄いよね。私もあの場面には驚いた。今回、原文できちんと読み直して分かったのだけど、嵐が吹き荒れる様子が実況中継そのものだもの。夕霧が後の世に向かってアナウンスしているようだと思った」

「時間経過の描写がリアルだからなあ。あれは、歴史的に有名な「永祚《えいそ》の風」のことじゃあないか」

「永祚元(九八九)年八月十三日の嵐ね。式部がそういうふうに、はっきり書いているわけではないけど……。夕霧のお祖母さん、大宮が「この年になるまで、こうも烈しい野分にあったためしがありませんでしたよ」と云っているからね」

「「永祚の風」が吹いた日は今の九月十五日ころに当たる。まさに、台風シーズンだね。六国史《りっこくし》など日本古代の史料には、災害記録が精確に書いてある。地球規模で過去の気象状況を把握するためにと

ても いい資料だよ。永祚の風は、昭和の三大台風のひとつ、昭和九年の室戸台風の進路に似ていたかも。京阪神に甚大な被害を与えた台風で、室戸岬に上陸したとき、気圧が九一一・六ヘクトパスカルという記録的低さ。最大風速が六十メートル、瞬間最大風速は観測機が故障して正確な数値が測れなかったという。淡路島を通過して、京都を通って若狭湾に抜けた」

「へえ、さすがですね。専門分野の話題になると。まさに、そんな感じだったと思う。

平安時代の気温についての考え方も、あなたの専門知識のお陰で、大変助かりました」

「ああ、あれね。海面変動による気候の歴史を示した、フェアブリッジ曲線のことだね。平安時代は平均的に温暖だったけれど、西暦一〇〇〇年前後は一時的に気温が下がった時期だった」

「うん。「栄花物語」の中に、「近頃は、やたら重ね着をして着膨れしている」みたいなこと書いてあっておかしいなと思ったから、あなたに聞いてみたのよ。彰子が一条帝に入内する少し前のあたりの時期ね。一般的には、平安時代は気温が高かったっていうことになっているでしょ」

「一〇〇〇年ごろは、おそらく、気温の変動が激しくて、京都だけでなく日本中の気象が荒れていたね。「永祚の風」は、きっと今でいうスーパー台風だったと思うよ」

「都の被害は、古今に並ぶものなし、と他の記録にも書いてあるから、本当に酷い状態だったのね。実資の「小右記」には建礼門、朱雀門、朝集堂、応天門など多くの殿舎や寺社、人家が倒壊したと書いてある。式部が住んでいたと云われている、お祖父さんの大きな古い屋敷も被害に遭ったでしょうしね」

「ああ、その年の夏はいろいろあったからな。彗星が現れるし、大きな地震もあったし……」

「天災が多くて、永祚から正暦に改元もされたものね。その頃、式部は十七歳くらいだったけど……」

「そうか……。式部十七歳か。どんな感じの女性だったのかなあ。会ってみたい気がするなあ」

「うふふ。長柄君でもそういう興味あるの？」

「あるさ。あたりまえだろ」

「現代人の年齢は平安時代の人の七掛けというから、あのころの十七歳は今の二十三、四に当たるけどね」

「細かいことは抜きにして……、そう云えば、十七歳の年の夏休みだったよな。君と岐阜の谷汲山華《たにぐみさんけ》厳寺《ごんじ》へ行ったのは……」

「また、ずいぶん話が変わりましたね。そう、高二の夏休み。昔のこと、あまり思い出さない人が、よく覚えていたわね」

「ははは。どうでもいいことは忘れることにしている。それにしても、あのころの君は可愛かったね。夏の帽子が似合っていたなあ」

「あのころは可愛いって……、そりゃあ、何てったってセブンティーンたけなわだもの。私だって、今よりは可愛いでしょうよ」

「まあまあ、いいじゃあないか。あのころを思い出したいのだから」

「夏休みが終わるころだったわね。夏休み前の日本史の授業で、平安後期の文化を習っていたころだったのよ。あなたのクラスも、日本史、藤守先生だったでしょ？」

「うん、担任も藤守先生だった。先生の故郷が大垣市の近くだったらしいよ。大垣市北西部の青墓《おおはか》に東山道の宿駅があった。そこにいた遊女乙前《おとまえ》は今様の名手だったんだね。若い時かなり遊び人で今様を好んだ後白河法皇が、しばしば乙前を訪ねて来ていたという話。そういう話になると、やたら、先生の話が長くなってね」

「そうそう。後白河法皇の梁塵秘抄編纂《りょうじんひしょうへんさん》の話。青墓一帯は、その昔は美濃国の文化の中心だったのだとか、ちょっと自慢気だった」

「伊吹山系の東側裾野は、古代には名のある寺が点在して、都から著名人がしばしばやって来た。今は辺鄙な所だが、ってね。即身仏のミイラがある横蔵寺とか芭蕉の句碑もある華厳寺」

「藤守先生、突然、夏休みの宿題を古代に関するレポートにすると云ってね。完全に、先生の思いつきだよね、あれは。で、全クラスの宿題になっちゃった。それで、私たち、一番行き易い谷汲山へ行こうということにしたのね。

結局、あなたのレポートまで書かされたじゃない、私。夏休みの終わりの忙しい時なのにさ」

「あはは、そうだったね。文章は君の方が得意だろ。任せたほうがいいと思って。あのレポートなかなかいい点ついていたな。それにしても、先生、よく気がつかなかったね」

「いやあ、案外、気がついていたかもよ」

「そうかなあ。楽しかったな、谷汲山。ちょっとした冒険だった……」

「そうね。あの時の夏草の匂い、今もはっきり覚えている。何しろ、男の人とふたりで出かけるなんて、私は初体験でしたからね」

「ははは、僕だってそうだよ。お互い、ちょっと緊張していたな」

「お昼に田楽を食べたお店を覚えている？」

「覚えているよ。仁王像がある山門近くの左手の店だろ」

「そう。古い茶店のような、ね。田楽のお味噌、ちょっと辛かったけど、あなたは美味しい、美味しいと盛んに云っていた」

「腹が減っていたんだな、きっと」

「『美味しいかどうかは誰と食べるかだね』って云ったじゃない？　今から思うと、高校生らしくない発言だったわね」

「ははは。そうだな。でも、今でもそう思っているよ。食事は誰と食べるかが鍵です。まさに、花より団子、ではなくて、寺より飯だったね。ははは」

「ほんとに。先にお参りもせず仏さまに失礼しましたね」

「昼食の後、本堂の下の真っ暗な通路を抜けて行ったよね？」

「ああ、戒壇めぐり……ご本尊に繋がっている錠前に触れると願いが叶うという、あれね」

突然、あの暗闇の中での、長柄の手の感触が安紗子の手の内に蘇った。

ふたりは、お互いの目の中を見つめながら、三十年前の、夏景色の中にいるふたりの姿を思い浮かべていた。

⌘

一九八三年の夏は暑さが厳しく、終戦記念日の八月十五日、中部地方は三十九度を超える猛暑となった。

街には、細川たかしが歌う「矢切の渡し」や、松田聖子の「ガラスの林檎」などアイドル歌手のヒット曲が盛んに流れていた。女子高校生に圧倒的な人気があった「聖子ちゃんカット」からショートヘアへと髪型の流行が変化した夏でもある。

全国高校野球選手権大会では、大阪・PL学園高校の桑田真澄・清原和博の一年生コンビが大活躍して、五年ぶり二度目の優勝を果たしている。

彼らの闘いぶりに、日本中の高校野球ファンが燃えた一日だった。

高校球児たちの夏の闘いが終わると、高校生の夏休みは終わったようなものである。後は、山積みになった宿題に精を出さなければならない。

安紗子と長柄は、夏休み前に藤守先生が出した、日本史のレポートを作成するために谷汲山華厳寺へ出かけている。

高校二年の夏休み終盤、暑い一日だった。

谷汲山行きは夏休み前に細かく計画を立てていた。

先ず、国鉄（一九八七年四月から民営化されJR）大垣駅まで行く。そこから、国鉄樽見線に乗り換えて谷汲口まで北上し、名阪近鉄バスに乗り換えて、終点の「谷汲山華厳寺」に行くという考えだ。

その日の朝は曇り空でことさら蒸し暑かった。

安紗子は水玉模様のリボンを巻いたコーヒー色のストローハットをかぶり、薄いブルーのシャツとチノパンツ、ベルトに若者の間で流行《はや》っていた小さなポシェットを下げて、少しだけお洒落した気分であった。

まさか、長柄とふたりだけで遠出すると家族には云えず、高校の友人数人とグループ研究のため谷汲山へ行くと云って家を出た。経験のない隠しごとに後ろめたい気持ちもあったが、初めて秘密を持った、不思議なときめきも味わっていた。

大垣で乗り換えた樽見線のディーゼル車は、単線をゆっくりと走る。夏休み中ということもあり、またウィークデーなので乗降客も少なかった。車窓に添った横掛けの座席に並んで座ったふたりは、いつもに似ず、黙ったまま少しずつ変わる景色を眺めた。

長柄はブルーのジーンズに白いポロシャツ、紺色に赤い線の入ったスニーカーを履いている。いつも見慣れた黒い制服姿とは違って別人のようだ。

見知らぬ場所へふたりだけで行くという緊張感が、ふたりをぎこちなくさせていたし、また、思っていた以上に、互いが大人の雰囲気を持っていることに気付いてもいた。


安紗子と長柄は、クラスは違うが同じ高校の二年生である。I市の同じ中学から、県内の進学校へ進んだのだ。

高校に入学するまで、お互いの顔は知っていたが、言葉を交わしたことはなかった。I市から一時間足らず列車に乗って通学することになった時、安紗子と長柄は自然に挨拶をするようになっていた。同じ高校へ通う生徒が、他にはいなかったせいもあった。

高校生活にも慣れた一学期の中ごろ、先生の都合で授業が午前中に終わり、下校したことがある。

季節はずれの暑い日であった。

安紗子と長柄は、最寄の駅で再び顔を合わせた。すでに朝の挨拶は交わしていたし、かといって、何かを話しかけるほどの親しい間柄でもない。

昼時の駅は閑散として、列車が来るまでには時間がありそうだ。

安紗子は、この間《ま》の悪い空気と、長柄との間にある距離をどうしたらいいのか戸惑っていた。

すると、長柄が「冷麦食べていかない？　腹へったしなあ」

唐突に、安紗子を誘ったのだ。

「えっ、冷麦？」

安紗子は、思わず驚きの声を上げ、それから小さく笑った。

長柄は大真面目で、本当に空腹らしかった。

下心があるようには見えない。

屈託のない誘い方が、幼い少年のように爽やかだ。

安紗子は学校帰りの制服姿が少し気になったが、駅構内にあるスタンド形式の小さなうどん屋に、つられるようにして入った。

それ以来、ふたりの間の垣根が取り払われて、通学の往き帰りに列車内で親しく話すようになった。

今でも時々思いだしたように、安紗子が「初めて女の子を誘うのに冷麦とはね」とからかうと、長柄は「あの当時は、冷麦が一番好きだった」と照れ隠しのように云う。

もし、その時、長柄が冷麦を食べようと誘わなければ、ふたりは、今でも挨拶程度の知り合いのままに違いなかったし、一年後、一緒に谷汲を訪れることもなかったはずだ。

西に伊吹山系の山並み、東に濃尾平野が広がり、所どころ民家が点在する田園の中を列車は行く。川を渡り、柿畑の中を抜け、時々無人の小さな駅にも停車する。

樽見線の小ぶりな列車は、口数の少ないふたりを乗せて、のんびりと北へ向かった。

青々とした田の上を、風が通り抜けた足跡を残して、稲穂の波が伝わっていく。

谷汲口の駅でバスに乗り換え、およそ十分足らずで終点の谷汲山華厳寺に着いた時には、正午を少し回っていた。

ふたりは何時間もかけて、見知らぬ土地にやっと辿り着いた気分になっていた。


谷汲山華厳寺は岐阜県揖斐郡揖斐川町谷汲徳積にある古刹だ。

西国三十三所巡礼の満願の寺である。

近在の人々からは「谷汲《たにぐみ》さん」と親しみを込めて呼ばれ、月参りする人も少なくない。桜や紅葉の名所としても知られていた。

華厳寺は、延暦十七(七九八)年、会津黒河郷の豪族大口大領《おおくちたいりょう》によって創建された。

谷汲山縁起によると、大口大領が、地元会津の文殊菩薩から授かった檜《ひのき》の霊木を持って都に上り、自らが信仰する十一面観音像を仏師に彫らせた。

完成した観音像と共に会津に帰ろうとすると、観音像は近くにあった藤蔓《ふじづる》を切って杖と笠にし、草鞋《わらじ》を履いて自ら歩き出した。

美濃の国赤坂にさしかかると、観音像は立ち止まり、「遠い会津の地までは行かない。我、これより北五里の山中に結縁《けちえん》の地があり、其処にて衆生《しゅじょう》を済度《さいど》せん(仏道に入り、生きとし生けるものすべてを悟りの道へと導こう)」と云って北へ向かって行く。

しばらくして、谷汲の地に辿り着いた時、観音像は突然歩みを止め一歩も動かなくなった。

大領はこの地こそが結縁の地だと悟り、柴の庵を結んだ。

その後、大口大領は山中で修業していた豊然《ぶねん》上人の助けを借り、当地に御堂を建て観音像を祀った。

それが、華厳寺の創始と伝えられている。

御堂を建てたおり、山の谷合から油が湧いて、その油を灯明に用いたことから、谷汲山という山号を持つことになったとも云われる。

延暦二十(八〇一)年、桓武天皇の勅願寺となり、延喜十七(九一七)年には醍醐天皇が「谷汲山」の山号と「華厳寺」の扁額を下賜した。天慶七(九四四)年、朱雀天皇が鎮護国家の道場として当寺を勅願所に定めたという、由緒ある寺なのだ。

午前中曇っていた空が、すっかり晴れ上がり、養老山脈の稜線に白い雲が湧き上がっていた。

山門へと緩い登り坂が数百メートル続く。

坂道の両側には桜並木と店屋が並んでいる。土産もの、農産物、ここが産地なのであろうか、菊石を売る店、食事処などが軒を連ねている。

山裾の周りの木立では、早くもツクツクボウシが盛んに鳴いていた。

背中に強い日差しを感じながら、安紗子と長柄は、ゆっくりと山門に向かった。

「ここは、秋が早いね」ぽつりと長柄が云う。

「うん……。ねえ、この坂道の勾配、歩き易いねえ」

的はずれな安紗子の応えに、「寺の坂道だろ、そりゃあ、老人のことも考えているよ」と、真面目な顔で長柄が応えたので、ふたりは思わず笑ってしまった。

それまでの緊張感が一気に解け、やっといつものふたりに戻っていた。

まずは、空腹を満たそうということになって、山門の脇にある古い茶店に入った。


店を出たふたりは、山門を潜った。

山門には、観音像が履いた謂れにちなむのであろうか、大きな草鞋がぶら下がっている。左右両脇には、江戸時代の仏師の作らしい少々胴長の仁王像が安置してあった。

山門を抜けると、本堂まで長い石畳の参道が伸びていた。

参道の両側には石灯篭が並び、深い緑の木々に覆われるように「南無十一面観世音菩薩」と書かれた白い奉納幟《のぼり》旗が何本も立っていた。いやが上にも厳粛な気持ちにさせられる。

左手に、谷汲山華厳寺境内案内図の大きな看板があった。絵地図入りである。

「あっ、やっぱり、花山法皇がここに巡行したと書いてあるわ」

安紗子が目ざとく見つけた。

案内板の笈摺堂《おいずる》の説明には、「花山法皇が当山に参詣された折、御禅衣《ごぜんえ》（笈摺。巡礼者が着物にはおる袖無羽織様の薄衣）に添えて三首の御詠歌を納められました。以来、西国を巡礼する道俗は、この堂に笈摺衣を奉納して満願を表すようになりました」とある。

「夏休みの始めに図書館に行って、花山天皇のことを少し調べたの。気の毒な天皇なのよねえ」

「へえ、そうなんだ。花山朝は短命に終ったって日本史で習った気はするけど」

「花山朝は二年足らずよ。叔父さんの円融天皇の後の第六十五代が花山天皇。即位した時、十七歳だったのよ。ちょうど私たちくらいの年齢だった。考えられる？　同い年の天皇って……」

「今の昭和天皇は八十何歳かだね。想像つかないよ」

「でしょう？　まあ、でも当時は、幼くして天皇になる人がかなりいたのよ。前の円融天皇は十歳で即位して、後の一条天皇は六歳で即位している。だから、摂関政治が盛んになったわけよね」

「平安時代中期の摂関政治か……。習ったね」

「花山天皇のお母さんは、円融天皇時代の摂政・藤原伊尹《これただ》の娘懐子《かいし》。花山天皇は生後十か月で立太子されたの。けど、不幸なことに、天皇に即位した時にはもう、権力を握っていたお祖父さんの伊尹は亡くなっていて、後ろ盾になる外戚（母方及び妻方の親族）がいなかったのね」

「そんなことまで、よく調べたねえ」

「だって、帰ったらすぐ、レポート書かなきゃいけないでしょ。夏休みの宿題なんだから……」

「それは、そうだけどさ。ここへ来て、実際に見て、ものごとはそれからだよ」

「もう少しで夏休みは終わるのよ。のんびりしているのねえ。で、ね。そこへつけ込んだのが、伊尹の弟の藤原兼家《かねいえ》よ。娘の詮子《せんし》が円融天皇の女御に上がっていて、円融天皇のたった一人の子ども、それも男の子を産んでいた。その親王を早く天皇に即位させて摂政になりたかったわけね、兼家は……。そこで、息子たちを使って謀りごとをした。夜中に花山天皇を宮中から連れ出し、あっという間に花山寺（元慶寺）で剃髪させてしまった……。その息子たちというのが道綱、道兼ね。道長のお兄さんたちで、詮子はお姉さんなのよ。道長が摂関政治の頂点を極めた背景にはこんな汚い話があったんだから、何ていうか、凄い兄弟たちだよね」

「ふうん。花山天皇は二十歳になる前に、もう法皇になったのか。そして、西国観音霊場巡礼ねえ……。夏休みの宿題、これで出来たようなものだね」

「嫌だあ。私のテーマ取らないでよ」

安紗子と長柄はじゃれ合うように、長い石畳を本堂へと向かって走った。

花山天皇は寛和《かんな》二(九八六)年六月二十三日、十九歳で仏門に入り退位して法皇となっている。突然の出家の真相については、いろいろ取沙汰され、「栄花物語」や「大鏡」にも語られているが、「寛和の変」とも云われているように、多くの人々の運命を変えた大事件であった。花山天皇の親王時代に学問を教え、式部丞になっていた紫式部の父、藤原為時もその一人である。

花山法皇は、その後、数年の間、観音霊場を巡礼し修行に勤め、大きな法力を身に付けたといわれた。その霊場が、西国三十三所巡礼の地として現在も継承され、各霊場で詠んだといわれる御製の和歌が御詠歌になって残っている。

谷汲山華厳寺は三十三番札所で、満願の寺とされ、ご詠歌は次のようなものだ。

万世《よろずよ》の　願いをここに　納めおく　水は苔より　出《いづ》る谷汲

世を照らす　仏のしるし　ありければ　まだともしびも　消えぬなりけり

今までは　親と頼みし　笈摺《おいずる》を　脱ぎて納むる　美濃の谷汲

かなり急な階段を、息を弾ませて一気に駆け上がると本堂だ。黒い菊の紋を施した赤い大きな提灯が「華厳寺」という扁額の奥に目立っている。

夏の終わりの平日で、さすがに参拝客も少なく本堂の中はひんやりと静かである。

この本堂は明治十二(一八七九)年に再建されたものだが、古さをあまり感じさせない。本尊の十一面観音像は秘仏で拝観することはできない。脇侍の重要文化財の木造毘沙門天立像も同様だった。

安紗子は被っていた帽子を脱いで、仏像の姿が見えない本堂に向かい軽く手を合わせた。

長柄はそのかたわらで「仏教を信仰してるの?」と不思議なものを見るように云う。

「仏さまを信じているわけじゃないわ。でもね。神社も仏閣も多くの人が霊場と認める場所でしょ。一応ね、「夏休みの宿題を仕上げるためにお邪魔しております。前を失礼致します」と挨拶をするのが礼儀だと思って」と応える。

左右二本の柱に張り付いている青銅の鯉を見つけ、「あっ、これが山門のところの看板に、精進落しの鯉と書いてあった鯉なのね。三十三所をめぐり歩いた末、谷汲に詣でて本堂向拝の柱に打ち付けてあるこの鯉を撫でると精進落しになりますっていう……、私たちは、巡礼しているわけじゃないから、まあ、関係ないか」

あっさりと、その場を離れた。

靴を脱いで本堂に上がると、正面左側に「戒壇めぐり」と書いてある。

床下に向かって階段があり、どこまで続いているかわからない暗い穴のようだ。

「へえ、戒壇めぐりだって。戒《いまし》める壇って何だろう。長柄君、わかる？」

「わからないよ。ここから入れば、本堂の真下あたりに行けるっていうことじゃないか。階段下りて戒壇めぐりか」

「ええっ、駄洒落なの？」安紗子が声を立てて笑った。

説明によれば、暗闇の中を歩き本尊と繋がる錠前に触れれば、願いごとが叶うのだそうだ。

「本尊は秘仏で観ることができないし、願いごとが叶うっていうなら、ねえ、行ってみない？」

安紗子は真面目な顔になって云った。

長柄はあまり気が進まないようだ。

「暗い所は嫌だな」

「怖いの？　閉所恐怖症？」

「うーん……、小さいとき、お祖父さんに暗い土蔵に入れられたことがあって、暗いところ苦手なんだ。何か悪戯したんだろうけどさ」

これ以上、あれこれ安紗子に云われるのもと思ったのか、長柄は意を決したように赤い箱に拝観料を入れて、先に階段を下りていった。

安紗子も続いて下りる。

階段を下り切ったことが足の感触でわかった途端、暗闇に立っている長柄とぶつかりそうになった。あっと声にならない叫び声を上げると、待ち受けていたように長柄は安紗子の左手をさっと捉えた。初めて触れる長柄の手だった。

安紗子は全身から汗が噴き出たような気がした。自分の心臓の音が聞こえるほどドキドキとしている。けれど、頭の芯はどこか冷静で、長柄の少し汗ばんだ手が、身長の割にかわいらしく丸みをおびて柔らかいと感じていた。

長柄は安紗子の手を強く握り締めて、奥へと歩き出した。

明るいところから急に暗いところに入ったので、一寸先も見えない暗闇だ。片方の手で、右側の壁を上下に撫でながら、繋いだもう一方の手の先に神経を集中させて、そろそろと足を踏みしめて進んだ。何がいるのかわからない暗闇の中、もし、こういう時に何かあったら、自分が安紗子を守らねばならないのだと、長柄は大袈裟に考えていた。

この闇の中にいるのはふたりだけだ。こんな時、何を云ったらいいのだろう。何か声に出して話したいのだけれど、ふたりは何も思いつかない。

突然、前を行く長柄が立ち止まった。

その勢いで、安紗子の身体が長柄の体にぶつかった。

長柄のポロシャツの肩のあたりに安紗子の顔が触れたようだ。初めてかぐ汗ばんだ男の匂いに、安紗子の身体は固くなり息が詰まりそうになった。

「これが、錠前じゃあないか？」長柄の囁くようなかすれた声が、思いのほか安紗子の耳もと近くでして、その気配に慌ててふたりは離れた。

安紗子は錠前に触ったような、触らないような……。願いごとなど思い出す余裕もなくなっていた。

ふたりは夢中で出口に向かい、やっとの思いで出口に辿りついた。入口が出口でもあって、本堂の真下を一周したのだと気づいたとき、ふたりは気が抜けたようになっていた。

⌘

「戒壇めぐり、あの暗闇から出たあと本堂の脇にあった芭蕉の碑や笈摺堂、満願堂にも行ったよね。うわの空だったのか、芭蕉の「あかあかと　日はつれなくも　秋の風」以外は何も覚えてないな。帰り途、西の山に日が傾き始めていて、芭蕉の句のようだったことが印象に残っている」

「うん。いろいろ見たはずなのにね。戒壇めぐりの印象が強すぎて……。そういえばあの時わからなかった戒壇の意味はわかった？」

「何？」

「戒壇は仏教用語でね。戒律を受けるための結界《けっかい》が常に整っている場所なのよ。そこで、授戒を受けて、初めて出家者は正式な僧侶になれるわけ」

「ああ、結界を張る、の結界ね。戒壇は清浄な場所か」

「そうよ。戒壇はどこにでもあるものではないの。東大寺とか……花山帝が正式に受戒したのは延暦寺の戒壇院。だから、所縁《ゆかり》の地である華厳寺に戒壇めぐりを作ったのかしらね」

「だったら、あの時、君に感じたことはまずかったかな」

「うふっ。観音さまは顔をしかめたかもね。まあ、いいんじゃない。正式な戒壇ではない、モドキだもの」

「そうか。それはよかったな。ははは。願いが叶うという錠前のところで、君は帽子を被っていなかっただろ。あのときの君の髪の匂いがね。初めてかぐ女の匂いだったからな。ちょっと危なかったね」

「私もあなたの汗の匂いにドキリとしたこと覚えている」

「そうか。同じようなこと感じていたんだな」

「あのとき、戒壇めぐりの錠前のところで、あなたはどんな願いごとをしたの?」

「何もしてないよ。というより、そんな余裕はなかったし、むしろ願いごとなんてどうでもよかったな、ははは。君の髪の匂いのせいでね」

「うふ。ふたりとも、何もかもがフレッシュでしたね、あのころは」

「そうだな。もう少し、先に進めばよかったと後で思ったけど。ちょっとしたチャンスだったのになあ。ははは。君は願いごとしたの?」

「私もそれどころではなかった。後で、あのとき、願いごとをしておけばよかったと後悔したけれどね……」

「ふうん……」

「考えてみれば、私はあの谷汲山行きで、花山天皇あたりの歴史と縁ができたのかしらね。こうして、また、「源氏物語」と関わっているもの。花山朝はごく短い期間なのに、今でも何だかとても気にかかってる」

「式部は、そのころ何歳くらいだった？」

「式部の生年ははっきり判っていないけれど、かりに九七三年生まれだとすると、十一歳から十二歳に当たるわね。当時は数え年で年齢をいうから、必ずしも今と比較できるわけではないけれど、だいたい小学校五、六年くらいかな。当時はもっと大人びていた面もあったと思う。道長の娘の彰子は十二歳で一条帝に入内したからね」

「お父さんの為時は、花山朝廷で結構出世したんだよね」

「まあ、中位にね。花山帝の数少ない後ろ盾で叔父にあたる藤原義懐《よしちか》が、若くして政《まつりごと》の表舞台に登場してきた。その義懐の引き立てもあって式部小丞になったらしい。為時は、花山帝が即位する前、副侍読、つまり、家庭教師の助手のようなこともしていたから、当然といえば当然かもしれない。式部の姉のところへ義懐が通っていたのではないかという説もあるの」

「へえ、式部の姉のところへねえ。ありそうな話だね」

「義懐の父親は藤原伊尹、母親は恵子女王《けいしにょうおう》ね。恵子女王と為時は従兄の関係にあるから、それほど突飛な話ではないと思う。式部の家にしてみれば、堤中納言から三代目、為時は三男だけれど、久しぶりに巡ってきた出世のチャンスだったから、一族の期待の星であったはずよ。式部丞に任じられたとき、「遅れても　咲くべき花は咲きにけり　身を限りとも思ひけるかな」と詠じたの。よほど嬉しかったのね」

「なるほどなあ。その夢が二年足らずで破れたわけか……」

「花山帝が出家させられて、退位したのが寛和二(九八六)年六月二十三日。そのほんの少し前、六月十日過ぎのこととして、清少納言が「枕草子」に「小白川といふ所は」という面白い記述をしている。絶頂期の義懐の姿をね」

「一週間後には転落したのか」

「そう。清少納言は藤原定子に仕えていたわけだから、義懐の得意満面たる態度をあまり良くは書いていないけれど、そのときの情景を活き活きと描写している。それが、一週間後に義懐は出家せざるをえないことになった。結局、花山帝派は兼家派の謀略のために一掃されたことになるわね」

「それが寛和の変か。無念だったろうな、為時」

「式部は、その時の父親や周りの人間の落胆ぶりを目《ま》の当たりにしているわけですよ。鋭い感性で嗅ぎ取ったことはたくさんあったはずよね。そのあと為時は十年ものあいだ無官、つまり、無職のようなものだから、華やかな貴族の体面を保つのは、大変だったかもしれない。

「末摘花《すえつむはな》」のあの凄まじい描写、雪の日の老人と若い女の姿ね。「幼キ者ハ形カクレズ　老イタル者ハ体温キコト無シ」と白楽天の詩、重賦《じゅうふ》(白氏文集の「秦中吟」十編中の一編)を引用したと云われている。当時の式部の家がその通りだったかはわからないけれど、没落貴族の様子を見事に描写していると思う」

「どうやって、食いつないだのかなあ、十年も」

「食べるのに困るほどではなかったとは思うけど。大家族主義でしょ、式部の家は。二番目の伯父さんは陸奥守などやっていて、実入りのいい受領だったらしいからね。

為時が、村上帝の皇子で中務卿《なかつかさきょう》具平《ともひら》親王（母親は恵子女王の姉・荘子女王）の家司《けいし》をしていたというのは、そのころじゃないのかな。あの時代は、より強い者に寄り添っていけば、何とか生きていけるというのが当時の経済状況だったもの。

「源氏物語」にはねえ。現代の小説に比べると、どういうわけかものを食べる場面が極端に少ないの。まあ、今のように飽食の時代というのはわが国の過去にはなかったけれどね。

為時の漢詩にね。「家は旧《ふる》く　門閑《しず》かにして　只蓬《よもぎ》のみ長《た》けけり　時に謁客《えつきゃく》無く事条《じじょう》空し」というのがあって、まるで、末摘花の常陸宮邸の様子にそっくりなのよ」

「そうしてみると、花山朝の二年足らずは、式部の人間形成に大きな影響を与えた時期でもあるわけだね」

「うん、そうね。幼少期、明るく行動的な子どもだったのが、世を憂えた孤愁の人に様変わりしたのはなぜかと、今でも謎のように云われているけれど、私はこのときに起こったもろもろの事情が原因の一つと思っているわ」

「なるほどなあ」

テーブルの上には、話の合間に長柄が注文した皿がいくつか並んでいる。

ふたりがよく飲み、よく食べた跡が残っていた。

「愉しい会話は、食欲も増進させるのかなあ。それにしてもよく食べたわね」

テーブルの上を見回して、安紗子は苦笑し、一息ついた。

「高二の時の私の担任だった先生、国語の岩坂先生がねえ。あの夏休みに入る前にクラスの皆におっしゃったことを思い出すわ。

「十七歳の夏は貴重である。その過ごし方しだいで、君たちの一生が左右されるかもしれない。心して過ごしなさい」とね。今、考えてみるとなかなか含みのある言葉よね。

光源氏も十七歳のとき起こしたことが、のちのちまで尾を引くもの。人間にとって、十六、七歳は重要な意味を持つ時期なのね」

「そうだなあ……。岩坂先生は今どうしてるの?」

「私たちが三十歳になる少し前に亡くなったの。いい先生だった。私が「源氏物語」にのめり込んでいますと云ったら、先生、何ておっしゃるかしらねえ」

暮れ泥《なず》む街に、いつの間にか音もなく雨が降り始めていた。

宵の灯りがガラス窓に滲んで見える。

六章

安紗子から長柄へのメール

長柄君
この前の土曜日、愉しかった。
ありがとう。そして、ご馳走さまでした。
懐かしい昔話に、学生時代のことをいろいろ思い出しました。
私たちも、本当に若かった……というより幼かったねえ（笑）。

それはさておき、何だかそちらの方の話に気を取られて
あの時、肝心な話ができませんでした。
あなたに聞いてもらいたかったことがあったのです。
「やっぱり……。あの話の続きがあるのか」
と、今、笑ったでしょう。
その通りです（笑）。

「源氏物語ガイド」を書き終えて、閑になってみると
急いで大量にものを食べてしまった後のような気分でね。
それがまた、消化不良でねえ、何だか気持ち悪くなりそう……。
吐き出したいのに吐き出せないような、妙な感じなのです。

今、食事中ではないでしょうね？

だから、いっぱい溜め込んだものを、誰かに聞いてもらいたくて仕方がない。
と、すれば、あなたが一番適任じゃあないかと思ったのです。
いつものことだけど、迷った時の「長柄頼み」でしょうか（笑）。
お願いだから、いつものように、聞いてください。

先月の五月十五日のこと、この日は、京都で葵祭があった日です。
私は源氏の最後の帖「夢浮橋」のガイドを書き上げて
「ああ、やっと、終わった」と、ホッとしていた時でした。

某テレビ局の番組で、斎王代の行列の様子を流していたのです。
葵祭は、京都の三大祭の一つでしょ。
祇園祭と時代祭は見たけれど、まだ葵祭を見ていないのよねえ、私。
平安絵巻を再現する代表的なお祭だというのにね。

斎王代の行列は、古《いにしえ》の賀茂の斎院行列と同じではないでしょうが
雰囲気は伝わるかもしれないと思って、画面の行列に目を凝らしていました。
三畳ほどはありそうな豪華な牛車が行く。

ギギィギィと凄い音を立てて。
え〜っ、牛車って、こんなに大きな音がするものなのと、内心驚きました。
平安の公達の忍び歩きも大変だったろうな……と。

余談ですが
牛車って、質の良いものは、今の超高級車並みの価値があったらしいのね。
光源氏は十五、六台、牛車を所有していたらしいから
当時の上位の貴族は凄いです、例えば、道長などですね。
一条、二条辺りの邸宅図によると、あちこちに車宿りが存在していた。
今の、駐車場みたいなものでしょうか。

さて、画面に、斎王代の御輿《みこし》が現れると
平安時代の光景みたいなものが、次から次へとオーバーラップしてきて……。
テレビ画面にではなく、私の頭の中でね（笑）。
源氏物語「葵」の賀茂祭の場面が次々と思い出されてきたのです。

「源氏物語ガイド」で「葵」を紹介したのは、二〇〇九年の七月十五日でした。
書き始めて、ちょうど十回目のことでした。
今から思えば、大した知識もないのに（今でも、まだまだだけど）

よくも大胆に解説文などを書いたものだと恥ずかしい気持ちです。
ウェブ上に載せたということは
オーバーにいえば、世界中に公表したようなものだものね。

それはともかく、その時
ふとねえ、『窯変源氏物語』（橋本治著）の「葵」の一節を思い出しました。
　車争いに勝った私の妻は、やがて苦しみの床に着くことになる。
物《もの》の怪《け》に襲われる私の妻を〝葵の上〟などと称するのは
たちの悪い冗談だ。
私の妻の周りには、何か得体の知れぬものが、立ち籠めていた。

光源氏の心の中の呟きで
もちろん、「源氏物語」の原文中にはこうした記述はありません。
橋本治さん一流の、原文の行間を語る文章の一つですが
その前にこんな一節があるのです。
　伊勢の斎宮の母なる人の不幸が
　葵を掲げる賀茂の斎院の御禊の日に訪れたということは
　偶然なのだろうか――。

賀茂の斎院の御禊の日の車争いが引き起こした
六条御息所と葵上の不幸。二つの不幸が重なった日って？
何かが重なった？

『窯変源氏物語』の「葵」の心理描写は特に迫力があって
六条御息所の心のうちの表現は原文以上だという気がします。
あまりにも烈しい書きぶりに、御息所の情念に引きずられて
以前は、ここの部分に引っ掛かっている余裕がありませんでした。
えっ、もしかして、あのことをいっているのだろうか？
橋本さんがこのあたりをどういう意図で書いたのか知る由もないけれど
突然、「二つの不幸」という文言に重なって
とんでもない歴史上の二つの事件が、思い出されたのでした。

「葵」の原文の最後の一行は、次のように書いてあります。
「おろかなるべきことにぞあらぬや」
光源氏と葵上の母親、大宮との贈答の歌の後に書いてある一行です。
おおかたの口語訳は
「このような悲しみは、誰にも並大抵のことではありますまい」となっているのだけれども
私は、どうも、納得できないものを感じています。

「おろかなるべきこと」を「このような悲しみは誰にも……」と解釈することが適切なのかどうか、と。
「一体全体、こんな愚かしいことがあるであろうか」が直訳で
「これほどの出来事は、だれも理解できないのではないか」と解釈するのが適切なのではないだろうか。
とすれば、ここに書かれた「おろかなるべきこと」とは、誰でも経験する身近な者の死
つまり、主人公光源氏の妻、葵上の死だけではないと思うのです。
「葵」に書かれる「悲しみ」は
「偶然かどうか、それは疑問だが……重なった二つの不幸」なのではないか。

源氏の研究者の間では
「葵」には物語の筋書き上の齟齬がいくつかあると指摘されているところなのです。
例えば、斎院と斎宮の潔斎の期間とか、六条御息所の年齢とかね。
それぞれにいろんな持論を主張していて、定説となるものはないけれども。
疑問と持論に振り回されたあげくの結論が
「作者が知らなかったか、思い違いではないか」と結論づける人さえいる。
いくら何でも、紫式部が知らなかったとは、私には思えない。
私は、「葵」の帖で、何か重大なことを見落としてしまっていたと気が付きました。
紫式部が「葵」で語ろうとしたことは

プライドを傷つけられた女の
他の女に抱いた「恨み、怒り、哀しみ」などというわかりやすい話ではないのだ。
もっと別のこと。
当時、あからさまにはいえなかった、もっと別の怒りや葛藤があった……。

そう感じた瞬間
五年近く関わってきた「源氏物語」の各帖が、くるくる頭の中を巡ってねえ。
何だか、私の「源氏物語ガイド」のすべてが
上っ面だけを紹介した、軽いものに思えてきたのです。
あれが、私の五年間を費やした「源氏物語ガイド」かと思うとねえ。
情けない。

どうなのでしょう。
本当のところ、紫式部は、「源氏物語」で何を語りたかったのだと思う?
安紗子

長柄からの返信
安紗ちゃん、メール、読みました。

そういうことか……。
この前、まだ、何か云い足りないような顔だったのは、そのせいだね。

第十章「葵」のガイド文は
「六条御息所《ろくじょうのみやすどころ》はなぜ生霊《いきりょう》になって、葵上《あおいのうえ》を呪い殺したのか」というタイトルで
そのあたりの経緯《いきさつ》を物語に沿って紹介していたよね。

現代に至っても、「女性《にょしょう》の情念の発露」に多くの人々が驚きを抱くが
その反面、激しい怨みや怒り、悲しみは
誰の心にも存在するから納得もさせられるのである。
中世には「葵上《あおいのうえ》」や「野宮《ののみや》」という
今でもしばしば演能される代表的な能の題材にもなった。
日本画家上村松園《うえむらしょうえん》は、六条御息所をモデルに、「焔《ほのお》」（大正七年作・東京国立博物館蔵）を描いた。
いずれの作品も「葵」を典拠に、優れた芸術性を表出している。
女の情念を浮き彫りにしたこの帖は
「源氏物語」の中でも最もドラマチックに展開する。
六条御息所という特異なキャラクターと共に、この帖は極立った存在である……

そして君は、読者に向かって問いかけた

「あなたは、六条御息所のような嫉妬を覚えたことがありますか」

「源氏物語」そのものについて、あれこれ考えを述べる力は、僕にはないが
この前もいったように、「源氏物語ガイド」はあれでいいと思うよ。
入門編としては上出来ではないのか？
入門編といっては、君は怒るかもしれないが
しかし、安紗ちゃん。君にとっても、今回は「源氏物語」の入門だったのだろ？
だからこそ、分かり易い解説になったわけだし、また、それが新鮮だった。
多分、多くの読者がそう思ったはずだよ。
「源氏物語ガイド」の出来云々という点で、君が悩む必要はない。
一帖を千字程度で解説しなきゃいけないという制約もあったわけだし
あれ以上の深い考察は無理というものです。

安紗ちゃんがモヤモヤしているのは
それこそ、もっと別の意味だと思うが、どうですか？
僕の想像だが
君の中での「源氏物語」が、ステップアップしたのだと感じています。
五年近く、真正面からぶつかったのだから、君自身が成長しないわけはないよ。
モヤモヤの原因が、何なのかまだ明確ではなくて

君自身の中で焦点が定まっていないことに、問題がありそうな気がします。
モヤモヤの内容をはっきりさせたらいいと思うがどうですか。
君の話だと、「葵」に何か曰く因縁がありそうだね。

紫式部は何のために「葵」の帖を書いたのだろうか？

長柄

安紗子の返信

長柄君、早速の返信ありがとう。
「源氏物語ガイド」に対する、あなたの云々に慰められました。
ウダウダいってないで、「次のステップへ早く進め」ということですか？（笑）
とりあえず、モヤモヤした私の「引っ掛かり」のあれこれを並べてみるね。
取り留めもないことになると思うけれども……。

あなたは、「源氏は解らない」といいながら、妙に核心に触れる質問をする。
紫式部は、なぜ「葵」を書いたか？
それは、「紫式部はなぜ「源氏物語」を書いたか？」に匹敵する質問です。
それほど、「葵」は核心に触れる内容を描いているのであって

「葵」に関連する次の帖「賢木《さかき》」を含めてですが
作者は、自分の力量を目いっぱい発揮して執筆していると思うのよ。
器が大き過ぎて、答えるのが難しい。
即座に答えられる能力があれば、今ごろ、悩んでいるはずはないし
例の「源氏物語ガイド」はもっと違ったものになっていました。
そして、私も、ガイドの出来栄えに
まずまずの満足を覚えていたことでしょうね（笑）。

「源氏物語ガイド」では、深く考えもしないで
「源氏物語」を一帖ずつ、私はガイドしてしまったけれども
「源氏物語」って、じつは、全体を読まなくても、わずか二、三帖を読んだだけでも
作者の意図が、読者に伝わるように構成されているのではないか……と
今は、思います。
平安の頃の書物は手で書き写して、人から人へと回し広めていったわけです。
散逸する可能性はあるし、もちろん全部揃うとは限らない。
どんな状況になっても、必ずや、自分の主張が人々に伝わるように
式部は、工夫したはずだと考えているのです。
だから、あなたが指摘したように
式部はなぜ「葵」を書いたのかを追求すれば

自ずと、私の問題は解決するのかも知れない。
「葵」を「花宴《はなのえん》」の後に置いた理由《わけ》も知りたいものです。

「「源氏物語」の須磨がえり」とよくいうじゃない？
長い「源氏物語」の三分の一ほどのところに位置する「須磨《すま》」の帖まで読み進むと読者が一休みしたくなって、後が続かないことをいう、普通はね。
だから、「桐壺」から「須磨」までは良く知られた内容なのだけれど
その後、光源氏がどうなったか知らない人も多いわけです。

いつ頃から、誰が「須磨がえり」というようになったかは知らないけれど
「須磨がえり」って、「須磨返り」なのか、「須磨帰り」なのか……。
「須磨返り」なら、また「桐壺」から読み返すということ？
で、一向に前に進まないのだけれどね（笑）。
果たして、そういう意味でいいのかと、近頃思うようになってきました。
では、光源氏が明石から都に戻ったから「須磨帰り」か、というと
そうではない。
「須磨がえり」は「須磨還り」が本当の意味だと、私は思うのです。
「還る」は原点に戻るという意味でしょ。

だからね。
だから、須磨から帰った人物は、物語上は光源氏だけれど
紫式部が示唆したのは、帝に匹敵する人でなければなりません。
ここで、どうしても歴史的事実について考える必要が出てくるのです。

大胆にいえば、「源氏物語」の真骨頂は、「須磨」「明石」まではないかと……。
作者の主張は、そこまでに集約されているのではと、今では考えています。
そこまでが、この物語の原点で
「それゆえ、ここからお話しする物語が展開します」と
紫式部は、全体を構成したのだと思うのです。
石山伝説に
「中秋の月を見て、紫式部は「須磨」から書き始めた」とあるのは
そのことを暗示しているようにも感じるのです。
だから、「葵」「賢木」、この二つは最も重きを置いて書かれたのでは?
ここをしっかり押さえさえすれば
「源氏物語」は何を語ろうとしたか、理解できるのではないでしょうか。

「源氏物語」を、現代の多くの読者がどのように読んでいるかといえば
物語の展開と、平安時代の風情に浸ることこそが

「源氏」を文学的に読むことだと信じているみたい。
自分たちが経験できない貴族的な、夢物語を愉しみたいとでもいおうか
とにかく、何ごとによらず「趣」にこだわりたいらしい。
「風趣」がわからぬ者に、「源氏物語」がわかるものかと云わんばかりです。
そういう人たちは、「リアルに表現している」ことは歓迎するのに
「リアルな事実としてこの作品を解釈する」のは、どうも容認できないらしい。

また、ある人たちは、古文法の教科書だとさえ思っている。
高校の古文の授業で習った「源氏物語」は、まさに、それよねえ。
余談ですが、ある人がある場所で云っていました。
「源氏の時代に文法はなかったのです」
拍手を送りたい気持ちだった（笑）。
文法を駆使した直訳を読んで、「源氏を読みました」といわれてもねえ。

私たちは、現代の小説をどのように読む？
話の筋を追うだけではないでしょ。
作者は、いったい何が云いたいのか、何を書きたかったのか、を問うでしょう？
明治になって
多くの学識者が、「源氏物語」は現代の小説にも匹敵する

世界に誇るべき、日本の代表的な文学であるといいました。
ならば、「源氏物語」も、現代の小説と同じように読まれるべきです。
たとえ、理解しがたい言葉の連続であろうとも
読む心構えは、同じでなければと、私は思います。

現代の作家が、動機なしに小説を書くことは、まずあり得ない。
当然、紫式部にも「源氏物語」を書いた強い動機があったはずです。
ひょっとしたら、今の作家以上に強い意向があったかもしれない。
その意向を知りたいと思わないのだろうか。
現代の多くの読者が、作者の意図を重要視しないことが不思議です。
不思議でたまりません。

紫式部は、「蛍」の帖で、光源氏の言葉として次のように書いています。

その人の上とて　ありのままに云ひ出づることこそなけれ
よきもあしきも　世に経《ふ》る人のありさまの
見るにも飽かず聞くにもあまることを
後の世にも云ひ伝へさせまほしきふしぶしを
心に籠めがたくて云ひおきはじめたるなり……
いざ　たぐひなき物語にして　世に伝へさせん……

——源氏物語・蛍

〔だれそれの身の上として、ありのままに書きしるすことはないにしても
よいことであれ悪いことであれ、この世を生きている人の有様の
見ているだけでは物足りないこと、聞いてそのまま聞き流しにはできないことを
後の世にも云い伝えさせたい、そんな事柄の一つ一つを
心につつみきれずに云いおいたのが物語の始まりなのです……
それでは一つ、私たちのことを世に類のない物語に仕立てて、世間に語り伝えさせましょう……〕

本人が明確にいっているではありませんか、世の実相を後の世に伝えたいと。
「紫式部日記」にも、次のような行《くだり》があります。

左衛門《さいも》の内侍《ないし》といふ人はべり
あやしうすずろによからず思ひけるも　え知りはべらぬ
心憂きしりうごとの　おほう聞こえはべりし
内裏のうへの　源氏の物語　人に読ませたまひつつ聞こしめしけるに
「この人は日本紀《にほんぎ》をこそ読みたるべけれ　まことに才あるべし」
とのたまはせけるを
ふと推しはかりに　「いみじうなむ才がある」と
殿上人《てんじょうびと》などにいひちらして　日本紀の御局《みつぼね》とぞつけたりける
いとをかしくぞはべる……

——紫式部日記

〔左衛門の内侍という人がいます

この人が私を、妙にわけもなく快からず思っていることを
知らないでおりましたところ
嫌な陰口がたくさん耳に入ってきました
主上が「源氏の物語」を人にお読ませになられてお聞きになっている時に
「この作者はあのむずかしい日本紀をお読みのようだね。ほんとうに学識があるらしい」
と仰せられたのを聞いて
この内侍が、ふとあて推量に、「とても学問があるんですって」と
殿上人などに云ひふらして、私に「日本紀の御局」とあだ名をつけたのでした
まことに笑止千万なことです……」

この日記の記述を、どう解釈するかということですが
「帝が私の才能を褒めてくださいました。
まことに光栄なことでございます。
それを妬んで、左衛門の内侍があれこれ陰口をたたきましたのよ」だと思う？
清少納言が云うなら、「さもあらん」と頷くけれど
紫式部は、帝の言葉を単純に嬉しがるような人間とは思えない。
自虐的といえるほど、自分にも厳しい人だったようです。
後に残るものに、意に反することを書いたりするはずがない。
書き遺したということはそれなりの理由があるのです。
次のような意味ではないか、と私は考えました。

「いえいえ、主上《おかみ》。

日本書紀に書いてあるような、昔の時代のことではございません。

主上の御世に実際に起きたことをわたくしは書きました」と。

いにしえより、「源氏物語」は、紫式部の狂言綺語といわれてきたけれど
紫式部が「源氏物語」で描き出したことは
頭の中で創り上げた空想上のお話ではない。
まさに、紫式部はあの時代の実相を書き綴ったのです。
未だにね、「源氏物語」は、紫式部が生きた時代より遡って
醍醐帝から村上帝の時代、五十〜百年前のことを書いていると考えている学者がいることも
私には合点がいかないのです。
「紫式部日記」を読めば、一条帝の時代が背景だとわかるのにねえ。
ところどころに醍醐帝や村上帝の時代の表記があるのは、別の理由からだと思います。

紫式部は、よくぞ、「紫式部日記」「紫式部集」を書き遺してくれたと、私は、感謝したい気持ちです。

どちらも、一条帝崩御（寛弘八〈一〇一一〉年六月二十二日）前後の時期にまとめられたらしい。

この時期に書かれたものは「源氏物語」を現実に起きた事として理解するための
重要なテキストだと思うの。

「源氏物語」「紫式部日記」「紫式部集」の三つ揃えで

はじめて、千年前の出来事が、活き活きと浮かび上がってくるのです。
「源氏物語」には、繰り返し、繰り返し語られる、陰の物語が潜んでいると。
それは、光が当たれば影ができるように
また、光があれば闇もあるように、陽と陰の物語がいつも対になっている。
時々、ちらっと表面に姿を現すけれど、ほとんど奥深く潜んでいる。
よくよく目を凝らすと、しだいにはっきりと姿が見えてくるのです。
そこには、歴史的事実としての一条王朝と
その時代に実在した人たち、特に、紫式部周辺の人々が現われてくるのです。
そのように解釈しないと、紫式部が「せっかく、ここまで書いたのに」と残念がるよ。

本当に取り留めもないお喋りになってしまった。
が、さて、どんなものでしょう。
長柄君は、何か思うことがありますか？
安紗子

長柄からの返信
ほう、なるほどな。
安紗子節炸裂って感じだね（笑）。

僕に「どうか」と聞かれてもねえ。
ほとんど、安紗ちゃんが自分で答えを出しているように思うが。
つまり、最近の一般的な「源氏物語」の解釈では納得できないということだろ。
「平安王朝宮廷の華麗にして優雅な恋愛絵巻」では気に入らないわけだ。
迷うことはないよ。
君の「源氏物語」論を、さっさと書けばいいのじゃないか。
長柄

安紗子の返信

長柄君、アッサリいうねえ。
これまで、名だたる研究者が築き上げてきた「源氏論」にね
一介の素人が、そう簡単に突っ込める領域ではありませんよ。
まったく大胆なことを……。

「源氏物語」ほど研究されてきた日本の古典文学は、他にないと思う。
ジャンルを問わず
あっちからも、こっちからも突かれて、今や満身創痍かも。
今でも解りにくい部分があって、研究は続いているようですが……。

細い血管の隅々まで覗かれているような状態ですよ。
紫式部は痛いなあって悲鳴を上げているかもね（笑）。
そのわりには、なかなか核心に触れてくれない……と苦笑しているかしらん。
おおかたの場合、細部に入り込み過ぎて大局が見えないのかもしれません。

現代人が「源氏物語」を読む場合
註釈書なしではとても読めるものではありませんから
そういう意味で、これまでの研究者に敬意を払います。
私たちのような一般人でも、わりと楽に「源氏」を読むことができるのは
千年もの間重ねられてきた、錚々《そうそう》たる学識者による研究の賜物ですからね。
しかし、賜物であることは事実ですが、でもねえ。
誰それという著名な学者や文化人が
ああ云ったとか、こう云ったとかいう、これまでの説
そういう説が、「源氏」を読む現代人の手枷足枷になっているのも事実です。
というか、はっきりいえば、邪魔をしていると思うのね。
くどいようですが、「源氏物語」が優れた文学だというなら
誰もが、現代人の感覚で現代の小説を読むように
もっと、自由に読んだ方がいいのではないでしょうか。
類型的な他人の説に捉われずにね。

現代語訳で出版された作家の名を冠した「○○源氏」などは
「源氏物語」を一般に広めた功績はあるけれど、ある種の固定観念を植え付けた罪もある。
こんなこといったら怒られるかしらん、「○○源氏」ファンに……。
だから、ここだけの話です（笑）。

「源氏物語ガイド」にも、少し書いたけれども
平安時代の貴族は、みな寝殿造りの屋敷に住んでいたとか
女性は、外へ出たこともない深窓の人
香を焚き染めた贅沢な装束を着て
夢のような現実離れをした暮らしをしていた……わけではありませんよね。
寝殿造りのような大きな邸宅に住んでいた貴族は
三位（三品）以上、位階は三十階あるから上から六番目までの
ほんのひと握りの貴族とその家族、そして、その従者だけ……
都中に寝殿造りのような立派な屋敷が建っていたわけじゃない。
女もね、末は帝の妃にと育てられた姫君は別として
中流貴族以下は、わりと自由に出歩いていたし……
何とか詣《もう》でとか方違《かたたが》えとか、出かける口実はいくらでもあった。
神社仏閣の宿坊やら、親族、友人宅に泊まりに行ったりしてね。
旅も結構気軽に牛車に乗り合わせて出かけている。

「蜻蛉日記《かげろう》」（道綱母《みちつなのはは》）や「更級日記《さらしな》」（菅原孝標女《すがわらたかすえのむすめ》）にそうした記述がある。

受領階級でも地方に下れば大したもので、娘たちは姫君扱い。

だから、鄙《ひな》びた所へわざわざ娘を連れていったのは
「都では味わえない、いい思いを娘にさせたい」わけですよ父親たちは。

それらしきことを菅原孝標（九七二～不詳、菅原道真の曾孫・従四位上・右中弁・常陸介）が娘に語っています。

当時、娘を地方に連れて行って見聞を広めさせることは
その父親にとっても、何かと有益なことがあったのよね。

だから、受領階級の貴族の娘はけっこう遠方まで出かけているのです。

その後、宮仕えさせるために女子には見聞を広めさせていました。
五、六位程度の受領階級の娘だった紫式部は
自分の目で世の中を観察できたはずで、深窓の女性などではないことは確かです。

だから、「源氏物語」は
式部が人から伝え聞いたことや、資料などから得た知識だけで書いたなんて、とんでもないこと。

自分の想像力をフル回転させて作り上げた、空想上の話などではあり得ません。

自分の目で実際に見たこと、心に強い衝撃を受けた事実を書いたのです。

人間はいつの時代でも、現実の中で生きているのだもの。

「源氏」の物語は人に夢を見させるための非現実的な話ではないのです！

声を大にして云いたい！

あら、つい熱弁をふるってしまったわ（苦笑）。
安紗子

長柄からの返信

ははは……。
凄い勢いだなあ。
安紗ちゃんが紫式部に成り代わって叫んでいるみたいだね。
五年の間、頭に詰め込んだ諸々《もろもろ》を一気に吐き出しますか、この際。
その方がいいだろうね。
専門外のことだから僕は何を聞いても驚かないよ。
反論できるはずもないしね。
スッキリするまで捲《まく》し立ててください。
長柄

安紗子の返信

ありがとう。
疑問やら、不満やら、反論やらが　今、私の頭の中で渦巻いているわけです。

では、遠慮なく喋らせてもらうわ。

興味深い話があります。

プロレタリア文学の某女性作家がね。

ロシアの文学者から
「日本には「源氏物語」という優れた文学がありますね」といわれた時
「あんな貴族の文学なんか」と一笑に付したというの。

この話にしたって、その作家の先入観によるものよね。

「源氏」は貴族社会を描いた文学だから、労働者階級にとって敵《かたき》のような文学だって感じなのかしらん。

きちんと全体を読んだ上での発言とはとても思えないのです。

もし、読んでいたら、「源氏物語」の凄さは解るでしょうにねえ。

某作家も文学に携わっていた人なのだから……。

例えば、「末摘花《すえつむはな》」とか「紅葉賀《もみじのが》」だけでもいいから、原文で、隅々まで読んで欲しかった。

「末摘花」に引用された白易居の「重賦《じゅうふ》」とか、「紅葉賀」の幾つかの催馬楽《さいばら》のくだりを読めば
紫式部が貴族社会だけを好んで描いたわけではないとわかるのに……。

おそらく、某作家は現代語訳で読んだだけだったのかもね。

「谷崎源氏」か「与謝野源氏」をね。

訳文では原文の微妙な部分まで描き出すのはむずかしいことが多いから
そうした記述の重要さに、訳者が気づかない場合も大いにあるし
現代語に訳すことで薄められてしまうことは、よくあることです。

流行作家が、よく「〇〇の源氏物語」って書くでしょ。
タイトルばかりがいやに目立つね。
「源氏」と付けば売れるだろうみたいな、そんな「源氏物語」。
そして、わざわざ好色な場面を付け足したりしてね。
原文を読んでいない人が多いのです、そういう類《たぐい》は。
誰かの現代語訳を、自分流に想像を加えて書き直したとしか思えない。
だから、原文からどんどん乖離してしまうのでしょう。

確かに、「源氏」に登場する人物は
主に平安王朝の公卿《くぎょう》という位の高い貴族の男たち。従者を除いてね。
それを取り巻く女たちも、多少の上下はあるにせよ貴族の娘たちです。
世にも稀なる美形の男が、あちこちの女を手練手管で口説いて恋愛関係を持つ。
その遍歴が話の主なる筋であることに間違いはない。
でもねえ。
男と女がどうしたとかこうしたというだけの恋愛話を
大の学者や知識人までが参入して、千年もの間読み継いでくると思う?
いくら、恋愛が人間の普遍的な関心事だとしてもねえ。

平安時代の恋愛話を覗き見したいなら、「源氏物語」の後に書かれた

「夜の寝覚」や「狭衣物語」なんかを読んだ方がよっぽど面白いでしょうに。

「狭衣物語」など、当時は「源氏」を凌ぐ人気物語だったらしいじゃない。

一九九〇年代に一世を風靡した小説「失楽園」（渡辺淳一作の新聞連載作品。単行本化して流行語に）のようなものだったのかしらん。

私も「夜の寝覚」はざっと読んだけれど、いくら、文学には心理描写が欠かせないといっても
あれだけグチャグチャと描写されると、登場人物に「いい加減にして」と云いたくなるよ。

「好きにすれば」と。

面倒臭い今どきの私小説を読んでいるみたいだった。

二度と読む気にはなれません。

それに引きかえ、源氏は何度読み返しても興味深いのです。

読み返すたびに新しい発見がある。


物語を幾重にも重ねた構築力と視覚的な描写力、ものごとを鋭く見抜く作者の洞察力は凄い。

それは、当時の他のどの作品からも感じられない。

「源氏物語」は偉大な交響曲のようなものでね。

いろんな音色が、美しく重なって聴こえてきます。


やはり、「源氏物語」は他の読み物とは本質的に違うのですよ。

安紗子

長柄からの返信

「源氏物語」が特別な物語だということは
何となくわかったよ。
しかし、あえて、ここで、反論させてもらいます。
どうして、「源氏物語」が
一般に云われるところの「平安貴族の華麗な恋愛絵巻」ではいけないのか？
惚れた腫れたのロマンスではダメで
人間本来の姿を著わした重厚な小説ならいいわけか？
「深い人生感」を示唆する物語といっている人もいるのだろ？
恋愛物語だといってそんなに毛嫌いする必要もないと思うがなあ。

昔から、君は恋愛ごっこを好まなかったけどね（笑）。
男女の間にも友情があるはずだ、とかいってね。
長柄

安紗子の返信

長柄君！

からかわないでよ。
昔は昔です。
酸いも甘いも知り尽くした大人になったと、そんなことは云わないけどさ（笑）。
いつだったか、知的レベルも相当と思われる紳士にね
「興味は何ですか？」と聞かれたので、「源氏物語です」と応えたの。
そしたらね。
何をどう思ったのかニヤニヤしてね。
「僕も光源氏になりたいものですな」ですってさ。
だから、「あのような不幸な人物になりたいのですか」と云ってやった。
その人、キョトンとしてね。
男性の「源氏物語」に対する認識ってそんなものなのよね。
まあ、女も似たようなものかもしれないけれど。
もちろん、わたしも人のことは云えません。
もし、私が「源氏物語ガイド」を書くことになっていなかったら
こんな風に考えなかったでしょうから。
坪内逍遥ね、この状況を作り出した人は。
「小説神髄」で、精神的な深さを写実的に描くことを提唱した人。

「小説の主脳は人情なり。世態風俗これに次ぐ……」というあれです。
もともと、本居宣長の「源氏物語もののあはれ論」を踏まえているのだけれど
この人たちの影響もあってか、「源氏物語」は
「恋する男と女の心の機微を、じつに巧みに著わした、日本最初の心理小説だ」と評する人が多い。
「源氏」崇拝者たちのほとんどが、そのように思っている。
だとすれば、「夜の寝覚」などをもっと評価していいと思うのですが
そうはなっていないでしょ。

「源氏物語」は
頭から足の爪先まで、崇拝というか、心酔というか、絶賛する人と
生理的に受けつけないから嫌いという人に分かれることも興味深い。
恐らく、「恋愛物語」として読むとそういうことになるのじゃあないの？
私は、男女の恋愛を描いた物語として、読むことに反対しているわけではない。
ただ、それだけでいいのか、と云いたいのです。
そういう説に傾き過ぎると、「源氏物語」が伝えようとした
あの時代特有の現実を見落とすことになると思うのです。
安紗子

長柄からの返信

あはは……。
大人になっても、やはり、面白い人だね、君は。
その、現代の源氏の君志願者の顔が見たかったね。

昔の文《ふみ》のやり取りは大変だったろうね。
深夜でも文使いは走って行ったのだろうか。
今は、こうして真夜中になっても気兼ねなくメール交換ができるけどさ。
それにしても、我々の話は有益であるかもしれないが
まったく色っぽくないねえ。
こんな、深夜であるにもかかわらず……（笑）。

さて、源氏の話。
「あの時代特有の現実」って何だ？
長柄

安紗子の返信

色っぽくなくて、悪かったわね（笑）。

でも、メールって、ホント便利だよね。

遠く離れていても、同じ時を共有している人がいると確認できる。

いいものです。


さて、「源氏物語」。

「あの時代特有の現実」とは西暦一〇〇〇年までに起きた時事問題ですよ。

安和《あんな》（九六八年）から長徳（九九五年）にかけての、歴史的事実です。

安和、寛和《かんな》、長徳《ちょうとく》の三つの政変を経て
藤原氏が政権を執った、つまり、世の中は摂関政治へと向かったわけでしょう。

それは、武力による政変ではなかったけれど、貴族社会の中で熾烈な戦いが行われていた。

紫式部は自分の目で、特に、寛和、長徳の二つの政変を凝視している。

ごく身近なところで重大な事態、国家的事件が起きていた。

ものを書ける人間がそれを見逃すと思う？

私でも書くね、そんな凄いことが身近な所で起きたならば、絶対に書きます。

まあ、ここで私が叫んでも仕方がないけれども。

紫式部は、そのことを読者が想像できるように、「源氏物語」の中に、確かに書いているのです。

そのことを見逃した現代語訳だけを読んで
「源氏物語解説」とか「源氏物語註釈」とか著すのはどういうこと？
凄く、不満！
ふうっ、ついにいったあ！（笑）
まあ、「源氏物語」を取り巻く現況を嘆いているわけです。

昭和四十年、私たちはまだ生まれていなかった頃……

紫式部は日本人として初めてユネスコの偉人年祭表に載った。

世界にも誇るべき人だということの証だと思います。

それなのに、紫式部に関する評論も何だか未だに曖昧模糊としている。

「一〇〇〇年前のことだからはっきりしません」みたいなことをいって……。

よく知られた通説はあるけどね。

それは、創作された「恋愛物語」として「源氏物語」を読んでいるせいではないか？

だから、追跡して解明する方法が何となく甘いというか、生ぬるいよね。

実相を書き綴った物語だと考えて読めば、自ずと作者自身の姿も浮かび上がってくるはずなのに。


少し、大胆な私の想像も加えて云ってみます。

紫式部には、憧れの人と想い人がいたね。

夫になった宣孝などでは決してありません。

安紗子

長柄からの返信

えっ、それって、誰？

長柄

安紗子の返信

私は、紫式部の生年は

天延元（九七三）年説（国文学者・岡一男〈一九〇〇〜八一〉の説）が妥当だと考えているの。

で、ね。

憧れの人は花山帝、想い人は年齢が近い藤原行成。

安紗子

長柄からの返信

なに、憧れの君が花山帝？

あの能書家の藤原行成が想い人か？

……？？？

長柄

⌘

二〇一三年七月二十二日。

土用の丑の日だ。

今年の土用の丑は二回、八月三日にもある。

朝から気温が上がり、湿度も七〇パーセント近いだろう。何もしなくても、汗が肌から滲み出てくる。

こんな日はやはりウナギか。

朝のテレビニュースでは、ウナギの稚魚が減って、ウナギの価格がうなぎ上りだと云っていた。

丑の日のウナギのかば焼きの値段が、昨年より三割ほど上がってウナギ離れが起きているらしい。

デパートでは、土用の丑の日にウナギはもはや古い、「う」のつくもので夏バテ解消をと宣伝して、うどんやら梅干しやら瓜やらをせっせと売り込んでいるようだ。

相変わらず、商魂は逞しい。

「結局、人間はどうとでもするものだわ」安紗子は苦笑して大学に向かった。

たいていの大学では、七月の終わりに学生がレポートを提出して、八月の始めから九月末くらいまで夏休みが続くが、教職員は何やかやと雑務があって出勤することがわりと多い。

I大学ももはや夏休み気分なのであろう、学生の姿は少なくキャンパスは静かだ。

考古史学研究室には、いつもの朝のように、梶田教授、安紗子、由布子の三人が顔を揃えていた。

外気の暑さとは対照的に、クーラーの入った研究室は居心地がいい。

梶田教授と安紗子は、キャンパスの雰囲気につられてであろう、講義がある時の慌しさから解放されていた。

由布子が淹れてくれた紅茶を飲みながら、久しぶりにゆったりとした気分を愉しんでいるようだ。

「安紗子君。ホームページの源氏シリーズが終わって、ほっとしているでしょう？　長い間ご苦労様でした。教授会でもこのシリーズは評判が良かったし、安紗子君に書いてもらったことは当たりでしたね。あははっ」

梶田教授がにこやかに口火を切った。

「ありがとうございます。ほっとしているのは確かですが、終わってから時間が経つにつれ、反省することが多くて……。今になって、考え込んでしまっています」と安紗子は短く答えた。

「何に取り組んだ時でも、そうしたものですよ。だからこそ、次の研究へ繫がるというものです。私など論文を発表した後はいつも反省だらけですな。はははっ」

「それは、まあ、そうでしょうけれど……。

今回の源氏シリーズについては、私の専門外のことなので、これまでの通説の無難なところをまとめて、「源氏物語ガイド」とするだけで精一杯だったんです。

でも、なにしろ、掲載期間が五年近くありましたでしょう。それなりにあれこれ調べる機会もあったわけです」

「なるほど。通説は、事実から遠ざかることが、ままありますからね。千年も経つ物語であれば、問題も多いでしょうなあ」

「はい。その通りなんです。「源氏物語ガイド」が始まる前、先生が「小右記《しょうゆうき》」「権記《ごんき》」「御堂関白記《みどうかんぱくき》」を参考にするといいと云ってくださったでしょう。今にして思えば、本当に有難いことでした。感謝しております」

「いや、いや。それはお役に立ててよかった」

「ガイドを書きながら、傍らで読み続けました。もちろん現代語訳で、ですが。読むにつれて、しだいに一般的な源氏物語の通説に違和感を覚えるようになりました。どうも、私には専門家たちの見解がしっくりこないのです」

「ほう、どんな点が……」

「今では、たくさん有り過ぎて……。あはは。とっても一言では無理です。

ところで、先生。この六月に、「御堂関白記」がユネスコ記憶遺産（世界の記憶）に登録されましたが、どう思われましたか」

「安紗子君はどう思ったのですか」

「先に、先生の感想をお聞きしたかったのに……。

偶然にも、「御堂関白記」を読んで、まもなくのことでしたから、日本が推薦した世界の記憶遺産が、なんで「御堂関白記」なのか不思議といおうか、変な感じがしましたね。

内容を知らなければ、フーンで済んだのでしょうけれど……。日本の資料で記憶遺産に登録されたのは他に、スペインと共同推薦の慶長遺欧使関係資料だけでしょう？」

「世界記憶遺産と云えば、オランダの「アンネの日記」がよく知られていますが、「御堂関白記」は同じ日記文でも内容がかなり違いますからなあ。まあ、千年前の自筆記録文が、そのまま残っていたというところに価値を認めたのでしょうがね」

「意味不明、誤字、脱字だらけの記録がねえ」

「ははは。そうですな。しかし、当時の識字率は低かったし、他にも、藤原摂関家の記録には、ああしたクセの多いものがあったようです。例えば、忠実《ただざね》の「殿暦《でんりゃく》」、師通《もろみち》の「後二条師通記《ごにじょうもろみちき》」などね」

「それに比べて、「小右記」の実資《さねすけ》、「権記」の行成《ゆきなり》はしっかりしていますね」

「確かに。彼らの学問の修め方がそれぞれ違うのだと思いますよ。

道長などは、かなりいい加減だったのでしょう。父親の兼家が公任《きんとう》の優秀さと比較して、息子たちの資質を嘆いたという話が伝わっているくらいですからね」

「当代一の人が、勝手気儘で感情的だったことは、よくわかりましたけど……。気に入らぬことは、一切書いていませんしね。「小右記」や「権記」と読み合わせてみるとよくわかります。

私は、特に「権記」が面白かったし、参考になりましたが、歴史的事実として一般に知られている事柄の多くが「小右記」に拠っているのですねえ」

「そうですな」

「それで、私は気付いたことがあります。

例えば、「葵」や「賢木」で伊勢の斎宮や伊勢下向について語られるくだりがありますが、そこに述べられている事柄にいろいろ辻褄の合わないことがあって、それは式部が実際に斎宮の伊勢下向を知らなかったゆえの間違いか思い違いではないか、という人たちがいるんですね。

斎宮下向の日、「賢木」には、「暗う出でたまひて　二条より洞院の大路を折れたまふほど……」と書いてあります。

「暗う出でたまひて」ということの短い文章が重要で、永延二（九八六）年九月二十日、実際に斎宮群行の儀式がありました。

その時、伊勢へ斎宮として下向したのは恭子女王という人ですが、斎宮は当時五歳で、幼いあまり内裏でのもろもろの儀式が遅れがちになったのです。

それで、内裏を出立したのが戌の刻、つまり午後八時を過ぎていたと「小右記」に記載がされています。確かに式部は斎宮群行を見たのだと思います。式部は実際に体験したことや見たことを「源氏物語」に書いたに違いありません。

文中に齟齬があるのは、式部が別のことを意図しているのだと私は考えるようになりました」

「うむ、なるほど。そうですか。紹介してよかったということですかな」

「はい。行成《こうぜい》の「権記」を読んだお陰で、目から鱗というか、あっと気が付いたこともあります。どうも、そのあたりからですね。これまでの「源氏物語」の通説に疑問を感じ始めたのは……」

「ほう、それは、どういうことでしょう」

安紗子が、「さて、どこから話したものか」と思案顔でいると、

「もう一杯、熱い紅茶、いかがですか。だんだんお話に熱も入ってきたようですから……ふふふっ」

由布子が紅茶のポットを持って、タイミングよくふたりに近づいてきた。

こういう時、由布子は決して話の途中で割り込んでくることをしない。「ここらあたりで、一服した方が……」という頃合いをよく心得えている。

安紗子が源氏物語ガイドを書き始めてから五年近くたち、由布子はその間に結婚した。以前より少し小太りになったが、相変わらずにこやかで明るく、機転が効いて、研究室になくてはならない人材だ。

クーラーで少し冷えた体に、熱い紅茶が気持ちよく滲みわたった。


「忘れもしません。「権記」の長保三（一〇〇一）年十月十七日の記述です。「薬助《やくじょ》（行成の最初の男子）と犬《いぬ》を世尊寺（行成が桃園第を仏舎として創建した寺院）に送った」という行《くだり》を読んだ時です。ゾクッときました。「犬」とは行成の三番目の男子藤原実経《さねつね》のことですよね。「犬君《いぬき》」が実際にいたのだと直感しました」

「ふむ」

「というのは、源氏の「若紫」と「紅葉賀」に「犬君」が二回登場します。ひとつは、紫君の子雀を逃がした子ども、もうひとつは、二条院で雛遊びをする紫君の雛の館を壊した子どもです。

おそらく源氏の原本には「いぬき」と仮名で書かれているはずで、女童《めわらわ》ともとれますが、近頃の註釈本には、たいてい「犬君」と表記されています。

道長の息子たちの幼名《ようみょう》が鶴君《たずぎみ》、巌君《いわおぎみ》ですから、やはり、犬君は雰囲気的に男の子ではないかと思ったのです」

「なるほど」

「清少納言は「枕草子」に行成を何度か登場させていますね。

「上に候ふ御猫は」では次のようなことが書いてあります。

一条帝が可愛がっている猫に、「翁まろ」という犬が悪戯を仕掛けるんですね。一条帝が怒って、滝口の武士に「打って追放せよ」と命じる。翁まろはボロボロの姿になってしまうのですが、かつての翁まろの雄姿を「三月三日　頭弁《とうのべん》の　柳かづらさせ　桃の花を挿頭《かざし》にささせ　桜腰にさしなどしてありかせたまひしをり」と清少納言は書いています。この時の頭弁が、藤原行成です。

ちょっと、話が飛んでしまいましたが、多分、行成は犬が好きだったと思うのです。この話では中宮定子も清少納言も犬派のようですが……。

つまり、ひょっとしたら、行成の幼名も「犬丸」とか「犬麿」だったのではないかと……、まあ、これは私の想像なのですけれどもね」

「ほう、面白い着眼ですな」

「そうですか。先生にそう云って頂いて、自信が出てきました。

で、私は、紫式部が「源氏物語」を書くに当たって、参考にした資料の中に「権記」も含まれていたのではないかと……、いや、むしろ、「権記」を最も参考にして書いたのではと考えるようになりました」

「うむ」

「ふと、あることが頭をよぎりました。

「河海抄《かかいしょう》(室町初期の源氏物語の註釈書全二十巻)」を書いた四辻善成《よつつじよしなり》が、「源氏物語」は行成が元になる筋を書き、道長が構成し直したものだと、つまり、道長、行成共著説を唱えたと、何かの本で読んだことを思い出したのです。この目で見たわけではありませんから、確かめる必要がありますけれど……。

「御堂関白記」を読んだ私としては、道長が源氏物語を構成できる人だとはとても思えませんが、行成の関与については、考えさせられるものがあります。

そういう目で源氏を読んでみますと、例えば、そうですね……。

「紅葉賀」で、藤壺が皇子を出産した辺りから後半にかけての部分ですね。

この内容に似たような事柄をどこかで読んだような気がしたのです。

それは、一条帝の中宮定子が第一皇子（敦康親王）を出産した長保元(九九九)年から長保三（一〇〇一）年閏十二月、東三条院（藤原詮子・初の女院）崩御までの「権記」の記述です」

「ふむ、ふむ」

「そういう考えで冒頭を読むと、「紅葉賀」は一院の四十の賀の試楽から始まりますね。まるで、「権記」の記述、東三条院の前代未聞の算賀にそっくりです。

長保三年十月七日に試楽があって、その模様が詳しく描写されています。九日には、道長邸の土御門第へ一条帝の行幸がありました。一条帝はその夜、道長邸に宿泊する予定だったのですが、問題が起きたらしく、還御(天皇や院が御所に還る)された。行成は「この日の事は、調べて記さなければならない」と書いています。面白い記述ですよね」

「確かに、「権記」は、長徳四(九九八)年から長和元（一〇一二）年、一条帝が崩御された翌年頃までが、非常に充実していますからね」

「それで、「紅葉賀」を注意深く読みますと、あちこちに暗示的な書き方がされているのです。例えば、源内侍《げんのないし》とのことがあった後、「頭の君もいとをかしけれど　公事《おおやけごと》多く下す日にて……」とあります。「頭の君」とは頭中将《とうのちゅうじょう》を指す場合と頭弁を指す場合がありますね。当然、ここでは、頭中将のことを云っているのですけれど、頭中将という役職は帝の身の回りに近侍することであって、公事を下すのは頭弁の仕事です。「源氏物語」は頭中将の物語なのに、突然ここで頭弁という表記が登場します。

作者が、それを知らずにミスしたとは思えません。

つまり、紫式部が示唆したいことがあった。事実は「権記」に詳しい。それを読んで欲しいと……。頭弁であった行成の「権記」を……。

また、最後の方に「七月《ふみづき》にぞ后ゐたまふめりし　源氏の君　宰相《さいしょう》(参議の唐名)になりたまひぬ……」とあります。お話では、藤壺が弘徽殿女御を追い越して七月に中宮になったということですけれど、「七月にぞ」が意味深長なのです。「源氏の君　宰相になりたまひぬ」と後に続きます。それは、八月には秋の除目があって、源氏の君は宰相になったということ。

「権記」の長保三年八月二十五日に、「除目の議が終わった。この度、私は参議に任じられた。歳は三十歳、蔵人頭《くろうどのとう》七年、大弁《だいべん》四年である」と長い蔵人頭の任務から参議になった喜びを書いています。紫式部は、この事実を源氏の君に置き換えてでも、書き留めておきたかったのだと、私は思いました」

「ふむ。ふたり后という異常な事態が起きたのは、前年一〇〇〇年の二月ですからな。定子が皇后に、彰子が中宮になりました。

　ということは、源氏の「紅葉賀」は、一〇〇〇年前後の出来事をベースにした物語だということですか」

「だと、私は思います」

「すると、源内侍も「権記」に登場しますか」

「はい。ふたりの尚侍《ないしのかみ》（内侍の長官・定員二名）のことが書いてあります。

　一人は、源明子《めいし》ですね。彼女は、紫式部の夫である宣孝の兄、説孝《ときたか》の妻です。長保三年の正月一日に登場します。一条帝のご整髪の役をさぼったらしい。その言い訳がなかなかふるっていますけれどね。ははは。

　源内侍のモデルではとか、紫式部が兄嫁のことを良からず思っていたので、あのように書かれてしまったとか云われていますが、ただ、源という姓を借りただけじゃあないでしょうか。

　二人目は、藤原繁子《はんし》。この人はなかなか興味深い人です。

　何度も「権記」に登場しますが、行成はかなり警戒していたようで、好ましく思っていませんね。

　繁子は藤原師輔の娘で兼家の異母兄弟です。兼家の息子、道長の兄である道兼とは叔母と甥の間柄ながら、尊子（一条帝の女御）をもうけました。また、姪の詮子（円融帝女御）に仕え、一条帝の乳母になりました。かなり長い間、内裏の奥で力を持っていたようです。「紫式部日記」や「枕草子」にも登場しますから、有名人ですよね。ははは」

「ああ、あの人物なら考えられます。艶聞もなかなかのものです。源内侍にふさわしい。

長保二（一〇〇〇）年の十二月、皇后定子の命がいくばくもない時、姑の東三条院（藤原詮子）も病に躍っていた。側にいた道長と繁子の様子を、後で伝え聞いた行成が、かなりリアルに書いている。あの記述は覚えていますよ。意味深長でじつに面白いですからな」

「そうですよね。ああいう記述があるということは、当時、一条帝には噂が流れていたのかもしれません。それが、「若紫」の藤壺と光源氏の間に起きた話に繋がるのかも知れませんね」

「うむ」

「円融帝とあまりうまく行っていたとも思えない兼家親娘《おやこ》です。兼家の娘、詮子と円融帝との間に生まれた懐仁《やすひと》親王（一条帝）以外、円融帝には子どもがいなかったというのも、噂をかきたてたのではないでしょうか」

「いずれにしても、そういう観点で、「源氏物語」と「権記」が繋がるとすれば、私も「源氏物語」を子細に読み直す必要がありますな。円融期、花山期、一条期の政変を研究している者としては……」


しばらくの間、研究室に沈黙が流れた。

梶田教授が、少なからず安紗子の話に興味を示してくれたことに、安紗子は今までにない充足感を覚えていた。

私が今考えていること、ひょっとして、いいところをついているのかしら？　重要な意味があるかもしれない。

梶田教授は、そんな安紗子の心の内を見抜いたかのように云った。

「安紗子君。もう一度、あなたの「源氏物語論」を書き直すべきではありませんか」

⌘

長柄から安紗子へのメール

安紗ちゃん
今日、僕は国立博物館に行って来ました。
もちろん、わざわざ行ったわけではないけれどね（笑）。
お盆の休み明けに、大手町の気象庁で
この夏の気象検討会があったので、会が終わった後で行ってみたんだ。

今年の夏は異常に暑かったねえ。

四万十市江川崎では
八月十二日に最高気温が四十一度を超えて、観測史上最高気温の記録を更新した。

特に、西日本では
夏の平均気温がプラス一・二度、統計開始以来最高の暑さになるようです。

太平洋高気圧とチベット高気圧が猛烈に強かったからなあ。

日本列島は、まるで厚い布団を二枚被ったようなかたちになって、西日本は猛暑となったわけです。

もう一つは大雨。

日本海側、特に東北地方の七月降雨量が平年の一八二パーセントに達した。

凄い数字だね。

烈しい気候変動は、地球温暖化のせいでもあるけれど、それだけでもないのです。

ＭＪＯ、マッデン・ジュリアン振動も大きな原因のひとつ。

これは一九七〇年にこの現象を発見したふたりの人物にちなんで付けられた名前です。

大気の変動が赤道上でぶつかると、巨大台風が発生しやすくなったりする。

この大気の変動は数百年に一度極端になるといわれていて
過去にもこうした異常気象が起きていたと考えられています。

「源氏物語」の頃も、異常気象のサイクルに入っていた可能性はあるね。

現在では、気象状況を二千年前くらいまで実証できるんだよ。

古文書の解読や
例えば、平安時代の建築物に使われた木材の年輪を調べると、雨量を推定できたりする。

僕も君のお陰で、「源氏物語」だけでなく日本の古文書を調べるようになりました。

もちろん、趣味で、ではありませんが（笑）。

大気海洋学研究者として、だよ。

もうすぐ、二〇一三年の夏は異常気象と気象庁から宣言されるはずです。


ああ、こういう話をするつもりでメールしたのではなかったな……

今日の東京も暑かった。

最高気温が三十四度近くになり、午後からは曇ってきて蒸し暑かったよ。

さて、国立博物館の話です。

気象庁へ行く途中、東京駅の地下鉄構内を通った。

国立博物館のポスターが貼ってあって
何気なく見ると、特別展として
平成館で「和様の書」を九月八日まで展示しているとあった。

ポスターの写真は、国立博物館所蔵の藤原行成筆「白氏詩巻」なんだ。

偶然とはいえ、こんな機会はそうあるはずがない……。

これは、観るべきだ、行成《こうぜい》さんには関心がある。

だいぶ、君の影響を受けてしまったようだね。

それに、「観たよ」と君に自慢だってできる、と思ってさ（笑）。

国立博物館の平成館特別室は、平日のせいか人気《ひとけ》があまりなく静かでした。

「和様の書」とは、「唐様の書」に対するいい方。

もともと自国の文字を持たなかった日本は、中国から伝わった「唐様の書」を学んだ。

平安中期の頃から和歌などの文芸の出現によって、日本独特の表記文字が必要になってきた。

それが草書体を基にした草書仮名などである。

このころ活躍した小野道風《おののとうふう》（八九四〜九六八　貴族小野篁の孫）が和様の祖と云われ
藤原佐理《さり》（九四四〜九九八　正三位参議・太政大臣藤原実頼の孫）を経て
藤原行成によって、典麗優雅な和様の書が完成した。

それで、この三人を三蹟という……（笑）。
君にあらためて説明するまでもないか。
いろんな書画を交えながら時代を追って展示されていた。
まあ、僕としては、他の作家にも普通に興味を持ったけれど
何といっても、やはり行成さんだったね。
行成の書は本当に美しいなあ。
乱れることなく、個性を押し付ける風でもなく、バランスが取れている。
そこへいくと、道風も佐理もクセがあるね。
素人の僕には、まあ、その程度しか分からないけれど……。
行成の書に、いたく感動したわけが他にもあるんだ。
これは、特筆すべきことでもある（笑）。
行成の書の前に、大変印象的な女性が佇んでいたんだ。
じっと、行成の書を見詰めてね……。
一瞬、安紗ちゃん、君がいるのかとビックリした。
感じが似ていた。
スラリと背が高く、ロイヤルブルーというのか？
蒼いパンツスーツ姿でね。
横顔がクッキリしていて、相当個性的な顔立ちだと思ったよ。
どちらかと云えば洋風の顔立ちなのに

妙に、その場の雰囲気にピタリと合っているんだ。
ずいぶん長い間佇んでいたような気もするが
わずかな時間だったのかもしれない。
はっと気が付いた時には、その人はすうっと消えていた。
夢か？
幻覚か？
紫式部がこの世に現れた？
そんな、バカなことはないな。
そういう錯覚を起こしたくらい印象的だった。

その人がその場を静かに立ち去ったあと、僕は行成の書をじっくり観ました。
そんなわけで、余計に行成の書が美しく、印象的に見えたのでした（笑）。
しかし、実際、いい字だよな。
清少納言が枕草子に書いているのも無理はない。
行成の文の文字があまりに見事なので、誰かに持ち去られてしまったという、あれね。
行成が書き写した「源氏物語」はあったのだろうか？
仮名文字も書けたはずだもの、あってもおかしくないな。
あれば、もうそれは、世界文化遺産に匹敵するね。

とても満たされた感じになって平成館を出ました。

帰宅した早々、気分よくこのメールを書いています。

君は平成館の展示、観に行っていないだろ？

長柄

安紗子の返信

長柄君メール、ありがとう。

行成の書の展示があることは知っていたけれど、国立博物館へは、まだ行っていません。

本物を観られたなんて、羨ましい。

私も時間を作って観に行きたいくらいです。

でも、もうじき九月。大学の夏休みが終わると私も忙しくなる。

展示の最終日は八日の日曜日までよね。

とても無理だなあ。

正直、羨ましいです。


あなたが、行成の書を観た時のシチュエーションがいいじゃあないですか。

いつもの長柄君らしくないしね。

そんなに素敵な女人でしたか？

ボーっと見惚れている長柄君の顔が浮かびます（笑）。

お化けが怖い長柄君がお化けを見たのかな？

本当に、行成の書が懐かしくて現代に現れた紫式部かもね。

背中の辺りがゾクッと寒かったでしょう？（笑）。


行成の書は、私も美しいと思います。

端正で、観る者の気持ちを落ち着かせる雰囲気があります。

「文字は人なり（書心画也・前漢の人揚子雲の言葉）」

きっと、行成はそういう人柄だったのでしょう。

私は、行成さんにどこかで逢いたいなあ。

でも、紫式部に嫉妬されるかもしれないね。

「紫式部日記」の清少納言に対する書き様は烈しい。

あれは、紫式部の嫉妬以外のなにものでもないと思うわ。

安紗子

長柄へのメールを書き終えた安紗子は、もう一度、盧山寺《ろざんじ》の辺りへ行ってみようと心に決めた。

見落としていたことが、まだまだあるに違いない。

新しく気付くこともあるだろう。

それから、自分自身のためにも、新しい「源氏物語ガイド」を書いてみようと思った。

終章

寛弘三（一〇〇六）年八月二十七日（新暦で九月二十二日頃）。

わたくしは、この月の半ばから石山寺に参籠しております。

満ちていた月が日ごとに欠けて、今夜の月の出は夜も更けるころになりましょう。

ここは、月の寺、また花の寺としても名高く、今盛りの萩が黒々とした木立の裾に、微かな風に揺れている気配がいたします。

先ほどから、わたくしは宿坊のひとつで、あの方がお越しになるのをお待ち申し上げております。


その名の通り、大きな奇岩に覆われたこの石山寺は、衆人の憂いごとを取り払い、すべての願いごとを聞き届けていただけるありがたい御仏、如意輪観音さまがいらっしゃる尊いお寺として、世人《よひと》から信奉されてきました。

京の清水、奈良の長谷と並ぶ有数の観音霊場で、西国三十三所十三番の札所です。

当節の京の女人たちの間では、何か心に憂いごとが溜まってきますと、石山詣を思い立ち、憂いごとを御仏に吐露して気持ちを鎮めることが流行っており、生涯に一度は行ってみたいものだと誰もが思うようでございます。

京からの道のりは、朝早く出立すると夕つ方には石山寺に至ります。

その夜と次の日を御堂にお籠りして、そのまた翌日京に戻る、つまり、二泊三日の気晴らしの旅には、この上なく便宜がよいとでも云いましょうか、それゆえ、女人に好まれる、はやりものの一つになったのでしょうね。

山の上から見える広大な近江の湖《うみ》は、海のない都人《みやこびと》には開放感を味わえるまことによき景観で、その上、願いごとをお聴き届けくださる御仏のお側にいることができるわけですから、願ったり、叶ったりの場所なのでしょう。

そして、満願成就の折には、また、ここにやって来る。

薄暗い屋敷から出るには、まことに恰好の口実でもありましたからね、「観音さま、どうか今日一日無事に愉しく過ごさせてくださいまし」というような気軽なお参りがほとんど。

もちろん、深刻な憂いごとの願掛けもありましたけれどね。

この石山寺には、次のような謂れがございます。

聖武天皇の発願により、天平十九(七四七)年に良弁《ろうべん》僧正(六八九〜七七四、東大寺開山・初代別当)が、聖徳太子のご念持仏であった如意輪観音像を、巨石で覆われたこの石山の地に祀ったのが始まりと云われています。

聖武天皇は、東大寺の大仏造立《ぞうりゅう》にあたり、大仏を黄金に鍍金《ときん》するため、大量の金を必要とされました。その金をどこから調達するか、良弁僧正が吉野の金峯山で祈ったところ、蔵王権現《ざおうごんげん》が夢に現れ、「近江国志賀郡の湖水の南に観音菩薩のあらわれ給う土地がある。そこへ行って祈るがいい」とお告げになられたとか……。

良弁僧正は白髭明神《しらひげみょうじん》の化身と思しき老人に導かれてこの地へ至りました。

そして、巨大な岩の上に、六寸ばかりの聖徳太子ご念持仏、金銅如意輪観音像を安置して、草庵を建て一心に祈られました。すると、ほどなく陸奥国から黄金が産出されたということです。元号は天平勝宝《てんぴょうしょうほう》と改められ、良弁僧正の修法《ずほう》は霊験あらたかと実証されたのですが、どうしたことか、安置した如意輪観音像が岩山から離れなくなってしまいました。そこで、その如意輪観音像を覆うように御堂を建てたのが、この石山寺の草創と伝えられています。

かの菅原道真さまの孫、石山寺の第三世座主《ざす》淳祐さま（八九〇～九五三、内供奉《ないぐぶ》十禅師《ぜんじ》）は、「石山内供《いしやまないく》（天皇の傍で常に玉体を加持する僧の称号）」「普賢院内供《ふげんいんないく》」などと呼ばれた優れたお方で、学業に精励され、ここ石山寺に膨大な著述を残されました。以来、「学問の寺」とも称されるようになったのです。

また、官寺でもありましたので、宮廷にお仕えする女人たちの間でも石山詣が盛んになりましたが、もちろん、それは学業精励などのためではなく、心の憂い、たとえば、恋の憂いや恋の成就を祈るためのようでしたよ。

あの、「蜻蛉日記」の藤原道綱母のお方も天禄元（九七〇）年の七月に石山寺参籠のことを書いていらっしゃいます。それから三十余年経ち、この霊場も当時のもの寂しい様子とは随分変わったように思われます。

と、云いますのも、一条帝御代の女院さま（藤原詮子）が、ことのほか石山詣にご執心で、幾度となく大勢の供人を連れて、ご立派な石山参詣をなさったのです。当然、参籠なさる御堂の周りには、宿坊がいくつも建てられることになりました。

まあ、いろいろとお悩みが多かったのであろうと推察されます女院さまや、多くの女人たちが帰依する理由《わけ》は、霊験あらたかな如意輪観音さまにお縋りしたいからでしょう。

如意輪観音は観音菩薩の変化身《へんげしん》で、救世《くせ》菩薩です。如意宝珠《にょいほうじゅ》とは、六道（地獄・餓鬼・畜生・修羅・衆生・天上の六界）の衆生の苦を抜き、出世間の利益《りやく》を与えることを本意とされます。すべての願いを叶えるもの、観音さまが背にする法輪は煩悩を破壊する仏法の象徴と云われております。

多くの如意輪観音像のお姿は、片膝を立てて座る半跏像《はんかぞう》で、思惟相《しいそう》を示しておられ、六臂《ろくひ》の腕で衆生を救うお姿なのですが、当寺の御仏は珍しく二臂でいらっしゃいます。より人間のもの思いに耽る姿に近いせいか親しみと慈愛を感じますね。それが、女人に評判となる理由でしょう。

わたくしも人のことをあれこれ云える身ではありません。

今から三年前（寛弘元年）の七月半ばに思い立って、この地に参りました。

その前の四、五年、あまりにもいろいろなことが、わが身に降りかかりましたので。

それまで想像だにしなかった人の妻となり、その人の子も産みました。

そしてその子がまだ赤子のうちに、何という宿世《すくせ》か夫が突然亡くなりました。幼い子を抱えて、わたくしはこの先、どのように生きて行くべきか途方に暮れました。

それだけではありません。

わたくしには、わが子の行く末を案ずるほかに、もうひとつ思案すべき大切なことがあったのです。

それは、父上と越前へ下向したころから思い定めていたことでした。

「もっとも高貴なお方の不運な出来事を、物語に書き綴りたい」という強い願望でございます。

越前では、溢れるほどの紙と時がありましたから、誰にも邪魔されることなく、ひぐらし好きなだけわたくしは書いておりました。

相当書き溜めていたところに、弟の惟規《のぶのり》からお祖母さまと伯父さまの病が危急であるとの知らせが届きました。書き上げていたいくつかの物語の束を持って、わたくしは急ぎ京に戻ったのです。

そして……、そして、次の年の長保二(一〇〇〇)年七月半ば、夫宣孝どのとの間に娘賢子《けんし》が誕生いたしました。

その後三年ばかりを、思いもかけない事態とそれに伴う雑事に紛れて過ごしてしまったのですが、少し落ち着きを取り戻した時、先ず思い起こしたのは、未だ書き上がっていない物語のことでした。

しばらく、書くことからは遠ざかっていましたから、ふたたび書き続けられるのか、それは不安でした。

でも、何とか書かねばならない。何とかして、書きたい。書けるだろうか。

しかしながら、物語の続きをどのように書いたらいいのか、皆目見当がつかないのです。

あれこれ思いわずらっていますと、近ごろ頭に白いものが目立ち始めた乳母の真砂どのが、

「中の君さま、そう、入る日を見るように、沈み込んでばかりいらっしゃっては、お身体に障りますよ。気晴らしにどちらかへ物詣《ものもう》でなどなさいませ。

世間では、観音さまが苦をお救い下さるというので、霊場巡りが大はやりというではありませんか。もう少し世間並に女がすることに関心をお持ちになればねぇ……」

あとはいつもの繰り言をぶつぶつ呟いています。

ふと、月が美しいと評判の石山寺に行ってみるのもいいかもしれないと思いました。

折も折、中秋の月（八月十五日）が近くなっておりました。

それに、西国三十三所の霊場めぐりが評判になり始めましたのは、あの花山院さまのお力もおおいに関係していることなのですから……。

かれこれ二百七十年ほど前に、徳道上人さま（〜七一八）が、夢のお告げで定められた西国三十三所の法印を中山寺（兵庫県宝塚市にある真言宗中山寺派大本山）に納められました。それを、花山院さまが見つけ出されて、なかなか世間に広まらなかった霊場巡りを復活させられたのです。そして、各霊場に御詠歌を贈られて再興に尽力されました。

以来、西国三十三所巡りが、都人の間でも評判となりました。

石山寺の御詠歌は

のちのよを　願う心は軽くとも　仏の誓い重き石山

五歳になったわが子を真砂どのと物馴れた侍女たちに預け、まだ明けやらぬ八月十六日の早朝に出立したのでした。

わずかな年若い供人《ともびと》を連れ、書きためた物語の綴りと紙を持って……。月末までは参籠したいと心に決めた旅立ちでした。

賀茂川の河原に沿って南に下り、粟田山（京都市東郊、粟田口から日岡峠にかかる辺りの山）を過ぎ、山科に着いたころには、あたりはすっかり明るくなっていました。

走り井（逢坂の関近くの湧き水。月心寺にその旧跡と称するものあり）に着いたのは午《うま》の刻（正午）のころ、持参した割子《わりご》（内に仕切りがある折詰弁当）を食べながら一息入れました。

八年前の夏の初め、父上と越前に下向した折も通った同じ道筋です。

あの時もこの走り井で昼食《ちゅうじき》をとりました。

越前に同伴する供人や、近江まで見送りについてきた者たち、越前に送る荷駄《にだ》など、それはそれは賑やかなものでした。

わたくしは、住み慣れた京を離れて見知らぬ土地へ行く不安と親しい人たちとじきに別れなければならないもの寂しさに心も湿りがちでしたが、この先、近江の湖《うみ》を渡る船のことなど物珍しいことも山ほどあって、興奮気味の複雑な心持ちでした。

それにしても、この身はなんと変わってしまったことでしょう。

三十路の頭とはいえ、ずいぶん年老いたように思われます。

あのころは、まことに若かった……。

何だか、ずいぶん昔にあったことのように思えてなりません。

ここは、東国への行き帰りに必ず通る道筋で人の往来もあるのですが、秋の気配が漂うせいか、それともわたくし自らの心持ちのせいか、やけに静かに感じられます。供人も少ないのでひっそりと一休みしました。

逢坂の関を越えて、打出《うちいで》の浜（現在の大津市松本の湖岸辺り）に至りました。

打出の浜で乗船して瀬田川を往き、石山寺の麓に着いたのは申のころ（午後四時頃）だったでしょうか。

まず、麓にある湯屋で身を清めたあと、山門を潜りました。

長い石畳の参道を抜け、急峻な石段を上がり、御堂に上がったころには、息が弾んで気が遠くなりそうでした。

できるだけ身軽にと、壺折《つぼおり》（歩行用に袿等の裾をたくしあげ腰で結びとめ折り下げた装束）の旅装束で参ったのですが、衣の裾が足に絡みつくやら、広い袖が邪魔をするやらで……、すでに暗くなり始めた参道の石段を、燈明のわずかな灯を頼りに上るのですから、下りたら二度と上りたくないと不謹慎にも思いました。

御堂は石山の中腹よりも少し上の辺りにあって、その高欄が崖の片端に反り出すように造られています。

まず、ご本尊の如意輪観音さまの前に、途中まで書いた物語の綴りを置き、そして、わたくしは伏して一心に祈りました。

「かつてここにも参られて、祈られた尊きお方の身に起きたことを書き綴っております。これからも書き続けたいと願っています。どうか、未熟なこのわたくしに後の世まで伝えることができる物語を書かせてくださいませ。どうか、どうかお力をお与えくださいませ」と。

御堂の高欄に寄り掛かって下を覗くと、谷は黒い木々に覆われ、木の間から上ってきた参道の燈明の灯がわずかに見えました。

遠方に視線《まみ》をやると、鏡のように光る静かな湖《うみ》に十六夜《いざよい》の月が上がっていました。

この広い湖を渡って、かつて越前へ往き、そして帰ってきたのです。

その時のことをあれこれ思い出しましたが、今や、あれも夢の中の出来事だったのではないかと思われてなりません。

また、御仏の前に伏して、夜が明けるまで祈り続けました。

辺りが少しばかり明るくなってまいりました。

御堂の東の方《かた》に、緩やかな風に乗って白い羅《うすもの》が揺れているように見えます。

谷合には一面に霧がたちこめていました。

高欄から北の方を見やると、舟で来た川の向こうはまるで絵のようです。金勝山の裾に広がる川岸には、放し飼いの馬の群が餌を食んでいるようでした。

ああ、なんと心地のよいこと……。

京の屋敷では、とうてい感じることはできない爽やかな朝《あした》です。

日が昇り始めるころ御堂を出て、夜には気が付かなかった奇岩の間を縫い、宿坊へ移りました。

立待月《たちまちづき》、居待月《いまちづき》、寝待月《ねまちづき》、更待月《ふけまちづき》……、そして二十三夜《にじゅうさんや》……。

夜は御堂で御仏に祈り、昼は宿坊に戻ることを繰り返して、十日ばかり経った二十五日の夕つ方のことです。

連れてきた侍女が云うのです。

「京から美作守《みまさかのかみ》（美作国は現在の岡山東北部。上国）さまが、こちらへいらっしゃったそうですよ。お身内、ご内室さまやご内室のお母上さまたちもお連れになって。船着き場の辺りは、もう人でいっぱい。御堂でも大騒ぎしてお迎えの準備をしているようです。今宵、何万燈も御明《みあかし》をご供養なさるそうです。二、三日はご滞在なさるとか聞きました」

「えっ、美作守……」

わたくしは、驚きで声もあげられませんでした。

何という偶然……、あの方がここにいらっしゃるなんて……。

朝の内の雨が上がって辺りが暗くなったころ、山門から御堂までの参道に、数知れない万燈の御明が供養されました（権記）。

わたくしのいる宿坊からも見渡されます。

雨あがりの木々がしっとりと感じられ、木の間からチラチラと小さな灯が見えています。、

「ああ、美しいこと」

その数の多さに、朝廷《おおやけ》でのあのかたのご昇進のほどが窺われました。

嬉しくもあり、わが身のほどが寂しくもあり、その夜は御堂へは参りませんでした。

二十六夜《にじゅうろくや》。

この夜も、御堂には美作守さまがお身内とお籠りになるはず、わたくしは御堂へ参る気にはなれず、小さな灯りの下、宿坊の廂の端近で濃い闇に包まれた湖《うみ》の方《かた》をぼんやり眺めておりました。

どれくらい時が過ぎていったか、ふと、かすかな人の気配がいたします。

わたくしは、暗がりの萩の群のあたりをじっと見つめました。

「まさか」

夢か幻か……。いやそうではない。

暗がりの萩の群の中に、あの方が静かに立っていらっしゃるではありませんか。供人も連れず、ただおひとりで。

心の隅で秘かに願っていたことが、目の前に起きているのです。

扇で顔を隠すことを忘れるほど驚きました。

こんな時、どうしたらいいのでしょう。

何を云えばいいのか、気の利いた歌など思い浮かぶわけもなく、ただ、ただ戸惑いました。

「久しぶりですね。こちらにいらっしゃると人づてに聞いたものですから」

至極あたりまえなご挨拶でした。

そして、「女房たちが、麓の湯屋へ下って行ったのでね」と、取って付けたようにおっしゃったのも、後から思えば無風流なことで……。

互いの間にあるぎこちない空気に慣れるまでには、かなりの時が必要でした。

いつのことだっただろうか、このように、何の隔てもなくお目にかかることができたのは……。

無邪気に遊んだ遠い昔のような、箏の琴を習いたいとこっそり夜に忍んでおいでになった十五、六のころだったか……。

あの方は簀子に腰をかけ、まだ、月も上らぬ暗い川の方を見やり、何かもの思わしげなご様子でした。今のわたくしを露わにしない、この暗さが、どれほどわたくしの救いになったことでしょう。

それにしても、ご立派になられたこと……。

お年相応の落ち着きが身につき、お召しものもご身分にふさわしい。周りに漂う香りも気品があって、その御容姿《かたち》はまことに申し分ありません。

あまりに素晴らしいご様子に、わたくしは気後れがして、できれば奥へ引っ込んでしまいたいような、いえ、小さな灯影さえも消してしまいたい、そんな心持ちでした。

「お変わりもなく、あっ、いや、随分とご苦労もあったことでしょう」

ご自分の云い様に、思わず苦笑を漏らされたその横顔は、わたくしがよく存じ上げていたころの犬君の匂いが残っていました。

「昨年の冬には、公卿（長保五年十一月五日、正三位に叙位）のお仲間入りをなされ、また、この正月の除目では美作守にご就任あそばされましたこと、心よりお慶び申しあげます。このたびの石山ご参詣は、ご宿願が叶ってのお礼参りでございましょうか」

わたくしが、生真面目に云いますと、

「なんと、まあ、世間並の云い様ではありませんか。貴女らしくもない。皮肉ですか。それとも、先ほどの私の失言に対するお返しですか」

とお笑いになって、

「結願《けちがん》のお礼などあろうはずもありません。貴女は、私の心の内をよくご存じだと思っていましたのに……」

「それは……」

「三十二歳にして、ようやくの正三位です。二十四歳で蔵人頭《くろうどのとう》になった時は、これで世に出られると嬉しかったが、それから七年、やっと一昨年に参議です。七年の蔵人頭のお役目は、ほんとうに長いものでした。蔵人頭などは、だいたい二年くらいで参議に進むのが通常のことです。

私だけ、何ゆえにこのように長く留まっていなければならないのかと、たびたび悩みもしましたよ」

あれこれ事情を知っているわたくしは、お応えする言葉もみつからず、

「花山院さまがあのようなことになっていなければ、もっと違う道もあったでしょうに」

と、やっとの思いで云いました。

「お互いに、ですね。

院こそ、まことにお気の毒な方です。

私も、同様に後ろ盾のない身ですから、ただ、われ独りで日夜奮闘するより仕方がなかった。

誰かに支えられるというより、一門を支えなければならないのが私なのですからね……。意に沿わないことを云わねばならぬことがたびたびありました」

「あまりにいろんなことが立て続けにありましたから、ご苦労が絶えませんでしたでしょう」

万感の思いを込めて、わたくしが云いますと、

「ああ、久しぶりにこうしてお目にかかったのに、私の愚痴など申し上げていては時の無駄使いというもの、気の利かぬことでした」

笑みを漏らし、ふうっと深い息を吐かれました。

あの方とわたくしの間にあった、緊張の糸がふつりと切れた瞬間でした。

それからは思い出すままに、とりとめもないあれこれに話が弾み、幼いころの話におよぶと、二人が共に思い出す事柄が湧き出るように溢れて出て、ああだった、こうだったと、いつまでも果てることがないいような気がしました。

誰に憚ることなく、二人とも大笑いなどして……。


「こうしてお話ししていますと、何もかも、ついこの前のことのように思われてなりませんね。京の様子はずいぶん変わってしまいましたけれども……。

花山院さまには、お健やかにお過ごしでいらっしゃいましょうか」

「このところ、落ち着かれているようです。一昨年（長保四年）あたりから、左府（左大臣・藤原道長）との間もうまくいっているのです。為尊《ためたか》親王様（九七七〜一〇〇二、花山院の異母弟・道長の甥・恋人の一人が和泉式部）がお亡くなりになり、お互いに思うことがおありだったのでしょう。院のお邸へ左府がお訪ねになったこともあります。

お二人とも、なかなかのご気性ですからね。いつまた、何が起きても不思議ではありませんが……ははは。

この春には院が、白河の花をご覧になりました。

その折にも、左府や他の公卿がお供したということでした。私にも院からお召がありましたが、当家に障りがあって供奉しませんでした。

院には、左府と仲たがいしてはならないという思惑があったのではと推察しております。

院も人の親です。貴女もそうでしょうが、私も無論のこと、子は愛しい。

院と中務《なかつかさ》親娘との間にできた清仁《きよひと》様（?〜一〇三〇、乳母子の中務との子）と昭登《あきなり》様（九九八〜一〇三五、中務の娘・平平子との間の子）のお二人を、冷泉院様の親王にしたいというお考えがあって、その宣下が下りるまでは、左府からの横槍が入ってはならなかったのです。

五月に、今度は院が土御門第へ行幸されましたよ。

はて、さて、この状態がいつまで続くことやら、ははは……。

ところで、ずいぶん以前から貴女が書いていた物語はどうなりましたか」

「ああ、やはり、そのことをお尋ねになりますか。

もし、お尋ねになられたら、どのようにお応えしたらいいものかと、先ほどから思案しておりました。あまり捗《はかど》っておりませんので。

ここに参りましたのも、観音様にお力をいただけないものかとの御仏《みほとけ》頼みで」

「うむ。内容が内容ですからね。無理もないことです」

「花山院さまが叡山にお登りになって（寛和二年九月）、ご受戒なさるまでは何とか書き上げることができましたが、その後のことが皆目見当がつきません」

「ああ、その時分から、貴女にお目にかかれなくなったのでしたね。

院に起きた、あの出来事に二人で腹を立て、何とかして二人で立ち向かおうと、あれほど約束したのになあ……」

しばらく沈黙が流れました。

「仕方がない。私たちは若かった。あの頃は何の力も持っていなかったのです。私が蔵人頭になった頃も、院についてのことはできるだけ触れないようにしていましたからね。左府は、測りがたく難しい方なのです。

惟規《のぶのり》を通して貴女に書き送った日記も、四月、五月あたりは、ずいぶんと抜けていたでしょう。書くことができなかった」

「ええ、推察しておりました。賀茂祭のころは、何かと騒がしいことがいろいろありましたね」

「院の思し召しも複雑であったことと拝察しています。

貴女がお父上と越前へ向かわれた翌年の祭は、とくに大変でしたね。私は一条帝を補佐しなければならない役目でしたし、あの時、伊周《これちか》様が失脚されて政情は不安定になっておりました。

院側には、何とかしてもう一度という思いがなくはなかったようです。

私は、大変微妙な立場だったわけです」

「それは、よく存じ上げております。惟規から伝え聞いてもおりますから。

惟規を通して届けて下さった日記は、長徳四(九九八)年あたりから、とても充実しておりましたね。内裏内で起きたことが手に取るようにわかって、どれほど、わたくしをお助けくださったか知れません。有難いことでした」

「ああ、それはよかった。少しでも貴女のお役に立ちたいと思っていましたからね。いや、いまでも、そう思っていますよ。ははは」

いつの間にか、金勝山(瀬田川の対岸にある山)の上に細い月がかかっていました。冥《くら》い湖にほんの少し明りが差しました。

丑《うし》満つ時(午前二時半頃)を過ぎたころでしょうか。

あの方もわたくしも、このような機会はそうあるはずもないので、時を惜しむかのように、長い年月《としつき》心に溜めていたことを語り続けました。

心に染み入るような夜空を眺め、あのこと、このことを……。

やうやう明けゆく空のけしき　ことさらに作り出でたらむやうなり
あかつきの　別れはいつも露けきを　こは世に知らぬ　秋の空かな
出でがてに　御手をとらへてやすらひたまへる　いみじうなつかし
風いと冷やかに吹きて　松虫の鳴きからしたる声も　をり知り顔なるを　さして思ふことなきだに
聞き過ぐしがたげなるに　ましてわりなき御心まどひどもに　なかなかこともゆかぬにや
おほかたの　秋の別れもかなしきに　鳴く音な添へそ　野辺の松虫
悔しきこと多かれど　かひなければ　明けゆく空もはしたなうて出でたまふ　道のほどいと露けし
女もえ心強からず　なごりあはれにてながめたまふ
ほの見たてまつりたまへる月影の御容姿《かたち》　なほとまれる匂《にほ》ひなど……

――源氏物語・賢木

〔しだいに明けていく空の景色は、二人のためにわざわざ用意した作りもののようです。
暁の別れは、いつも涙の露に濡れていましたが、今朝はまたこれまでに経験したことがないくらい、
悲しい秋の空ですね
と、立ち去りにくそうに、わたくしの手を取ってためらっていらっしゃるご様子は、何とも云えぬお優しさで、昔に戻ったような慕わしさでした。
風がまことに冷やかに吹いて、松虫の鳴きからした声も、時分を心得ているかのようで、これといったもの思いのない者でさえ、とても聞き過ごしにくい風情ですから、まして、並大抵ではない二人の心の乱れは、なかなか気の利いた歌など詠むこともできはしないのです。
ただでさえ、秋の別れというだけでも悲しいのに、さらに悲しみを増すような音で鳴かないで
松虫よ。
名残り惜しいけれど、いまさらどうしようもありません。
明るんでゆく空に体裁も悪いので、あの方はお立ち出でになりましたが、道筋の萩は、朝露に濡れてしっとりとしています。
わたくしも気強く思いを断ち切ることができなくて、あの方とお別れしたあと、しばらく呆然としていました。
暁の月影とお立ち去りになったお姿、わずかに残された香に包まれて……〕
と、わたくしはあの夜の強烈な思い出を、後に、物語の隙間に滑り込ませたのです。
あの方は、「今日は京へ戻らねばなりません。供の者が私を探していますよ、きっと。自由に好きなことができない身になりました」とお笑いになって、

「物語が書き上がったら、惟規に持たせてください。

院にぜひご覧いただきたいのでね。あっ、いや、私が読みたいのです。

約束ですよ」

名残り惜しそうに、そっとわたくしの手をお取りになり、そして、立ち去ってゆかれました。

わたくしは、しばらくの間われを忘れて、立ち去られた辺りをぼんやり眺めておりました。

⌘

月のいとはなやかにさし出でたるに　今宵は十五夜なりけりと思し出でて　殿上の御遊び恋しく　所どころながめたまふらむかしと　思ひやりたまふにつけても　月の顔のみまもられたまふ　「二千里外故人心《じせんりのほかのこじんのこころ》」と誦《ず》じたまへる　例の涙もとどめられず……　――源氏物語・須磨

〔月がまことに美しくさし出でてきましたので、君は今宵は十五夜だったのだとお思い出しになり、殿上での管弦のお遊びなどが恋しく、あちらでも方々が、きっと月を眺めていらっしゃることだろうと、都に思いをお馳せになり、月の面ばかりを見詰めていらっしゃいます。「二千里の外の故人の心」と朗誦なさるので、お付の者たちは、いつものように涙せずにはいられませんでした……〕

われに返った時、わたくしは文机《ふづくえ》に向かっておりました。

あれほど、一行も書くことができなかった物語の続きが、次から次へと湧くように出てきたのです。

あの方と懐かしい昔語りをしたせいでしょうか。

当時のことが、今もそこに居るかのように、蘇ってまいりました。

花山院さまがご譲位になったのは、寛和二（九八六）年六月二十三日。

それも、思いも寄らぬ事態によってでした。

その一か月後の七月二十二日の深夜のこと。

花山院さまは播磨国の書写山圓教寺（兵庫県姫路市在。西国三十三所二十七番）の性空上人《しょうくうしょうにん》（九一〇〜一〇〇七、天台宗の僧）をお訪ねになるため、密かに京を出立されたのです。

供人はわずか十数人の微行でした。

その前日二十一日に、姉君の宋子内親王さまが二十三歳でお亡くなりになったのです。同腹のご兄弟は、独りもいらっしゃらなくなりました。

また、次の二十三日は、ご自分ととって代わった幼い一条帝がご即位になる日でした。

花山院さまの悲嘆、憤怒、焦燥、絶望……。

御心のうちは、いかばかりであったことでしょう。


そのおりのお歌ですね。

　書写の聖にあひに播磨の国におはしまして　明石といふところの月をご覧じて
　　月影は　旅の空とてかはらねど　なほ都のみ恋しきやなぞ
　　　　　　　　　　　　　　　——後拾遺集・第九　他

花山院さまが、寂しそうに明石の浦で月を観ていらっしゃるお姿が、目の前に浮かんだような気がしました。

御製のお歌が、次々と思い起こされます。

かは虫はこゑもたえぬに　せみのはの　いとうすき身も　くるしげになく
——河海抄・一一

萩の葉に　おける白露　玉かとて　袖につゝめど　たまらざりけり
——続千載集・四　他

よもすがら　きえかへりつる　わが身かな　なみだの露にむすぼゝれつつ
——新古今和歌集・一五

おほかたに　なくむしのねも　このあきは　こゝろありても　きこゆなるかな
——道信朝臣集

世のはかなき事をよませ給うける

うつゝとも　夢ともえこそ　わきはてね　いづれの時を　何れとかせむ
——千載集・九

かくしつゝ　今はとならむ時にこそ　くやしきことの　かひもなからめ
——詩花集・一〇

歎くとも　いふともかひは　あらじ世を　ゆめのごとくに　思ひなしけむ
——玉葉集・一八

（今井源衛著『花山院の生涯』第五章　その和歌から引用）

なんと、悲しい御心でありましょうか。

現《うつつ》には、わたくしの目の前に、明石の浦ではなく近江の湖《うみ》が広がっています。ここで、わたくしが観た月影を書けばいいのかもしれない。

「月のはなやかにさし出でたるに……」とすれば……、

そうだ。

そうすれば、花山院さまの悽愴な御心の内が、もっと鮮やかになる……。

その思いつきに、筆は一気に紙の上を滑り出しました。

月末《つきずえ》には、一帖の物語が書き上がっていました。

そしてわたくしは、観音さまに深く謝意を申し上げて、石山寺を下りたのです。

京に戻りますと、八月二十九日の秋の除目で、あの方が兵部卿も兼務なさったとあとで知りました（権記）。

⌘

石山寺へ参って三度《みたび》の初秋のことです。

つい先ほど、山門から御堂に至る参道に数知れない御明《みあかし》が灯りました。

確かに、お約束通り、あの方がいらっしゃったようです。

毎年、御明の数が多くなっていくような気がいたします。と云いますのは、昨年（寛弘二年）の今ごろにも石山詣をなさいましたから、これで三度のお供えになります。

御明の灯りを見ていると、あの時の心揺さぶられた思いが蘇って、胸に熱いものが込み上げてまいります。

わたくしは、物語の進み具合がはかばかしくなくなるたびに、石山の御堂にお籠りして書き続けてきました。

何度、こちらに参りましたことでしょう。

時には、花山院さまからの「あのことを書き足したら如何か」などの思し召しを伝えに、あの方がこの石山へいらっしゃったこともございます。

ようやく、物語も終盤にさしかかりました。

そのことをご承知のうえでの御明なのかもしれません。ことさら、今年は心に染み入る風情、満願の御明のようにも思えます。


もう、しばらくすれば、あの方がいらっしゃるでしょう。

月も上らぬ暗い山道を分けて、密やかに……。

⌘

瑠璃君は、*寛弘三（一〇〇六）年十二月晦日《みそか》、中宮（彰子）付きの女房として内裏（一条院）へ出仕することになりました。

お父上の式部少丞《しきぶしょうじょう》という官職にちなんで、藤式部《とうしきぶ》と称するようです。

お父上の為時様が、長保三（一〇〇一）年の春に越前から帰京されて以来、世間とのお付き合いもしばしばなさるようになって、東三条院様（藤原詮子）の四十の算賀には歌を贈られました。

私は*屏風にそれを書きました（権記）。

そうしたこともあって、長保五年五月十五日、左大臣邸で行われた七番歌合にも出席されています。

私も執筆としてその場に伺候しておりました。

その折に、左府は冗談半分のようにおっしゃったのです。

「為時朝臣《あそん》には漢詩文も能《よ》くする女君がおいでのようですな。どうであろう。后宮《きさいのみや》にお仕えになっては」

「恐れ多いことにございます。が、さて、娘が何といいますか」為時様は恐縮の態ではありましたが、かすかに困ったなという表情もされました。

瑠璃君が簡単に承知するとは私にも思えませんでした。

このように、左府がおっしゃる時は油断がならないのです。

決して、冗談などではない。相手の出方をじっと窺っていて、それは、まるで獲物を狙う猛禽のようで……、左府は狙ったものを逃すなどということはありません。

そんなことがあってから、出仕を勧める左府のお使いが為時様のお邸をたびたび訪れるようになっていました。

なにしろ、左府のお邸と為時様の屋敷は目と鼻ほどの近い所にあるのですから、厄介なことです。

為時様も瑠璃君も困惑していました。

左府のお考えは表向きには中宮付きの女房だということですが、私にはとてもそんな単純なことのようには思えませんでした。

瑠璃君が何やら書き始めているということが、じわじわと周りに知られ始めていたからです。どこに目があるのか、耳があるのか。どんなに隠しても、都という所は恐ろしい所で、どこかから漏れ出てしまうのです。

瑠璃君の書きものが、花山院様に関連があると左府はお知りになったのであろうか。

もし、そうであれば、大変なことになります。

私は、何としてでも、瑠璃君に物語を最後まで書かせたいと思いました。

いいえ、私だけではありません。

花山院様も、お父上為時様も、そして、あの折に堪えられないほど悔しく残念に思った人々も、皆同じ思いだろうと思います。

どれほど、物語が書き上がるのを待ち遠しく思ったことでしょう。


瑠璃君もこの何年間か、物語を書きながら内裏への出仕について悩んでいたようでした。それは、取りも直さず、一条帝に仕えることを意味するのですから。

瑠璃君からすれば許せない思いなのでしょう。

しかしながら、今の世、道長様の力が絶対的なものになりつつあることもわかっているはずです。

この晩春のこと、花山院様に八重の山吹の枝を差し上げたようでした。

八重山吹をおりて　ある所にたてまつれたるに　一重の花の散りのこれるを　をこせ給へり
おりからを　ひとへにめづる　花の色は　うすきを見つつ　うすきとも見ず
――紫式部集・五二

〔庭に咲いていている八重山吹を折って、ある所へ人を使って献上させましたところ、一重の花が散り残っている山吹を贈ってくださいました、次のようなお歌をつけて……

時節に応じてひとえに愛でる一重の山吹の花の色が薄黄色に見えても、あなたの心が薄いなどとは思いませんよ〕

この夏の石山での夜に私は思い切って云いました。

「左府の申し出に従って、中宮様（彰子）にお仕えになった方がよろしいのではありませんか。左府は、貴女に目を付けられたのです。

このまま見過ごしてしまっては、やはり、まずいことになるのではと心配しています。あの方を侮ってはなりません。何をお考えになっているか、近くでお仕えしている私にも測り知れないことがあるのですから」

瑠璃君は、ただ黙って思案していました。

ふたりの気持ちが通い合っている折も折、なんと艶のないことを口説《くど》いているのかと、われながら半ば呆れもしましたが、しかし、瑠璃君を納得させるのはこの時しかないとも思い、必死に説得したのです。

「院（花山院）も、貴女の心情はよく理解されていらっしゃいます。貴女の物語を読んで感じられたことは多いはずですからね。だから、貴女の参考になるようにと、お考えも仰せになったではありませんか。

もし、貴女が頑に固辞すれば、左府はますます疑念と執着心を持たれるでしょう。

あの方は、お父上の兼家様もそうでしたが、ご自分が危ないと思う者を近くに置きたがる性分なのです。手元に置くか抹殺するか、そのどちらかです。そのあたりに関してはまったく容赦がありません。手に入れたいと望むものは必ず手にいれます。

左府がただ今、一番気にしているのは院の動静なのです。

院は、都人の注目の的ですし、なかなかの人気があるお方ですからね。左府が気になさるのも当然と云えば当然ですが、もうひとつ理由があります。

未だ、中宮様にお子がお出来にならないことで、敦康《あつやす》親王様（一条帝の第一皇子・定子との間の子）が、いつ立太子されるかと落ち着かれないのです。ご自分の道がまったく閉ざされてしまいますからね。で、あれこれご自分の行く末について考え抜かれているようです。

かつては、お亡くなりになった定子皇后様や伊周様が障壁でしたが、今のところは、伊周様にさほどの力はありません。

左府は、院のお力についてはまだまだ油断はされていないのですよ。

ですからね。

院に繋がる者には、ことのほか目配りが厳しい。おそらく、私もそのうちの一人だと思うのですが、貴女もどうやらその中に加えられたようです。

向こうが危ないと思う者を近くに置きたいと考えるなら、こちらも近づいて相手の様子を見るのが、一番安全だと思いませんか。

貴女の物語も堂々と内裏へお持ちになることです。

隠し立てする必要などありません。

かえって、その方がいい。隠そうとすればするほど人は知りたがるものです。

それに貴女は、物語にあれほど工夫を凝らしたではありませんか。すぐさま、多くの人が理解できるとは思えませんからね。ははは。

院も、そのことについては、「なかなか優れた知恵者だね」と仰せになりましたよ。

それに、それにですね……。

貴方が中宮様付でお仕えになれば、私は主上《おかみ》の侍従ですがお仕えする場所は同じ内裏ではありませんか。

何も、密かに逢うなどということをしなくても、何時だって貴女に逢うことができる。まあ、親しくは語り合えないにしても……。

私は、貴女の姿を見るだけで心が安らかになるというものです。

貴女が、私の目の前にいらっしゃれば案ずることはない。

主上はまことに直ぐなる優れたお方です。それに、中宮様は静かなお方ですから、少しも気を重くなさることはありませんよ。

ねえ、いつも、いっしょに朗詠したでしょう。

白居易の「長恨歌」を思い出し下さい。

年若《としわか》のころ、貴女と二人で誓い合った思いを、内裏で果たしませんか。

七月七日長生殿《ちょうせいでん》　　七月七日長生殿
夜半人無く私語の時　　夜半無人私語時
天に在《あ》りては願はくは比翼《ひよく》の鳥と作《な》り　　在天願作比翼鳥
地に在りては願はくは連理《れんり》の枝と為《な》らむと　　在地願為連理枝

天長地久時《とき》有《あ》りて尽くとも
此《こ》の恨みは綿々として尽くるの期《とき》無けむ

天長地久有時尽
此恨綿綿無尽期
——白楽天「長恨歌」の最後の部分

〔七月七日のこと　長生殿で
夜も更けて侍臣も傍らになく、ただ二人密やかに語った時
二人は天上に生まれるなら、比翼の鳥となろう
地上に生まれては、連理の枝になろうと誓いあったのであった
天地は永久であっても、人は滅び尽きるときが来るであろうが
その時が来ようとも、この二人の恨みは長く長く決して尽き果てる時はないであろう〕

比翼の鳥となり、
連理の枝となってね……」。

◎ 摂関政治……特に律令制下において顕著な政治形態。天皇の外戚になることで摂政・関白・内覧という要職に就いて政治の実権を独占することをいう。九世紀中ごろ、臣下として藤原良房が初めて摂政となった。以来十一世紀中頃までこの政治形態は続いた。それは、天皇家と藤原氏（北家）の熾烈な政争によるものであった。十世紀後半に起きた安和の変（九六九）、寛和の変（九八六）、長徳の変（九九六）の政変を経て、ついに藤原道長・頼通親子が強固な摂関体制を作りあげる。その体制は約五十年間続き、道長に「この世をばわが世とぞ思ふ　望月の欠けたることもなしと思へば」と言わしめた時代である。しかし、頼通の娘が天皇の男児を産むことはなく、藤原北家の祖父を持たない後三条天皇が約百七十年ぶりに誕生した。その次の白河法皇による院政が始まって、摂関政治は終焉に向かった。

20頁 二千里外故人心……白氏文集巻一四　七言律詩「八月十五日夜　禁中ニ独リ直シ　月ニ対シテ元九ヲ憶フ」中のこの句は、須磨の帖に引かれて、「源氏物語」に根を張ることになる。三二四頁参照。

23頁 蔵人頭……律令制下で令制に規定のない令外官の役職。蔵人所の実質的な長にあたる（名目的な長官は蔵人別当と呼ばれ大臣が兼任した）。勅旨や上奏を伝達する役目を受け持つため天皇の直属的な秘書の役割を果たし、殿上において上の位階の殿上人よりも上座とされ、首席に座を占めた。四位の者が補任されたが官位の相当はない。通常は武官の頭中将と文官の頭弁の二名が務めた。

34頁 二条の閑院……藤原北家の繁栄の基礎を築いた藤原冬嗣《ふゆつぐ》の邸宅。閑院大臣と呼ばれる藤原公季に伝領される。平安末期には里内裏にも使われた。公季は藤原道長の祖父にあたる。

35頁 侍読……天皇や東宮に近侍して学問を教授する学者のこと。律令制下では大学寮の博士や相当の学識をもつ人物が任命され、主に四書五経など儒教の経典が講義されたが、「史記」や「文選」「白氏文集」などそれ以外の講義もなされた。平安後期以後は文章博士を世襲した大江氏と菅原氏が侍読の役を占めた。

35頁　**文章生**……律令制の学制で、大学寮において詩文・歴史を学ぶ学生。平安時代には擬文章生を経て、式部省の文章試験に合格した者を指した。

38頁　**十一歳の時**……天元五(九八二)年二月二十五日、桃園邸において、行成十一歳で元服（小右記。実資と行成の母と同母姉妹が妻）。年爵による叙位従五位下（公卿補任）。元服の際の名字は、「行成」。物事を成し遂げるというような意味で付けられたらしい。（参照『人物叢書　藤原行成』吉川弘文館）。

48頁　**章明親王さまのお邸**……屋敷は倫寧の屋敷に垣根を隔てて接していた（蜻蛉日記）。倫寧の別邸であったらしい。章明親王邸については、源順の詩序に「洛城ノ以東ニ一勝地有リ　都督大王（中国の官職の称号・兵部卿）ノ深宮ナリ」、「政事要略」に「東北辺ノ末　鴨河堤ノ内ニ弾正尹《だんじょういん》章明親王ノ第有リ」との記述がある。

78頁　**最悪のレベル七**……過去の大きな原子力発電所事故

一九五七年　ウラル核惨事（ロシア・旧ソ連）　レベル六
一九七九年　スリーマイル島原子力発電所事故（米国）　レベル五
一九八六年　チェルノブイリ原子力発電所事故（ウクライナ・旧ソ連）　レベル七

82頁　**受領階級**……古代から中世に、地方行政単位である国の長官として中央から派遣された国司は、交替時に適正な事務引継を受けた証明書・解由状を後任者から前任者へ発給する定めがあった。この時、実際に現地で解由状を受領する国司を「受領」と呼ぶようになった。中央政府は租税収入確保のため国制改革を進め、その結果、国司（受領）へ租税収取や軍事などの権限を大幅に委譲することとなり、国司は中央へ租税を上納する代わりに、自由かつ強力に国内を支配する権利を得た。こうして新たな社会的勢力である受領階級が誕生した。

101頁　**平安期の朝顔は桔梗の花**……角田文衛著『源氏物語千年紀記念　紫式部伝　その生涯と「源氏物語」』にも、「紫式部集」の朝顔の歌について「今日言うアサガオではなくて桔梗のことと思われる」とある。

107頁　**蒙求**……唐の天宝五(七四六)年に李瀚が編纂した故事集。六朝時代までの著名人の伝記や逸話を三巻に収める。

日本には平安時代初期に伝わり、漢文や歴史・故事・教訓を学ぶための入門書として、貴族だけでなく僧侶・武士階級の初学者たちにとっても必読の書とされた。今日でも「蛍の光」や夏目漱石の命名由来にその影響が生きている。

107頁 **勧学院**……藤原冬嗣が創設した藤原氏子弟の大学寮生の学問所。寄宿させ学費を給与。大学寮の管轄は受けず、氏長者が統括した。

108頁 **青海波の小野篁の詠**……「源氏物語」紅葉賀の帖冒頭に、「詠などし給へるはこれや仏の御迦陵頻伽の声ならむ」とある。それは小野篁作と伝える「青海波」の詠であると諸本の校註には指摘されている。当時、遣隋使・遣唐使や留学僧が伝えた正統な中国語の漢音（からごえ）は、唐中期の長安地方の音韻体系を反映したもので、紫式部は「からごえ」を熟知していたようだ。その音韻の再現は難しいので、『与謝蕪村の日中比較文学的研究』の著書がある文学博士・王岩氏による、中国語ピンイン式発音表記を参考までに付した。

112頁 **得業生・進士**……律令制の学制で、明経・紀伝（文章）・明法・算の各道の学生から成績優秀の者を選んで与えた身分。一定期間の修学後、試験により修了を認定されて、専門の官職に就いた。

112頁 **史記**……中国前漢の武帝の時代、司馬遷が編纂。紀元前九一年頃成立。中国歴史書の正史の第一に数えられる。二十四史の一つ。一二〇巻から成る。日本の元号の出典として十二回採用。

112頁 **漢書**……中国後漢の章帝の時、班固、班昭らによって編纂される。前漢紀元前二〇六年～八年を記した紀伝体の歴史書。中国王朝の正史、二十四史の一つ。一〇〇巻から成る。史記が通史であるのに対して、一つの王朝に区切る断代史の形式を初めてとった。

112頁 **後漢書**……後漢紀元二五年～二二〇年期に書かれた後漢歴代王朝の歴史書。一二〇巻から成る。二十四史の一つ。編者范曄。成立は五世紀南北朝時代。

115頁 **花山帝詔勅**……年立については今井源衛著『花山院の生涯』を参考にした。

125頁 **妻となってもおかしくない年頃**……養老律令に「戸令二四　聴婚嫁条　凡男年十五女年十三以聴婚嫁」とある。

一般的に男子十五歳、女子十三歳以上の結婚が認められていた。

126頁　**堤文庫**……角田文衛著『紫式部伝』に記載あり。実際に「堤文庫」として存在したかどうかは確かではないが、堤中納言邸に多くの蔵書はあったと考えられる。

131頁　**彗星**……約七十六年周期で地球に接近するハレー彗星。「永祚元年六月一日庚戌　其日彗星見東西天　七月中旬通夜彗星見東西天」日本紀略。その他、扶桑略記にも記録あり。

153頁　**伊勢へ群行**……伊勢神宮の斎王が任地伊勢国へ下向すること。長奉送使以下、官人・官女およそ五百人に及ぶ大行列。

174頁　**三尾が﨑**……滋賀県高嶋郡安曇川三尾里付近一帯。今の舟木崎辺りから明神崎までの広い地域を指すと考えられる。

184頁　**堀川院の婿**……源高明の娘・明子（藤原道長室）は、叔父・盛明親王の養女になっている。源則忠が盛明親王から伝領した堀川院は寛弘三(一〇〇六)年十月五日、冷泉院とともに焼亡した。

224頁　**福島原発の原子炉は停止**……二〇一一年四月二十日、一～四号機は電気事業法上廃止。二〇一三年十二月十八日、震災当日は点検中で、比較的被害が少なかった五～六号機についても、再稼働されることなく廃止を決定し、翌年の一月三十一日に廃止。福島原発はいずれの炉も廃炉途上にある。廃炉まで約四十年を要すると云われているが、一～四号機の使用済み核燃料を除去するための見通しは立っていない（二〇一七年七月現在）。

328頁　**寛弘三年十二月晦日**……寛弘二(一〇〇五)年十一月十五日に内裏が焼亡し、一条帝と中宮は東三条院へ遷御、次いで一条院へ移御する。寛弘三年十二月には内裏の新造なるも、一条帝は一条院を里内裏とした。そのため、藤式部が出仕したのは、一条院里内裏であった。

328頁　**屛風にそれを書きました**……藤原行成は弘徽殿の東廂《ひがしびさし》において御屛風四帖の和歌十二首を書いた。左大臣が三首、輔尹が一首、兼澄が三首、輔親が一首、為時が一首、為義が二首、道済が一首。

跋

こうして、一つの物語を書き終えてみると、このことは、偶然の重なりが導いてくれたのではないかと思う。

しかし、どの道筋を辿ったとしても、結局は、ここに至ったにちがいないという気もしている。

初めて「源氏物語」に出逢ったのは、疎開先から戻ってきた父の本棚の中に、細い筆文字で『潤一郎訳源氏物語』と書かれた古い本を、偶然見つけた時だ。

小学生低学年のころで、昭和二十五、六年だったと記憶している。

理数系の書籍に混じって、その一冊は異彩を放っていた。

函には、深緑色で花菱模様の表紙がついた冊子が二冊入っていた。巻一桐壺・帚木・空蝉、巻二夕顔・若紫と記されていた。

開いてみると、和紙様に透かし絵が入っており、「綺麗な本」と子ども心にも思ったものだ。

どの帖名も読めるはずもなかったが、通常の印刷本とは、まったく違う、なぜか密やかな大人の雰囲気を持った本だとも感じていた。

それからときどき、父の本棚からその本を抜き取っては、覗き見るような気持で愉しんできた。後に知ったのだが、それは、中央公論社から昭和十四年二月に発行された第一回配本山田孝雄閲・谷崎潤一郎訳の『源氏物語』初版本だった。

理系の亡父は第一回配本で興味を失ったのか、次回から購入することを止めてしまったようだ。全部揃っていたらと、今さらながら残念でならない。

幼い時の強い印象が深く心に刻まれたのか、長じてからも「源氏物語」を忘れることはなかった。「源氏物語」に少しでも関係のある、書籍、絵画、能、歌舞伎、映画、テレビドラマからアニメに到るまで、目につくものは、たいてい観てきたような気がする。特別、何か目的を持ってのことではなく、生来古典好きだったせいか、ただ愉しむためだった。

四十歳代の半ばころ、ひょんなことから絵を描き始めた。「伊勢物語」など古典ものを多く描いた。それも、時を経るうちに、いつのまにか、源氏絵ばかりになっていった（この書に添えた絵は筆者が描いたものである）。

何をするにしても、「源氏物語」が着地点になるようだ。

源氏物語千年紀（二〇〇八年）のころ、これも偶然なのだが、新聞紙上で紹介された「源氏物語を自由に読む会」の存在を知った。

あの大作「源氏」を自由に読むとは、どんな会なのだろうかと興味を抱き、覗き見に行って以来、十年近く会の一員になっている。

会には四十年近い歴史があり、筆者が会に参加した当初、すでに「源氏物語」五十四帖を一度読み終えて二回目の講読に入っていた。

月一回の例会には、各自「源氏物語」の原文を持って参加する。

一回がおよそ二時間半、じつにゆっくりと解読していく。その丁寧さは、例えば「賢木」の帖を読み解くのに一年以上を費やしていることからもわかる。

その丁寧な方式が、たんに標準的な古文解読の会になるのではなく、自由に源氏物語を読む余裕を与えてくれるし、また、参加者それぞれの想像力を可能な限り引き出していると思う。

そういう会の特性を生かして、筆者は次の会までの一カ月間、参考になる書籍や資料を手当りしだい読み漁ることにした。それが、年季の入った先輩諸氏に追いつくための一番いい方法だとも考えたのである。

そうして、積み上げて来たのが、この物語だ。

もう一つの偶然もあった。

会の進行役が出版社「あるむ」の川角信夫氏であったことだ。

会で述べる私見が、あまりにも他のメンバーと異なっていたためであろうか、たびたび、氏から文章にしてまとめてみたらどうかとお勧め頂いたのである。

そして、古稀を迎えたころ。世界に知られた「源氏物語」を物語にするなど大胆不敵な仕業と躊躇もしたが、せっかく、「源氏物語を自由に読む会」に巡り逢ったのだ。何もしないで終わるのも残念と考えて、ぼちぼちと思いつくままに書き始めた。

それから四年が経った。

書籍の形にすることになってみると、編集者としての川角信夫氏のお力添えなくしてはとてもここまで来ることはできなかったと実感している。

「源氏物語を自由に読む会」で、ある意味、突拍子もない私見に興味を持って耳を傾けてくださったお仲間の方々にもずいぶん励まされている。

また、倉本一宏氏の全現代語訳『権記』『小右記』には本当にお世話になった。もし、これらの書籍がなかったら、いまだに、納得できない思いを抱えたまま「源氏物語」の周りを彷徨っていたであろう。

とくに、お名前は上げないが、友人、知人の励ましや参考意見、家族の協力も有難いことであった。

ここに、深い感謝の念を申しあげて結びとする。

「ありがとう存じます」

著者

二〇一七年七月十五日

「源氏物語」another story 藤式部の恋人

2017年９月20日　第１刷発行

著者＝毛井 公子 ©

発行＝株式会社あるむ
〒460-0012 名古屋市中区千代田3-1-12　第三記念橋ビル
Tel. 052-332-0861　Fax. 052-332-0862
http://www.arm-p.co.jp　E-mail: arm@a.email.ne.jp

印刷＝興和印刷　　製本＝渋谷文泉閣

ISBN978-4-86333-129-7　C0093